心事

刘庆邦 著

人民文学出版社

图书在版编目（CIP）数据

心事/刘庆邦著. —北京：人民文学出版社, 2020
ISBN 978-7-02-016144-7

I. ①心… II. ①刘… III. ①短篇小说—小说集—中国—当代 IV. ①I247.7

中国版本图书馆 CIP 数据核字（2020）第 040066 号

责任编辑　付如初　马林霄萝
装帧设计　崔欣晔
责任印制　任　祎

出版发行　人民文学出版社
社　　址　北京市朝内大街 166 号
邮政编码　100705
网　　址　http://www.rw-cn.com

印　　刷　三河市宏盛印务有限公司
经　　销　全国新华书店等

字　　数　196 千字
开　　本　787 毫米×1092 毫米　1/32
印　　张　12.875　插页 3
印　　数　1—8000
版　　次　2020 年 8 月北京第 1 版
印　　次　2020 年 8 月第 1 次印刷

书　　号　978-7-02-016144-7
定　　价　42.00 元

如有印装质量问题，请与本社图书销售中心调换。电话：010-65233595

目　录

序:一个心重的人才可能成为作家

■ 刘庆邦

　　心重是什么呢？有人认为心重可能是心眼儿小,可能是爱钻牛角尖,可能是遇到什么事情想不开、放不下,甚至可能是一种比较消极的心理状态。记得我在煤矿上班时,有一次,我妻子在下班回家的路上被车子撞了。从那以后,她只要回家晚了一点,我就会担心,情绪就容易起伏,很久缓不过来,直到她平安到家,我的心才能放下。

　　我觉得一个人的心重,关乎一个人的敏感,关乎一个人的善良,关乎一个人的责任感。从这些意义上来说,我觉得一个人心重,不但不是一种消极的心理状态,反而是一种积极的心理状态。每个人都不一样,有的人就是心重,有的人就是心轻。心重或是心轻,在一些细节上就能够表现出来,比如说一个人关门动作很轻,就算是在桌上放一个茶杯,他都会轻轻地,尽量不让它发出声音来,由此可以判断出这是一个心重的人。如果他关门"咣"的一声,就可以判断出这是一个心轻的人。就是说,心重的人动作都是轻的,心轻的人动作都是重的。

以此推之,我认为很可能每一个作家都是心重的人,而不是心轻的人。如果一个人什么事都不往心里去,我觉得他很可能就成不了作家。一个心重的人才可能成为作家,也可以说心重是成为作家的必要素质。

那么,一个人的写作和生命又有什么关系呢?

可以说,每个人的作品都是作者的生命之歌,生命之舞,生命之诗。作品是创作者心灵的外化,或者说是灵魂的形态。有什么样生命的质量,有什么样生命的力量,有什么样生命的分量,他就能写出相应质量、力量、分量的作品。有人可能会说,生命的质量、力量、分量,是不是把生命量化的办法? 不是的。我们通常说的量化是一种数字化的、物质化的东西,我所说的生命的质量、生命的力量和生命的分量,指的是精神上的东西,指的是灵魂上的东西。

什么是生命的质量呢? 我认为,一个作家生命的质量,指的是一个作家的人格。如果作家有很高的生命质量,至少应该包含五种因素或者五种标准:善良的天性、高贵的心灵、高尚的道德、悲悯的情怀和坚强的意志。

从本质上来说,作家的写作是劝善的,是用于改善人性和改善人心的,因为我们的写作就是为了使人和社会变得更美好,从本质上是作用于人的精神、人的心灵和灵魂的。我希望通过我们的作品,使人性变得更善良,我觉得这是一个本质的东西。文学作品既然有一个劝善的功能,就要求每个作家首先自己必须是一个善良的人,善良而敏感,因为善良才能发现善良,并且会发现恶。

作为一个作家,还要保持心灵的高贵,始终把生命的宝贵看得高于一切,始终尊重生命、爱护生命,始终把生命本身当成目的,这样才能够始终如一地保持自己心灵的高贵。因为我们的作品都是从我们的心里出来的,如果心灵高贵了,写的东西就不会低下,不会流俗。让自己的心灵高贵,说起来简单,但做到并不容易。在当代社会,很多人一把持不住就有可能把自己的生命当成一种手段来利用。有些人拿生命去交换利益,有的出卖自己的肉体,有的出卖自己的灵魂。这就是把生命当手段,就是没有做到始终把生命当成一个目的,一旦把自己的生命当成了手段,就失去了这种心灵的高贵。

生命要有质量、人格要高，还要求我们要有高尚的道德。高尚的道德，要求是很多的，现在我们强调重德。其实我们的传统文化，从道家到儒家，还有佛家等等，我觉得从本质上讲，都是崇尚道德的，或者说都是讲究德育的。比如儒家讲究"仁者爱人"，讲究"己所不欲，勿施于人"，这些都是我们耳熟能详的教诲。如果我们都能做到这些教诲，真正做到了"仁者爱人"，真正做到了"己所不欲，勿施于人"，就不失为一个道德高尚的人。

从人性上讲，每个人都有悲悯的情怀，对作家来说更是如此。你始终要有同情心，要有恻隐之心，要提前看到生命的尽头，有慈念甚至有悲念。大慈大悲也是一种悲悯，按照我的理解，人往往是先有悲。有时候，一个人经历了大悲后才会产生大慈。很多大诗人、大作家都有着悲悯的情怀，或者说慈悲的情怀。因为他们往往是提前看到了生命的尽头，有着强烈的生命的意识，知道生命的短暂，知道我们终有一天要离开这个世界，回头看之后就会产生慈念，就会回想起过去很多事情，看得开了，会觉得好多事情都是不必计较的。无论在什么情况下，人类都离不开困境。人到世界上是吃苦的，到什么时候都有受苦的人，都有可怜的人，都有值得同情的人，都有值得关注的人。因此,作家一定要眼睛向下,始终保持悲悯的情怀来关注这些人。

最后我觉得要成为一个作家,意志力也是非常重要的。我们通常比较重视体力和智力,对意志力往往不大重视,因为意志力是一个虚的东西,是一个看不见、摸不着的东西。但是我认为,无论做什么事情,从事文学创作也好,科研也好,还是其他的工作也好,这三种力量是相辅相成的,如果没有意志力的支持,就很难成就一番事业。

意志力是什么呢?意志力就是我们精神的力量。说白了就是我们的心劲儿,再说得直白一些,就是我们战胜自己的力量。我们通常说,船的劲在帆上,人的劲在心上。一个作家能走多远,能不能出成就,在很大程度上,不是体力和智力的比拼,而是意志力的比拼,就是看你的意志力坚强不坚强。现在的时代特别喧嚣,人人都得了数字焦虑症。短信几分钟不回,电话几分钟不回,人就坐立不安。静下来,是写作的先决条件,只有静,才能发现自我。因此,这也是考验我们意志力的时代。作家要不被嘈杂的世界所扰乱,要不被名利、是非、男女之事所干扰。只有排除这些干扰,才能创作出好作品。

有时候,我对我自己的才华也产生过怀疑,自己的才华怎么样？能不能写出好作品？能不能成为一流的作家？好多作家也对自己产生过怀疑。但我对自己的意志力从来没有产生过怀疑。我相信我的意志力永远是坚强的。我的情感可以是脆弱的，看一个令我感动的东西，会禁不住热泪盈眶，我看我写的小说，看着看着眼睛就湿了；但是我对我的意志力始终充满了自信，就是相信能够自己战胜自己。我特别强调意志力，就是我们做一件事情一定要有意志力的参与，不要忽视我们的意志力，这个意志力就是我们精神上的一种力量，或者说就是战胜自己的力量。如果我们自己不被自己打倒，不被自己战胜，别人是战胜不了我们的。

那么什么是生命的力量？我理解，一个人生命的力量，主要指的是一个人思想的力量。一个人勤学、善思，独立思考又勇于表达自己的看法，这样的人才能称得上生命有力量。一个人生命的分量，肯定不是先天就有的，是后天经历一些事情，有一些坎坷，有一些磨难，被人误解过，被人轻视过，被人批判过，是经过锻炼再锻炼、加码再加码，是通过积累才使这个人的生命逐渐变得有分量起来。一个作家只有生命有分量了，才有可能写出有分量的东西。如果一个人从学校门到机关门，他没有什么经历、阅历,没经历过什么事,他的生命的分量是轻的,就不可能写出有分量的东西。

这个感悟,是我看了沈从文的一封简短的信后悟到的。沈从文在这封信中说,司马迁之所以写出不朽的伟大的《史记》,在于司马迁的忧患意识和司马迁的生命分量。这不是靠积学所能成就的,它是经过所受的教育的总量相加,然后才有生命分量,才能写出这么有分量的东西。

"不是靠积学所能成就",指一个人有学问可以当学者,但是不一定能成为作家。司马迁之所以能写出《史记》来,就是因为他的生命有分量。总而言之,一个作家要写出好的作品,生命就要有分量。一个作家,要不断积累自己的分量,才能写出好作品。

苇 子 园

村东有块苇子园,苇子园出好苇子。夏秋之际,成熟的苇子茁壮茂密如竹林,一派郁郁苍苍,被本村人称为"风水"。

这里最初的苇子不知是人种的还是天生的,反正到后来用不着管它,逢春发芽,秋来扬花,一切繁衍更替全由它自己安排。年复一年,偌大一个园子被苇子的家族占满了,越发成了阵势。

绿色缝隙中隐隐露出的一角白墙,是小青家的屋子。几间瓦屋为荫荫翠润浸染着,为红翎子小鸟的鸣啭包围着,若不是门前斩出的一条小径,真不知从哪里可接近这户苇园深处的人家。得了小径还得会用,早晨须一路轻轻拨开夹道的苇叶,才不致为叶上的新露弄湿衣裳。到了门前就好了，青苇作篱的小小场坪，春天时探出苇篱外的，左面有桃花，右面有李花，粉红的和洁白的花朵被忙于蜜事的群蜂蹬得摇摇颤颤，莫不给人心头添一层暖意。

村里的小伙子一般不走小径，他们喜欢学小猫样子，藏在人所不见的苇丛暗处，双目瞅着两株如火如荼的花树所照耀的明处，静悄悄有所期待。一个小男孩出来了，嘴里"呜呜"地吹着芦笛。一位妇人出来了，新衣新裤、光光的头发，像是去走亲戚。接着出来的是一条黄狗，四只蹄子轻快地颠着，白尾巴尖翘得卷起来……所期待的那一位迟迟不肯出台，小伙子未免有些泄气，发泄的办法是折断几管苇子，或抓起一把湿土，使劲抛撒在那空场坪里，弄出一点动静。有了动静可再等一会儿，或许今日的眼福就要来了。到底等不着时，他们不至于再撒土，那样就过分了。凡事过分了就不好了。

他们等的是这家的姑娘小青。小青害得许多年轻人犯傻做呆事，不是因为她长得多么赢人，也不是长得不赢人，实在说来，小青不过是个平常的姑娘，她的妙处并不能就某样单独指出来。全是年轻人到了那个眼里放光见寒作热的年龄，见小青嘴也正好，眼也正好，油光光的长辫子也正好，无处不妙。诸多的正好加起来，成了小青这个人正好。正好的人有嘴里说不出来的意思，只有亲眼看了，才能得一个完整的美妙和谐印象，看了还想再看。

小青对自己并不看重。有时沿翠色逼人的小径走出来，心里清清白白，从不曾想到有人为她把眼睛望酸。辫子往后一甩，摘一片芦叶含在嘴里，轻轻哼一支曲子。遇到小鸟跟她比赛，打断她的曲子时，她驻了足，弯腰在芦丛中找那歌喉洪亮的小鸟，找到了，噘起小嘴儿跟小鸟出怪样儿，跟小鸟表示一点友好。小鸟飞走了，她也不埋怨，只静静一笑。

看到这一幕的小伙子愿意拿美好的东西欺骗自己，以为自己就是那只小鸟，暗自作情不已。又乐意把得来的美好印象向同伴加以夸张，引得本村为数不少的小伙子都藏一次猫猫。

从来不钻苇子棵的只有两个人，一个是梁子，一个是柱柱。要说他们看不上小青，他们嘴上虽不否认，心里是不会承认的。恰因他们喜欢小青太厉害一点，觉得取了与别人同样的方式接近小青，就显不出"太厉害"。再者，在一个女孩子全然不觉的情形下向人家窥视，不说是亵渎，也有失正大光明，实在不可取。既能见到小青，又使小青见到自己生好感，这两个年轻人各有各的办法。

小青家屋后有一个水塘，春来时，塘水泛白。塘里射出的苇芽是紫的，是红的。笔直的苇芽映在水里打一点折。先知水暖的鲫鱼在水中苇芽上蹭鳞，苇芽晃动，搅出一圈圈细微涟漪。这时梁子来塘边钓鱼。手里执一根缠了漆线的斑竹钓竿，钓竿上垂着合股的丝线，丝线上拴着蒜秆做的雪白鱼漂，他在塘边一蹲就是半天。他天天来，下雨了，戴个斗笠，还来。每天来都不忘带一管竹笛，竹笛挂在身边的苇芽上，一端垂着鹅黄的流苏。终于有一天，小青转过屋后来了，手里拿一只纳了一半的鞋底子。梁子从水中的倒影看见了她，稍稍有些慌乱，但还算把得住，没有抬头。小青先说话："梁子，钓到鱼了吗？"

"还没有。"

"能钓到吗？"

"能。"

小青的目光落在那管竹笛上。人既到了听音乐的年龄，看见原竹会以为是笛，当真看见了笛，仿佛先听到了流韵，想放过不大容易做到。她问："钓鱼带笛子有什么用？"

梁子似乎早就想到小青会这样问话，笑笑，以心里打就的草稿答她，说是用笛子唤鱼。小青以为这话可笑，就笑了，笑得很响。又说既然笛子能唤鱼，怎么没听见唤呢？梁子当然有他的道理，在人家屋后吹笛子，须这家人许可，贸然就吹起来，谁知人家烦不烦，要是允许他吹，他才敢……梁子取过竹笛，理顺了流苏，慢慢吹起来，吹《小放牛》，吹"一道黄河九呀嘛九道弯"，吹"十八岁姑娘一枝花"，吹罢一曲又一曲。太阳温温地普照着，天空蓝得极远极远，一只断线的美人风筝在空中明明灭灭，向天际飘去，先是变成一个小灰点，眨眼之间，小灰点也看不见了。小青早忘了纳底子，听着听着，突然觉得有点愁人，不知不觉叹了一口气，眼里也泪浸浸的。又觉得愁得没来由，就喊："梁子，梁子，你吹了半天，看看唤来鱼没有？"

梁子放下笛子，去拉钓钩，钓钩沉得拉不动，再拉，还是拉不动。梁子喜，小青也喜，这回一定钓住了一条大鱼。小青飞跑到水边，叫梁子："沉住气，不要慌！不要慌！"其实她慌得就差跳进水里去了。结果怎么样？原来鱼钩咬在苇根上了。梁子看小青，笑笑。小青也正看梁子，也笑笑。笑过之后，两个人的脸都像被火烧着，红通通的。此后，梁子还常常来唤鱼。水里的鱼有唤来时，也有唤不来时，岸上那个辫子长长的人却听见笛声必悄悄转出来。

再说柱柱。柱柱也是个好小伙，心里灵，手上巧，不拘什么新鲜东西，只要从他心上过一过，接着就从他手里变出来了。他会扎走马灯，两匹纸剪的奔马，一支小小蜡烛，蜡烛点燃时，再看灯笼外头，映在灯壁上的马影一匹匹奔腾而至，似不尽的马队。他会做卧箱立柜，在箱柜正面用彩笔绘上喜鹊登枝或雪里红梅，待嫁的姑娘都愿意请他做一套。本村盛产苇子，柱柱最拿手的活是苇编，有干熟苇子用石磙碾了，劈成柔韧如银丝的长篾，编斗笠，编鸳鸯枕，编彩席，可说无所不能。好多姑娘都喜欢他，可他心里只有小青。让小青知道他的心事，所取的方式和梁子不同。小青有个弟弟，弟弟的年龄正适于玩，别的事还不懂。柱柱觉得这爱玩的小弟弟正好可以帮他的忙。他用木头给小弟弟削手枪，用苇篾编大黄狗。弟弟得了这些宝贝东西，必不忘了在姐姐面前炫耀："这是柱柱哥给我的！"起先，小青看见这些东西并不过心，只当是小孩子的玩意儿。到后来，弟弟拿回细苇篾编的绞丝戒指和开合自如的妆奁，她不得不稍稍加以注意了。这样精巧东西，交给顽童手里，岂不是白糟蹋吗！她把戒指戴在手上，正合适。妆奁呢，也是女孩儿家应有的东西。她突然悟出一点什么，便有些生弟弟的气，说："要人家东西不害羞吗？以后不许要柱柱哥的东西！"

弟弟说:"我就要,柱柱哥跟我好,不跟你好!"

"好好好,跟你好。"

小青有机会碰见柱柱,柱柱远远地就把头低了。这样使小青觉得占了上风,偏不放过他:"柱柱哥,你的手真巧!"

手巧的人不见得嘴就巧,恰恰相反,一个人的巧劲手上多一些,嘴就笨了。这时正该柱柱表露心迹,他却说不成话。那憨厚样子,仿佛不知小青所指何事。正是这憨厚样子促使小青把话往明白处说,柱柱极愿意听她说下去。

在这个地方这个事情上,想让姑娘家说明白话,无论如何是办不到的。小青说:"柱柱哥,你以后别给我弟东西了。"

柱柱抬起了头,对这话似有些不解。

"那么好的东西,给他玩可惜了。"

这话就算是明白的了,明白得让柱柱糊涂,目光乱得找不到一个固定的所在,他想说"那些东西都是给你的",说出来成了"不可惜,不可惜"……

等到梁子和柱柱知道他俩喜欢的是同一个人时,时节到了第二年春天。小青家屋角有一棵高大挺拔的桐树,桐树梢头有一蓬乌鸦窝,藕荷色的桐花开满一树时,雌鸟下够了卵,开始抱窝。这从雄鸟的姿态上可以看出来,它立在窝边守护着,久久不动。不得不给雌鸟觅一点食,匆匆飞去，又匆匆飞回，恪尽一个鸟丈夫应尽的职守。小青的母亲想请乌鸦代劳孵几只小鸡，鸡蛋已用草木灰涂成乌鸦蛋模样了，因树太高，却不能上去把乌鸦蛋换下来。小青对此事不热心，她以为等乌鸦把卵孵化，发现出来的不是自己孩子，不能展翅高飞，未免伤心难受。谁知道呢，小青的母亲没怎么招呼，梁子和柱柱不知在哪儿待着，一下子全冒出来了，争着爬树。两个人的神气仿佛失去了效力的机会就失去了小青似的有点相持不下。小青在一旁站着，微微含笑，不说话。小青的母亲裁决，说柱柱更适于爬树，把大好的机会派给柱柱了。

当晚梁子睡不着，想了好多又好多，不免有些自卑，觉得小青那样的人只有柱柱才匹配，自己算什么，虽然读了十几年的书，一点用场也派不上。他不去唤鱼，故意躲着小青了。碰见小青不得不说话时，他说柱柱的好处，说柱柱诚实，手巧，成家立业最靠得住。说这话时塌着眼皮，样子有几分可怜巴巴。想到可怜用不着，抬起眼皮，又有几分慷慨。

柱柱比梁子自卑更甚些，想到梁子是念过许多书的人，通身的文气，那一口能吹得人哭人笑的横笛不说，还写得一手好字。自己算什么，虽然会一些小小技艺，毕竟是一个粗人，不要让小青委屈，罢了罢了。他在小青面前说梁子的好话。去掉了私心，话也说得通畅了。他说梁子心正，会爱惜人，并估计梁子将来准有出息，还说到小青的眼力不错。

小青呢，对二人的话听就听了，从不对哪一个有所褒贬。小青这样做，谈不到城里人所说的什么平衡和心计，她还没把自己的事情想到更切实的方面去，虽然也喜欢想想将来，并想得很远。就因为想得太远了，眨眨眼之后，自己也不知想些什么，只剩下一些莫名的快乐和忧愁。她的一对眸子清明如水，看见什么都觉得不错，看见人人都觉得好，梁子和柱柱更好。在更好的人面前，她倒不是自卑，她常常是忘了自己，只剩下别人。

端午节，家家吃粽子。包粽子离不开苇叶，苇子园里的苇叶是最好的，条长，幅宽，碧绿碧绿，包出的粽子带着一股新苇的清新。端午节的头天下午，梁子在园子边采苇叶，小青过来了，说："梁子，我帮你采。"她说里边的叶子更干净，到苇园深处采去了。梁子跟了进去。小青说："梁子，你笛子吹得真好，听见你吹笛子，我都不想活了。"

梁子吃了一惊："小青，你干吗说傻话，你……咋啦？"

"不咋，"小青回头笑笑，"真的，你说可笑不可笑？"眼晴仍然笑着,却有泪水从眼里浸出来。

梁子说:"那我再不敢在你面前吹笛子了。"

"我就要你吹。"

"好,我吹。哪天我把笛子带来,让你听个够。"

"说话算话。"

茂密的苇子是绿色的帐,绿色的帐子真严实,真静谧。梁子动了心,想说:"小青,让我摸摸你的手吧!"话未出口,他仿佛听见小青说:"不兴摸人家姑娘的手。"他又想说:"那让我摸摸你的衣服好吗?"又仿佛听见小青说:"衣服也不能摸。"结果,他什么也没说,只不好意思地笑笑。小青问他笑什么。他说不笑什么,又说心里高兴。

到了秋天,苇子园变了样,叶子一片金黄。特别是那苇穗好看,在苇梢顺顺地甩出来,麻灰上镀一层银光。动风时,苇穗弯垂着拂来拂去,让人觉着温柔。苇穗打草鞋最暖和,若采,趁现在未扬花时抓紧采,一错过时机,那满园的芦花就会雪一般纷纷飘去,再寻觅不见。

柱柱每年都采苇穗,因为每年都有人央他打草鞋。今年又来时,小青过来帮他采。起初两个人不说话,只有苇叶相擦的沙沙声。小青耐不住,问柱柱都是给谁打草鞋。柱柱已经有了自己的思路,说出的话是答非所问,他说:

"小青,等你出门子时,我给你做一套最好的嫁妆。"

这话题在小青听来是崭新的,一时没有防备:"什么出门子?谁说的?"

"难道你一辈子不出门子吗?"

小青俨然有点生气:"我一辈子不出门子,就守着这苇子园。"

柱柱愿意小青生气。他在苇根处看见一个小小鸟巢,鸟巢十分精致,只是已经空了,一家子全飞走了。小鸟的巢使他发了一点奇想,不免多看了小青几眼。小青正把一把苇穗在脸上蹭,说:"真软和,真滑溜,跟丝线一样。"柱柱心里说:"你的辫子更软和,更滑溜。"有了这样的想头,他向小青身边走去,伸手就能摸到那油光光的辫子了,可他的手像有千斤重,怎么也抬不起来。末了自我解嘲地笑笑,笑得有点异样,有点傻。

小青后来没嫁给梁子,也没嫁给柱柱,嫁到外村去了。说出来原因也许人们不信,原因太没分量,太不算个原因,小青的父亲不愿意女儿嫁给眼皮底下的人,一句话,把年轻人的好梦全扑灭了。

小青被外村人得去的日子是腊月,苇子收割尽了,偌大的苇子园显得空荡荡的。人人都说小青爸的女婿长得不错,村上大人孩子听见接亲的鞭炮声都跑去看。只有梁子和柱柱没去。梁子一个人走到野地里去了,没想到在野地里碰上了柱柱。两个人你看看我,我看看你,柱柱说:"梁子,外面冷,到我家去吧!"柱柱拿出烧酒,两个人没说的,一替一口喝。喝得多一点,先是咯咯地笑,笑着笑着,"酒"从眼里流了出来。后来两个人倒在凉地上睡着了。

听人说小青的日子过得还行,缸里有米,瓮里有面,不受屈。只是孩子生得多些,人显得老相了。她生的都是女孩,婆家人不罢休,意思让她一定生个男孩子出来。生的偏又是女孩子时,她恨自己不争气,不吃不喝,折磨自己。这样,小青再不是苇子园的小青了,连白发都有了。

梁子和柱柱还把小青当苇子园里的小青看。梁子因为一个偶然的机会已是城里人了,并在城里娶妻生子。回家探亲时,听说小青来走娘家,专门去看望。小青知道梁子的身份不同以前,很有些经不起,手脚不好措置。梁子呢,一点也不傲人,问到小青为何这般瘦弱。只这一句,小青就扑簌簌滚下无数泪来,梁子安慰了小青好多话,劝她别再要孩子了。小青使劲点头。

小青用架子车拉着几个孩子回婆家时,半路上碰见柱柱。柱柱也有一家人了，日子过得很殷实。他非要替小青拉一程。小青就让他拉。走了一程又一程，柱柱还不撒手。小青说："柱柱哥，苇子又该甩穗了。"

柱柱说："是的，又该甩穗了！"

河　床

　　金眼打听到羊年没有老婆,来到羊年的宿舍,说有一个女人,现成的,问羊年要不要。羊年知道金眼贩卖牛马兼做女人生意,问一个女人多少钱。金眼说,咱弟兄,什么钱不钱的,你先看看人,看对了眼,把人领过来先用着,别的事儿都好说。他嫌羊年上来就拉架子讲价钱太直性了,说这女人不是别人,是他外乡的一个表妹,他要给表妹找一个好主儿,挑来挑去才选中了羊年。羊年笑笑,没有揭穿他。

　　"怎么,你不信?"

　　"你有几个表妹?"

　　金眼当然不会讲他有几个表妹,他有些警惕,做出生气的样子对羊年说:"你这人……你不信拉倒。你两只手打光棍儿,打来打去怎么样?一只雀儿也打不出。有表妹过来陪你,光棍儿一下子就不光了。表妹人怎么样我不说,反正过了这个窑没这个炕了。"

羊年答应去看看。

金眼这才高兴了,说他刚才从山上下来,见粉红的桃花开满了坡,算着今天有人该走桃花运,果然应在羊年身上了。

羊年又笑笑。羊年的笑是无声的,目光也回避着,似乎有点不大好意思。

金眼家住在白照。白照是一个小山村。第二天,羊年穿了一身干净衣服,备了两盒点心,到金眼家里去了。金眼正在院子里用带锯齿的铁梳子给一头牛梳毛,小牛不过两三岁口,全身的毛黄亮亮的。小牛大概被梳理得有些舒服,眯眼站着不动,只有尾巴梢儿轻轻摆来摆去。金眼见羊年来了,同时把羊年手提的点心也看到了,叫羊年:"羊师傅,说来就来了,还带东西干什么!"冲屋里大声喊,"四锦,四锦,你看谁来了?"把点心接过去了。

屋里无人应,一个女子却从屋山下的茅房里出来了,她出来得有些匆忙,两手在衣服下的裤腰上还有动作。动作完了,她把衣服襟子往下拉展,仿佛把上茅房的事也遮掩了,问金眼:"大哥你喊我?"她本来已把羊年看到了,装作没有看到。

金眼扬着下巴把羊年示给四锦:"你看谁来了?"

谁来了呢?四锦认不出是谁来了。

"这就是我给你说的羊师傅呀,羊师傅是国家煤矿的工人,吃国家粮,拿国家钱……这还不算,羊师傅是真正的青头厮,从来没开过壶。青头厮,你懂吗?"

男人的事四锦是懂的,但她摇了摇头,表示不懂,把眼睛去瞅羊年,看这青头厮的头有多青。她一瞅就禁不住微笑了。

羊年的目光无处落脚,只得落在小牛身上,他走过去,把小牛背上的细毛抚摸着,问金眼小牛是不是要卖。可金眼说,今天不谈牛的事。不谈牛当然是要谈人,这让羊年有点为难。从茅房里走出来的女人羊年看见了,他原以为被人拿来当生意做的女人不会有什么好货,不是傻瓜,也是烂瓜、老瓜,没想到这个叫四锦的女人会是这样。他想起老家镇上中学有个姓华的女学生,女学生生得小小巧巧,鼻子、眼儿很相衬。有人告诉他女学生华多么好看,像戏子。这么好的女学生被镇上一个吹唢呐的吹迷了心,有人在学校大门外看见,一个雪夜,小巧的女学生钻进吹唢呐人的棉大氅里,被人包着头带走了。目睹此景的人起初还不敢相信,待"棉大氅"过后,看清留在雪地上的脚印确实是四个,才不得不相信了。羊年听说这事后,很为女学生可惜了一阵子。这个四锦不会是那个女学生,可他差点相信了金眼的话,以为四锦真是金眼的表妹。

金眼把他俩让进屋里,让他们仔细相看相看。金眼的意思是为他们创造条件,一把二人安置在凳子上坐下,就又到院子里梳弄小牛去了。他说这牛真漂亮啊,上哪儿找这样的牛去!

金眼赞叹牛的话二人都听到了,四锦笑了笑。

羊年问她笑什么。

她说:"不笑什么。怎么,连笑笑都不让吗?"

"让。"

"听说你是孤儿。"

"是。"

羊年说了"是",就把头低下了,两只手互相包来包去。

四锦说:"跟你说话真费劲。你一点儿也不关心人家。"

羊年就问她家是哪里的。

"我没有家。"

"你的老家呢?"

她答的仍不是羊年所问的,她说:"走到哪里哪里就是我的家。"

局面僵了一会儿,羊年无话找话,夸她的表哥很能干。

四锦似有些转不过弯儿来:"表哥?什么表哥?"

"金眼不是你表哥吗?"

四锦这才转过来了,连忙说:"是呀,我表哥是挺能干的。"抿嘴笑了笑。

羊年这次不敢问她笑什么了。

羊年要走时,金眼问他人怎么样,对眼不对眼。羊年样子有些犹豫,说四锦人长得小了点儿,好像没长开。他后面还有话,他的个子这么大,四锦身子这么小……这后面的话正不好出口,金眼就把他的话打断了,说:"老弟,你这话就外行了,川马小不小,照样能驮,能跑,能生小马儿。马越小,就越皮实,用起来越耐久,越不爱生病。你不识货,话就不好说了。这不能怪你,你没用过女人,当然分不出好坏。你用用就知道了,小个子女人,那才是真正的宝贝。"

羊年问他是不是把四锦用过了。

金眼笑了,说:"羊老弟,你这玩笑可是开大了,我兔子不吃窝边草,四锦怎么说也是我表妹呀!"他看出羊年对四锦有些动心，就故意说，"既然这样，我看这事儿就算了吧。我本来想跟羊老弟攀一门儿亲戚，谁知攀不上。亲戚不成仁义在，你不能说我有好事儿没想着你。"

羊年想了想，说好吧，就走了。

金眼明白自己的话把老实人将住了，得给羊年一个台阶下，才能把买卖换回。他取下挂在院内树上的两盒点心，追上脚下黏滞的羊年，让羊年把点心带回去自己吃，红娘没做成，羊年的礼他不能收。羊年站下，让他说价钱。金眼说"好说好说"，却不说。他这次没有再提让羊年把人"先用着"的话，让羊年出一个价钱试试看。羊年样子有些恼，说："我不出！"转身欲走。金眼一把将他拉住，按牲口市上的习惯，把衣袖往下甩了甩，罩住手，然后把羊年的手拉住，意思要在笼接在一起的袖筒口里用指头代表数字，把价钱捏一捏。羊年一甩手拒绝了，意思是：你他妈的少来这一套！羊年不知，这个动作在牲口市上是另有意思的，它表示要求对方讲明价不讲暗价，别掖着藏着。金眼要的价钱大了些，羊年心里估算一下，把他这些年的积蓄都拿出来还不太够。

金眼知道这光棍儿汉有难处，解释说，不是他老母猪吃食张口大，他是为表妹着想，收几个钱替表妹存着，以后好了歹了，表妹不至于没口饭吃。他猜羊年会跟他讨价还价。俗话说得好，光棍儿的钱不是串在光棍儿上，是穿在锯条上，取下一个不容易。讨价还价他不怕，挖煤的事他不在行，对付讨价还价可是他的拿手戏，这个戏羊年无论如何唱不过他。

羊年什么戏也没唱，答应明天下了夜班送钱来。

羊年交了钱把四锦领走时，四锦显得很欢喜，翻过山说山高，走过水说水长，似乎对前途无忧无虑。倒是得了女人的羊年，像是满腹心事，话头儿很稀。四锦问他："怎么，你不喜欢我吗？"

"喜欢。"

"那你为什么不说话？"

"这不是正说着呢吗！"

"我知道，你嫌我个子小，对不对？"

"谁说的？"

"你别管谁说的。"她用的比方像是跟金眼学来的，"川马小不小，高头大马不一定跑得赢它。"

"你是川马？"

"你是高头大马？"

两个人互相看看，都笑了。

当晚，羊年告了假，不下窑了。同宿舍的两个矿工到别的屋睡去了，为他俩腾开了地方。羊年在窗户上挂了床单，给四锦指了他的床，让四锦坐在他床上，他却到别人床上坐着去了。对于使用女人的事他心里慌慌的，有些无所适从。

四锦呢，大概要看一看羊年的本事，也不主动。

羊年问她饿不饿。

她说饿，饿着呢！

"你想吃什么？"羊年问的是饭食，矿上食堂里鸡有，鱼有，豆腐也有，四锦只要说出想吃什么，他马上就去端回来。

四锦说："想吃你。"

羊年明白她的意思，说："想吃我容易，四面尽你挑，你想吃哪块儿就吃哪块儿。"他站到四锦面前去了，把胳膊上的肉捏了捏。

"我想吃你的心。"

"心在里边呢，隔着骨头隔着肉，我怕你吃不到。"

"我把隔着的东西都咬破，你看我吃到吃不到！"她把大个子羊年狠拽了一下，拽得和自己正对正，就站起来，开始剥羊年上身的衣服，剥了外衣剥内衣，把羊年剥得裸着膀子。

羊年心跳加快如打"紧急风"，越打越紧急，简直分不出点儿来，他只说："我怕你吃不到，我怕你……"

四锦找准里面长心的那块地方，嘴对着胸盘子做出大啃大嚼的样子，却不啃也不嚼，只把那粒小东西嘴来嘴去，舌来舌去。羊年觉得身体另一处有大潮汹涌澎湃，势不可当，他说："啊呀这不得了……太不得了啦……这怎么办呢……"不知不觉就把四锦抱起来了。

完事后羊年有点想哭，为自己，也为四锦。没哭出来，他就叹了一口气。四锦问他是不是后悔了，他轻轻摇了摇头，问四锦疼不疼。四锦先说不疼，又说有点儿疼，不过，没事儿。羊年把四锦轻轻拥着，像拥一个孩子。

羊年不止一次听到工友们评价某个遭遇不幸的矿工，说那个矿工连女人什么味儿都没尝过就死了，太亏了。也不止一次听到有的初试云雨的矿工自炫，总算知道女人是什么玩意儿了，这辈子总算没有白活。过去他对这些话吃不太透，觉得工友们是不是把男女之事看得太重了。现在他开始有点明白，工友们的话一点也不过头。二三十年来，他走哇走哇，不知走到哪儿算一站，也不知自己要走到哪里去了。四锦的到来，使他一下子把停靠的站点找到了。站点小小的，没有山也没有水，可刚才的事情使他觉得仿佛爬了千山，涉了万水，把什么都经历过了。在经历中，他生了一回，死了一回，又生了一回。生生死死之后，他的心平静似水，柔软似水，剩下的就是莫名的脆弱和对四锦的怜惜了。

工友们知道羊年得了女人，玩笑是少不了的，一下窑，那些兄弟们就问他女人什么味儿。

什么味呢？他说什么味都有。

大家让他讲讲。不是什么味都有吗，就按苦辣酸甜咸，一味儿一味儿地讲。

羊年说："那不可能。"

工友们有些失望。羊年没有讲出有味儿的来，有味儿的玩笑却含了一些醋味儿。一个说："头大帽子小，帽子撑破这咋了。"还有人知道羊年的女人是花了大钱买来的，问他是否把女人锁在屋里了。听羊年答没有，就说不好，等羊年下班出窑，那女人早远走高飞了。羊年说，锁住身锁不住心，她愿走哪里就走哪里。话虽这么说，羊年心里未免犯嘀咕，买来的母鸡腿脚子野，鸡飞蛋打的事儿是有的。有个工友花钱从车站领回一个女人，夫妻没做满一月，那女人趁工友在窑下上夜班，就卷包而去。工友按自己的估计，每天下了班骑车几十里到车站去转悠，有一天晚上果然把那女人等到了，他一把拉住那女人说："好你个没良心喂不熟的！"不料那女人一点也不害怕，她给羊年的工友算了一笔账：工友总共花了多少钱，加班加点共做了多少回"夫妻"，每回平均合多少钱，一五一十，算得清清楚楚。算的结果，按市场价来比，工友不但不吃亏，好像还占了便宜。工友不同意这种算法，说这样不是等于把自己零卖了吗？女人说，零卖整卖都一样。工友让女人跟他回矿上去。女人让工友拿钱来。两人正不可开交，黑影里晃过来两个壮汉，问他们拉拉扯扯做什么，要耍流氓吗？工友倒成了无理的。羊年不知道自己和那个工友会不会有同样的遭遇。他看四锦不像那种朝三暮四的女人。可是，这事儿也很难说，煤层隔地皮，人心隔肚皮，谁也看不透谁心里想什么。

羊年下班从窑下升出来，草草洗了几把，就回宿舍去了。四锦没有远走高飞，四锦还在。四锦满眼望着他，说："你回来了！"

羊年心里有些感动，但他装作平平淡淡，说"回来了"。

按他们的计划，四锦买了锅碗瓢盆，买了油盐酱醋，拉开了过日子的架势。四锦把饺子也包好了，在床板上的一张报纸上排好队,羊年一回来,她就开始把饺子往沸腾的锅里下。四锦包的饺子像她这个人,小巧玲珑的。羊年一看就笑了。

四锦说:"我知道你笑什么,你笑我包的饺子小,对不对?"她跟羊年开了一个俏骂人的玩笑,"马车后面放的草包大,你吃去呀!"

羊年觉得这种玩笑很亲昵,很有家庭味儿,让人开心,他说:"我才不吃草包呢,我吃你,我也吃你的心。"

四锦见他这么快就把自己的一套学会了,越发心痒脚轻,说:"你吃呀,你吃呀,我看你吃……别急,等我把饺子捞出来……"

羊年"吃"得一点也不逊色。

可是四锦说:"我没教给你的还多着呢!"她想起一句戏文,就轻轻地唱:"我把你蹿山跳涧都教会,就不教你狸猫爬树梢。"

羊年问她什么是狸猫爬树梢。

她说狸猫爬树梢就是狸猫爬树梢。

日子一天天过下来,四锦教给羊年的东西果然不少。羊年是四锦的好学生。三春过后,夏天来了。夏天到来时四锦还没走。四锦把羊年侍候得很不错,羊年想吃辣做辣,想吃酸做酸。羊年以前不喝酒,四锦说,我让你喝。羊年就喝。羊年喝两杯就软得不行了,四锦的酒量却大得惊人。夏天的雨总是比春天的雨大,一下大雨,四锦就去井口等羊年。羊年还要到澡塘洗个澡,他让四锦先回去。四锦不回去,就在澡塘门口守候。等羊年出来,她才把伞举在羊年头顶上,和羊年一块儿回宿舍去了。羊年倒班时,他们还一起到野外去玩。煤矿后面有一条河,河床很宽,水很少,弯弯曲曲,流得很勉强似的。羊年告诉四锦,往年夏天,他下了班都是到这里洗澡。四锦问他现在怎么不来了。他说下了班急着回家。四锦问他急着回家干什么。他说:"你知道。"

四锦说:"我不知道。"她让羊年说。

羊年说:"还不是为了你。"

"为我什么?"

羊年又说:"你知道。"

四锦撇了撇嘴:"你不用哄我,我知道,我当然知道你那点小心眼子,你怕我跑了,是不是?"她没等羊年回答"是不是",就指水边的一枚卵石给羊年看。羊年把卵石给她捞出来了。四锦把圆圆的带白色斑纹的小东西捏在手里,又有了新问题,她问羊年这石头怎么这样圆? 是谁磨的?

怎么磨的?磨成这样得花多长时间?好在这些问题是羊年琢磨过的,他说,原来这里水很大,水流推动石头,石头互相摩擦,时间长了,石头的棱棱角角都磨掉,就成圆的了。至于用多长时间,恐怕得几十万年吧。两个人估不透几十万年是多长,就往天边眺望,想用眼估一下。天边被山的脊梁挡住了。看来几十万年的事儿永远估不透了。

四锦除了在矿上给羊年做老婆,也以表妹的名义到金眼家走一走。金眼也到他们家做客。金眼问羊年:"我说得不错吧,我表妹怎么样?"

羊年承认不错。

金眼说:"好事还在后头,到了明年,表妹给你生个儿子,你更得说不错。明年是猴年,我看你儿子就叫猴年得了。"

羊年看看四锦,意思是让四锦决定。

四锦不同意金眼的说法,说:"大哥净瞎说,我儿子才不叫猴年呢!儿子的名字由他爹起,不用你操心。"

金眼说:"好好,我瞎说,我把话收回来,行了吧!"

他们的话都让羊年觉得很受用。

四锦后来还是走了。那天羊年上夜班,出井时太阳已升到矸石山的山顶。羊年路过农贸市场时,给四锦买了一手巾兜杏子。杏子是山里新摘下来的,金黄金黄,透着甜香。羊年一进家就喊："四锦,你看我给你买的什么?"无人应声。羊年一看,只有包好的饺子在床板上的一张报纸上排放着,人却没了踪影。他想,难道四锦会离他而去吗?他把小小的饺子捏了捏,饺子已经有些干边儿,看来昨天晚上就包好了。他把木箱打开,手伸进棉衣底下摸了摸,相信四锦真的走了,因为昨天刚领的工资没有了,母亲的遗物——一对厚重錾花儿的银镯子也没了。羊年一时有些发傻,手巾兜儿里的杏子滚了一地。他没有声张,像四锦在家时做的那样,把门从里边插上了。这事情对他来说不大好接受,他要好好想一想。这时有个工友从门口路过,问羊年嫂子给他做什么好吃的。羊年说,没什么,家常饭。

羊年什么也没吃,到金眼家去了。人去不中留,留来留去是冤仇,羊年不打算跟金眼要人,要也是白要。他想通过金眼把母亲的镯子追回来。母亲说过,这镯子要传给她的儿媳妇。既然四锦不愿做母亲的儿媳妇,就不应该把镯子拿走。金眼不在家,只有金眼的老婆在家。金眼的老婆说,金眼又外出贩牲口去了。羊年问她金眼什么时候回来,她说没准儿。羊年什么都明白了。

回矿时羊年头有些蒙,脚下有些沉,仿佛失了方向。路过那条河,他就站下了。河边有几棵树。没有风,树显得很安静。羊年到一棵树下坐着去了,坐了好久。

有人发现羊年的老婆没有了,问羊年新媳妇到哪里去了。羊年说走娘家去了。人问新媳妇的娘家在哪里。羊年说,她娘家离这里比较远。

羊年又开始到河里去洗澡。夏天雨水多,河里水稍大一些,深的地方能到腰窝。羊年下到最深的地方,一低头就看见水里有个黑脸人。流动的水把黑脸弄得歪瓜扁梨,古古怪怪。他心说,这是我吗?挥动手臂左右划水,把"我"抹掉了。洗下身时,羊年就到浅水处。他洗得慢慢的,洗几下,捡一个石块投一个远,或从一块大石缝中摸出一只小毛蟹,自己的眼对了毛蟹的眼,把毛蟹左看右看。他不必担心有人会看见他,会伤了风化。这里空空旷旷的,除了太阳、山峦、树木、石头,极少有人走动。去年夏天,羊年倒是在这里遇到过一位放羊的老汉,他用老汉的烟袋吸过老汉的旱烟。老汉的气味儿和样子让他想起自己的父亲,两个人很说得来。他今年还没看见老汉和他的羊,不知老汉和他的羊还来不来。他朝老汉以前经常出没的那个山包看了看,山上有些苍茫,太阳晒出的一层风水之气在盈盈波动,让人发愁。

羊年上夜班时,升井是白天。上中班时,升井是半夜。有时半夜下班，他也愿意一个人到河里洗一回。有人说夜晚是鬼的世界，特别是夜晚的水里，鬼们特别活跃，人若夜间下水，一不小心，就会被戏水的鬼当成伙伴拉走，也成了鬼。可羊年不怕。工友们都说羊年这人有点怪。羊年一个人来到河边。夏夜的河边有虫鸣，虫鸣很繁密。天上的星星也很繁密。繁密的星星映在河里，随河水流走了。一眨眼，星星又回来了，还是在原地方，在天上是原地方，在水中也是原地方。在夜里，河边的一切和白天都不一样，山石草木朦朦胧胧，既亲切又诡秘。不远处有一棵树，树小小的，像一个人。他把树看了一会儿，觉得小树搔首弄姿，在向他发出召唤。他走到树跟前，把树摸了摸，证实的确是一棵树。他想起四锦，不知道四锦到哪里去了，不知道这辈子还能不能见到四锦。世上的女人千千万，他不认识人家，人家也不认识他。独有这个叫四锦的女人，跟他有过那么一段交情。他不恨四锦，四锦给了他女人的一切，按工友们的说法，得到过这一切，死了就不亏了。他只是有些舍不得四锦，想到可能永远见不到四锦了，他心里有些空落落的。

八月里，羊年听说，金眼被县里抓起来了，关进了大牢。接着听说，县上还抓了一些女人，正集中在大明水库边一处敬老院建房工地干活儿，算是劳动教养。羊年想，四锦会不会也在那里干活儿呢？矿上离水库不远，只有十几里路，羊年打算去那里看一看。从矿上到水库是下坡路，路两边都是庄稼，高粱、玉米、大豆、谷子等，满眼肥绿。羊年走在这庄稼地里的小路上，像是回到了家乡，心里涌起一股别样的滋味。

水库边果然有一片圈起来的建房工地，有一所房子已开始封顶，另一所房子刚起到半腰，男男女女，七手八脚，在各处干活儿。羊年躲进一方杨树的苗圃里，一眼就把四锦看到了，四锦正和一个男的一块儿和石灰，把石灰里掺上麻刀，兑上水，和成泥。四锦穿的一身衣服还是羊年给她买的，衣服上溅了不少灰泥点子，看上去又脏又旧。四锦手里拿的一张铁锨很大，和她小小的身量很不相称，显得她像是一个童工。四锦比在矿上时瘦多了，小脸儿黄黄的，头发干干的，干几下就用袖子擦额上的汗。四锦跟着羊年时，羊年从来舍不得让她干这般粗重的活。羊年有些心疼，心说：我让你作，这下作到家了吧？自作自受，这是何苦呢！他没有马上去见四锦，而是返到矿上买了一只挺大的酱肘子，才去看四锦。四锦说过，她最爱吃的就是酱肘子，酱肘子解馋。工地的警卫不是很严，羊年说是来看望他妹妹，警卫限了一个时间，就让他进去了。

四锦一见羊年，样子有些惊恐，不由得往后退。

羊年说："给，你最爱吃的酱肘子。"

四锦说："我不吃，我不吃。"

羊年说："看你瘦成什么样子了，一定是这里生活不好。"他走过去，把盛在塑料袋里的酱肘子触了触四锦的手。

四锦仰起脸看了看羊年，再低下头时，眼泪就下来了。她还是没接酱肘子，说："我对不起你，你打我吧！"

"我干吗打你，你跟着我几十天，我动过你一指头吗，你自己说？"

"没有。"

"我有对不起你的地方吗？"

"没有。——是我没良心……"

羊年叹了一口气，摇了摇头："算啦，什么都不说了。"他拉起四锦的手，把肘子塞到四锦手里，又掏出一些钱给四锦。四锦坚决不要羊年的钱，她显得很固执，说在这里花不着钱，并说，要是羊年硬给钱，她不但不要钱，连肘子也不接受了。羊年只好作罢。羊年提起银镯子的事，讲了银镯子的来历和母亲的心愿，要四锦把银镯子还给他。四锦问他是不是找到对象了。羊年说没有，还找什么对象，不找了。

四锦说，银镯子被她卖了。

羊年问她卖给谁了，能不能赎回来。

四锦说不出卖给谁了。

此后，羊年经常来看一看四锦，每次来都给她捎些吃的。四锦不让他来，他答应了，可是还来。有时把吃的东西交给四锦就走了。有一回，四锦把他领到自己宿舍去了。宿舍是一个就地撑起的破帆布篷子，里面打的是地铺。一进帆布篷子，四锦就替他脱衣服，说："来吧，快点儿。"

羊年把衣服掖上，说："不行。"

"只要快点儿，没事儿。"

羊年说："我来看你……不是为这个……"

"那为什么？"

"……我也不知道。"

四锦不得不重新打量一下面前的这个人，人说在女人面前男人都是一样的，看来这话不完全对。

敬老院建成后，四锦的劳动教养也解除了。人家要遣送她回老家时，她死活也不肯，要往水库里跳。正好敬老院需要服务人员，就把她留下来了，安排她干些给老年人端茶倒水铺床叠被的差事。她干得很卖力,对老年人也知冷知热。老头老太太都喊她"小四锦"。

忽一日,四锦到矿上找羊年来了,对羊年说:"我来跟你说说我过去的事儿……"她说着说着就哭起来,羊年越劝她"别哭别哭",她哭得越痛心,到后来竟大声号啕起来。羊年手足无措,他的鼻子也酸溜溜的。

四锦渐渐平静下来之后,说她是给羊年送银镯子来了,说着从随手提来的一个袋子里拿出那对錾花的银镯子。银镯子原样去原样回,包镯子的红布也是原来那一块,银镯子上生的一些绿锈也没擦去。

羊年有些惊喜,仿佛看到母亲又回来了。

"你不是说卖了吗?"

"我压根儿就没卖……我想自己留着戴……"

"……"

四锦表情有些严肃,她把镯子交给羊年,叫着羊年的名字,说:"你要是愿意呢,就把镯子给我戴上,我一直戴到死;要是不愿意呢,我扭头就走。"

羊年想了想,把镯子给四锦戴上了。

过　年

　　喝了腊八粥,吃过祭灶糖,杨月文就开始蒸过年馍。蒸过年馍跟平常日子蒸馍不一样,过年馍用来敬神,祭祖,还要待客,蒸时精心得多,也隆重得多,一点都马虎不得。平常日子,馍蒸得长了方了狗样猫样都没事,馍里面一般也不放什么东西。过年馍必须蒸得又大又圆,馍中心还要放一颗红枣儿。把馍蒸圆,当然是取合家人过年团团圆圆之意;馍中放枣儿呢,则是一种祝愿,祝愿家里每一口人一年到头心中都甜甜美美。她已经蒸好了两锅,正在蒸的是第三锅。锅底的劈柴熊熊燃烧,红火把整个灶膛充得满满的。锅盖周边冒着白汽,白汽越冒越快,越冒越高,灶屋里热气腾腾。每蒸好一锅子馍,她就把馍拾起来,摆在案板上凉着,等凉得差不多了,就放进一只新麦莛编的馍篓子里收起来。这种篓子保温保湿又透气，盛馍最好，馍放进去十天半月都不会长毛，不会干裂，始终保持着过年馍的良好形象。杨月文锅前锅后地忙活，她的女儿小敏在她身后一步不落地跟着她，哼哼唧唧不知要干什么。她转身时，才三岁多点的小敏不免挡她的路，绊她的脚。她拿一个新蒸的馍给小敏吃，小敏不吃。她让小敏找别的小孩儿去玩，小敏也不去。她装作突然想起了什么，对小敏说：你爸爸该回来了，快去庄东边大路上接你爸爸去，看你爸爸给你带回了什么花衣服！她一边说，一边往灶屋外面推小敏。她不推还好些，一推小敏反而回过身来，把她的一条腿抱住了。连着两三天了，她天天让小敏去接爸爸，小敏去了一趟，又去了一趟，每次都是高兴而去，失望而归。小敏一个人不想再去了，要去她得拉着妈妈跟她一块儿去。杨月文说：你这个小闺女儿呀，怎么这么会缠磨人呢！好好，我跟你一块儿去。

天晴得很好，院子里的阳光暖洋洋的。堆在椿树根部的一些残雪融化得都是窟窿眼儿，地上洇湿了一大片。房瓦上的积雪也在融化，晶亮的雪水顺着房檐一珠一珠往下滴答，每滴下一珠，都在下面的青砖地上溅起一朵水花。急年的孩子开始放起了小炮儿，这儿叭，那儿叭，把过年的气氛搞得一抓就是一大把。来到院子里，杨月文拉着女儿的小手站下了，说锅里正蒸着馍呢，要是两个人都走了，锅烧干了怎么办呢，馍蒸煳了怎么办呢，还是等把这一锅馍掀锅了再说吧。不是杨月文变卦，她本来就没打算跟女儿一块儿去庄东路边。锅下燃着火，锅上蒸着馍，家里确实离不开人是一方面；另一方面，丈夫董新语又没说准是哪一天回来，她这样盲目地到村口接来接去，是不是显得太沉不住气了，盼夫归太心切了，岂不是惹街坊邻居笑话。小敏接爸爸的积极性不是很高，妈妈不去了，她也不去。她扯住妈妈身上的围裙，要妈妈解下来，给她穿。围裙是杨月文前两天刚做的，底是鸽脖子蓝，花儿是油菜花样的小黄花儿，乍一看，朵朵小花儿立体般地浮现着，甚是漂亮。今年过年，她不打算添新衣服了，做一件新围裙，也算脱下旧裙换新装吧。做年货关乎礼仪，她提前把新围裙穿上了。小敏大概把围裙当成了花衣服，也想穿上臭臭美。她对小敏说，围裙太长了，小敏太矮了，穿不起来。小敏扭着小身子撒娇，坚持要穿。她只好把围裙解了下来，一下子盖在小敏头上，从头顶到脚跟，把小敏的眼睛也蒙上了，说：你看我说太长吧，你非要戴，哎，哎，新媳妇，顶盖头。小敏拽了好几把，才把围裙从头顶拽下来。小敏生气了，小巴掌举到肩膀上要打妈妈。她在院子里跟女儿躲来闪去兜圈子，不让女儿打到。

蒸好了馍，杨月文还准备杀鸡、杀鱼、杀羊。她要把鸡和鱼剁成小块儿，用香油炸出来，到时候给丈夫做黄焖鸡、黄焖鱼吃。杀了羊，她先把羊肯子挂在墙上，等丈夫回来，天天熬它一大锅，让丈夫吃羊肉，喝羊汤。这时村南一家小商店门前高杨树上的大喇叭响起来，有人喊：小敏妈，接电话！一连喊了三遍。这是安在小商店里面的传呼电话，外面来电话都是打到那里，再通过高音喇叭传呼，传呼一次五毛钱。杨月文一听就知是丈夫董新语打来的电话，她心里快跳了几下，脑子里闪过的第一个念头是丈夫该告诉她准确的回家时间了。喇叭里刚呼过第一遍，她就对小敏说：快，你爸来电话了！拉了小敏的手大步向小商店走去，把小敏拉得跌跌撞撞，一路小跑。电话果然是丈夫打来的，丈夫告诉她，今年不能回家过年了，矿上不放假。弯子转得太陡了，杨月文没有及时反应过来。她脸色变白，一时没有说话。月文，月文，你听见了吗？丈夫的声音有些急促。杨月文的鼻腔子开始发酸，这才说：大过年的，怎么能不放假呢？丈夫说：过年期间，矿上给我们发双工资。杨月文说：你别跟我提双工资，我不稀罕你的双工资，我就要你回来过年。我把过年馍都蒸好了，你不回来，那么多的馍给谁吃呢！丈夫说：这怎么办呢，队长让我留在矿上保勤，我都答应队长了，一个人说话得算数。杨月文说：你光跟人家说话算数，跟我说话就不算数。你不是说好的回来过年嘛，怎么能说不回来就不回来呢！丈夫说：过罢正月十五，我争取回去。杨月文说：你要是过年不回来，啥时候都别回来了。我看你心里就没有这个家，也没有我们娘儿俩。眼角一热，杨月文眼泪下来了。小敏看见妈妈流了眼泪，有些害怕似的使劲拉妈妈的衣角，喊着：妈！妈！丈夫大概从电话里听见了女儿喊"妈妈"的声音，问：是小敏吗？让小敏跟我说句话。杨月文用衣袖擦了一下眼泪说：你再不回来，你闺女都快不认识你了。她弯下腰，一只胳膊抱起小敏，把电话听筒放在小敏耳朵边，教小敏说：是你爸爸，快喊"爸爸"。小敏没有喊"爸爸"，她躲着话筒，扭过脸对黑不溜秋、弯腰小老头儿一样的话筒看了看，仿佛在说：这怎么能是爸爸呢！杨月文催促女儿：快喊哪，你说"爸爸，我想你"。听筒里，董新语也一连声地叫着"小敏小敏"，让小敏答应呀。小敏到底没喊爸爸，也没有答应，她一下子搂住妈妈的脖子，把脑袋拱到妈妈的下巴下面去了。杨月文说：你看，你闺女都不搭理你了。就这样吧。

杨月文决定不在家里过年了。腊月二十九，她一手扯着女儿，一手提着一个大编织袋，登上长途汽车，要赶到矿上去过年。编织袋里装得满满的，除了过年馍，她把鸡和鱼也炸了出来，分别装在塑料袋里，再装进编织袋里。鸡，代表吉庆；鱼，代表有余，过大年这两样东西也不可少。羊，她没有杀。羊太大太肥，杀了也没法带。她把羊牵到婆婆家里，让婆婆替她照看几天，饿不死就行了。动身前，她没有给丈夫打电话。丈夫没有手机，队里只有一部电话，给丈夫打一次电话难着呢。她不知丈夫正上的是白班，还是夜班；在井上，还是在井下。就算把电话打到队里，丈夫能不能接到电话也很难说。那么她打算突然出现在丈夫面前，吓丈夫一下子，看看丈夫会慌乱成什么样子。天阴得很低，好像又要下一场雪。穷家富路，湿家干路。她很担心半路上下雪，当天赶不到矿上。还好，家里离矿上一千多里，她和女儿从早上搭上车，一直坐到半下午，总算没有下雪，她们母女俩总算在天黑之前到了矿上。几年前的春天，杨月文还是新娘子的时候，曾随丈夫来到矿上，在矿上住了一个多月，对生活区的布局是熟悉的。她不用打听，就找到了丈夫所住的单身宿舍楼，并找到了丈夫所住的房间。

董新语上的是夜班,这会儿正在宿舍里睡觉。同宿舍还有两位矿工,他们都在睡觉。他们一般是晚上十点左右起床,吃过饭,开过班前会,十一点就要披挂下井,零点之前必须赶到工作面接班。上夜班规定的时间是早上八点下班,因井下的巷道比较漫长,等他们升到井上,已到了九点多。这就是说,从下井到升井,他们每天在黑暗中的时间都要超过十个钟头,甚至更多。是上别的班的一个矿工在楼门口看见了杨月文,抢先上楼替杨月文拍响了董新语宿舍的门。那个矿工使用的还是几年前的叫法,把杨月文叫成新娘子,说董新语,董新语,你的新娘子来了,给你送好吃的来了,还不赶快起来迎接!哪有手里扯着孩子的新娘子呢,这种叫法让杨月文很不好意思。大概董新语以为工友在跟他开玩笑,在屋里没出声,也没有起床开门。虚报妻情的情况以往是有的,所谓送好吃的,也有多重含义。已经来到门口的杨月文没有再敲门,也没有直接喊董新语的名字,怎么让丈夫知道她真的来了呢?她的办法是教女儿:小敏,喊你爸爸,大声喊"爸爸,我来了"!教过女儿,她把编织袋放在地上,很快地拉拉衣襟,抿了抿头发。小敏喊爸爸还没喊出来,董新语已经把门打开了。他只穿一件裤衩,连鞋都未及穿,光着膀子光着脚就到了门口。

明天就是大年除夕,妻子女儿突然到来,像是真的把董新语吓着了,他两眼瞅着妻子,一时不知说什么好。待他把话说出来,一开口就听出不是自己要说的意思。他说:你怎么来了?杨月文说:怎么,不兴俺来吗?你要是不想让俺来,俺马上就走。董新语讪讪地笑了一下,伸手把立在门口的编织袋提进屋来,说:你们还没吃中午饭吧,我去食堂给你们打点饭吃。杨月文说:你还是先管你自己吧,连件衣服都不披,冻病了就不能了。她见丈夫有些瘦,连肋骨都看得出来。丈夫的气色也不是很好,阴白得有些蘑菇色。由此可见,丈夫在终年不见阳光的地底干的活有多重。她的眼圈儿一红,差点掉下泪来。

同屋的其他两个矿工也醒了,他们从被窝里抬起头对杨月文笑笑,算是打了招呼。定是久上夜班的缘故,他们的脸都是阴白色,眼睑处还留着未洗干净的煤黑。其中一个矿工对另一个矿工说:咱们起来吧,给新语腾个地方。董新语懂得腾地方是啥意思,工友的妻子来了,他也给人家腾过地方。远道而来的妻子,哪个不是一团烈火,而待在矿上的丈夫呢,哪个不是一块优质煤炭。腾地方的意思,是给烈火和煤炭一个机会,让他们抓紧时间凑到一块儿烧一烧,把积压已久的困难先行解决一下。董新语说:

别，你们只管接着睡，谁都不要起来。我去找队长，问问探亲家属房还有没有地方。董新语去了一会儿就回来了，说探亲家属房里早就住得满满的，一间空房都没有了。刚从外面进来时，董新语头发上、衣服上都落有雪花，表明外面已经开始下雪。杨月文扭脸往窗外看，见雪下得还不小，大雪朵子上下翻飞，一片混沌。雪阻路断，她想这一次也许不该来。董新语倒显得很欣喜，他说：下雪了，太好了，这是好兆头！这边一冬天都没怎么下雪，你们娘儿俩一来，就把雪带来了。杨月文在床边低眉坐着，董新语过去把妻子的后背轻轻抚了一下，说：没事儿，你和小敏先休息一会儿，我到附近农村看看，去农村租一间房子。自从来到一个新的环境，小敏像是想看又不敢多看，紧紧拉着妈妈的手，一点都不放松。妈妈坐在床边，她就挤在妈妈两腿之间，把头拱在妈妈小肚子上。爸爸看她时，她把脸藏起来，不让爸爸看到她。爸爸一不看她，她就悄悄把脸侧过来，看着爸爸。当发现爸爸的手伸向妈妈的后背时，她猛地把头抬起来，样子甚是警惕。

董新语去附近农村租房，去了好半天才回来。他在门外的地上跺着脚上的雪说：找到了，两间西屋，挺不错的。杨月文问租一天多少钱？董新语说不贵，一天二十块。杨月文说:二十块还不贵吗? 你一天才挣多少钱! 董新语说:房东是一个老大娘,老大娘的儿子在城里结了婚,安了家,今年过年没有回来,只有老大娘一个人在家。老大娘说的是不要钱,不要钱怎么行呢,一天二十块钱的租金是我说出来的。杨月文说:就你老实,一点气都不透。董新语笑了笑说:你不是说就喜欢我这样的老实人嘛! 杨月文说,谁喜欢你? 没人喜欢你! 小敏跟妈妈学舌,也说:没人喜欢你。杨月文说:你看,连你闺女都不喜欢你了。董新语说:不喜欢我,也是我闺女。

董新语去食堂打来饭菜,一家三口吃过晚饭,董新语带妻子女儿去看租来的房子。雪越下越大,地上已积了一层雪。小路七拐八弯,他们踏着积雪,深一脚,浅一脚,上一个坡,还要下一个坡,才来到山沟下面的村子里。下坡的时候,董新语欲把小敏从妻子怀里接过来,向小敏伸着双手说:来,让爸爸抱。杨月文也说:让你爸爸抱一会儿吧,快把我累死了! 不说让爸爸抱还好,一说让爸爸抱,小敏一下子把妈妈的脖子搂住了,搂得紧紧的,推都推不开。杨月文说:你这个缠人的闺女呀,把你妈勒死吧。杨月文到租下的房子里一看,两间西屋是不错,但一间屋里堆满了玉米秆、芝麻秆、豆秆、棉花秆等柴火,另一间屋的地上胡乱扔着一些麦草和红薯秧，窗下拴着一只母羊。母羊定是在屋里拉，在屋里尿，地上遍是羊屎的颗粒和片片尿迹，一股股羊的膻气和尿臊味直顶鼻根子。杨月文抱着小敏，不愿意把女儿往这么脏的地上放。家里有四间大瓦房，还有两间灶屋，都在那里空着。千里迢迢来到这里，却要住人家的羊窝，这叫什么事！杨月文说：我看我们还是回家去吧。董新语说：该过年了，不要说气话。杨月文说：不是我说气话，夏天你回家收麦的时候，不是说好的回家过年嘛！董新语说：谁都想回家过年，矿上不放假，你让我怎么办呢？你也看见了，不能回家过年的也不是我一个。说着，董新语开始收拾屋子，把放在低处的柴火往高处摞。这时老大娘过来了，让他们可以把柴火抱到灶屋里一些。大娘还说，她家堂屋里还有一张小床，他们要是想用，可以抬到西屋里来。杨月文笑着答话：大娘，不用了，我们打个地铺就行了。大娘没有坚持让他们抬床，只说：在家千般好，出外一时难哪！大娘离开后，董新语说：我们借用一下大娘的小床有什么不可以呢？杨月文说：掉就掉在地上，你以为就你能凑合呢，我比你还能凑合。董新语摇摇头，不再说话。杨月文把小敏放在地上，帮助丈夫往灶屋搬柴火。下着雪，羊不能往院子里牵，看来只能拴在屋里。当晚他们没有住在这里。反正董新语和同宿舍的两个工友都是上夜班,他们不到十一点就走了,杨月文和女儿临时在宿舍里住了一夜。

第二天董新语下班后,有两个工友帮忙,他们才把铺盖和锅碗瓢盆以及煤火炉搬到租住的房子里去了。煤火炉和一应炊具都是几年前杨月文当新娘子时住在探亲家属房里置办的,亏得董新语放在床下保存了起来,如今拿出来擦擦洗洗就能用。地铺打好了,煤火生起来了,地上打扫得干干净净,小屋里顿时有了烟火和家庭的气息。除夕之夜,董新语还要去上班,杨月文让他抓紧时间睡觉,自己也带着女儿抓紧时间去买年货。好在雪停了,女儿不用老抱着,只扯着女儿的小手儿就可以。杨月文买了白菜萝卜葱姜蒜,买了鸡蛋、猪肉等,还买了包饺子用的白面。杨月文还买了对联、蜡烛等,还给女儿买了一个吹成孙猴子形状的花气球。在家里过年有什么,到这里过年也要有什么。在家里过年怎么过,到这里也怎么过。住的地方可以凑合,别的方面决不能凑合。买了七东八西的年货回到小屋,杨月文突然想起,鞭炮还没有买。睡了一觉醒过来的董新语说:算了,别去买了,别人家放炮,咱们听响,也是一样的。杨月文说:那不行,人家放炮是人家的,咱放炮是咱家的,谁都不能代替谁。杨月文折回去买鞭炮,想把小敏留在屋里跟爸爸玩。可小敏说什么也不干,杨月文还得带上她。买了一盘红鞭炮回来,杨月文开始给丈夫做好吃的。煎炒蒸熬,扑鼻的香味把董新语的鼻孔扑得大张着,董新语不由得感叹说:有谁能比得上我老婆呢,老婆在身边真是太好了!杨月文说:就这,你还不想让俺来呢。董新语说:谁不想让你来,我巴不得你一年到头住在矿上呢!杨月文说:我还以为有人绊了你的腿,你把我们娘儿俩忘了呢!董新语说:开玩笑。

吃过午饭,杨月文让丈夫接着睡。她知道,上夜班的人必须把觉睡够,下井才有精神。董新语把地铺拍了拍,让妻子也睡一会儿,说着给妻子使了一个眼色。他们虽说打的是地铺,但下面铺了一层豆秆,一层麦草,还有一层褥子,跟沙发床也差不多。杨月文把丈夫的眼色看到了,脸上红了一下。小两口七八个月都没到一块儿,要说想,谁不想呢,做梦都想。可有女儿在眼前,女儿的两眼齐睁着,这怎么办呢?她从上面指指女儿的毛毛头,摆摆手,意思是不行。要是女儿这会儿能睡着就好了。杨月文对女儿说:去吧,找你爸爸去吧,睡睡你爸爸给你铺的沙发床。小敏不去,转过身,伸着双手往她怀里扑。她不让小敏扑进她怀里,伸开双手往外推小敏。她装作逗小敏玩,说:去吧去吧,你爸爸可想你呢,你要是不去找你爸爸,我就不要你了。小敏扑过来,她把小敏推开;小敏又扑过来,她又把小敏推开。她的脸红着,小敏的脸也红着。小敏大概不明白妈妈为何这般推她,她都快要恼了,妈妈越是推她,她往妈妈怀里扑得越厉害,她不仅使劲揪妈妈的衣服,还蹬着腿,伸着脑袋,奋力往妈妈怀里挤。杨月文说:你不找你爸爸,我就找你爸爸去了,我把你关到外面,让人家把你领走。推着推着,杨月文大概真的把小敏当成了障碍,手劲没掌握好,一下子把小敏推倒在地上。小敏哪里受过这个,"哇"地哭了,哭着还骂了杨月文。小敏以前从来没骂过人,看来这孩子是真急了。杨月文说:你敢骂我,看我不打死你! 董新语当然不允许杨月文过年时打孩子,他赶紧拉起女儿,说:来,让爸爸抱抱。董新语以为,在这种情况下,女儿该让他抱了。不料他刚拉住女儿的手,女儿就挣脱他,还是向妈妈身边跑去。两口儿相视,只有苦笑的份儿。

除夕之夜,丈夫下井去了,杨月文剁馅儿,和面,准备包饺子。外面起了风,听风声至少有五六级。大风把房顶上的积雪吹下来,又旋起来打在木门上,把木门打得沙沙响。矿上的生活区在北山,而生产区的井口在南边,生活区离井口有三四里远，这一段路丈夫要步行去上班，不知有多冷呢。除了风声，在新年的钟声敲响之前，这里的除夕之夜是很静的，因为家家户户都在看电视里面的春节联欢晚会。房东大娘家也有电视，杨月文听见了，从堂屋的电视里传出一阵又一阵喧哗之声。杨月文不能带女儿去堂屋看电视，过年的规矩她懂，大年三十的晚上是不兴到别人家去的。鞭炮之声突然响起来，一响起来就很繁密。那必是旧岁辞去，农历新的一年开始了。杨月文把鞭炮看了看，没有拿出去放。她要等丈夫下班回来，全家人一块儿放。杨月文还给自己定了一项重要任务，就是像熬鹰一样把女儿熬着，不许女儿早睡觉。女儿要是睡觉太早，白天又该不睡了。她给女儿讲故事，唱儿歌，教女儿包饺子。一见女儿犯迷糊，她就喊：小敏，不许睡。你要睡了我就走，把你自己留在这里。小敏困得合了眼皮，她又把小敏晃醒。小敏说：妈妈，咱回家。嘴一撇一撇，想哭。杨月文说：大过年的，不许哭！你爸你妈在哪儿，哪儿就是你的家。有了白天被妈妈推倒的教训，女儿只让泪珠儿在眼角滚了滚，没敢哭出来。

　　杨月文把女儿熬得效果不错，早上丈夫下班回来了，女儿还在睡觉。杨月文说：饿坏了吧，我给你下饺子。董新语说:炮还放吧,我去放炮。杨月文要丈夫先别放炮,炮一响会把女儿惊醒的。丈夫会意。结果杨月文还没下饺子,董新语也没放炮,夫妻俩站着就搂在了一起,亲在了一处。董新语觉得嘴里有些咸,捧开妻子的脸一看,见妻子的眼泪哗啦啦流,原来妻子的眼泪流到他嘴里去了。董新语说:月文,别这样,过年应该高兴才对。杨月文说:谁不高兴了,我这就是高兴的……

春天的仪式

麦子甩穗，豌豆开花，三月三到了。三月三是柳镇的庙会。庙会很古老，古老得找不到文字记载，连白胡子老头也说不清它发自何处，起于何年。仿佛自从有人在这块地方生活，自从有了三月初三这个农历纪日的日期，庙会就开始了，就年复一年地流传下来了。仔细算算，这块地方的先人并没有给日益增多的后人留下什么，除了亘古不变的土地，大概就是这么个一年一度的庙会了。庙会其实是一个约定，或者说是一个节日，到时候方圆几十里、上百里的人们都纷纷聚集到会上去了，以各自的方式，去欢度他们自己的"节日"。千万别小看了这个庙会，在当地人心目中，庙会的重要一点也不亚于他们赖以生存的土地。他们的土地可以被剥夺，但每年的庙会一定要去赶一赶。离开故土多年的游子，一提到三月三庙会，眼睛马上就湿润了。

过罢春节，星采就盼三月三。星采不大喜欢春节，过春节无非穿点新的，吃点好的，放放炮，各家过各家的，没啥意思。三月三就不同了，那一天成千上万的人都到会上去，牛也去，狗也去，那是何等热闹，何等气象万千。星采今年盼会心切，是因为她心里存有一个想法，这个想法只有到会上才能实现。这个想法她不会对任何人说，不跟姥姥说，也不跟母亲说，对自己也半遮半掩的，只要想到一点点，她心里就扑腾跳。跳得多了，她的想法就与三月三混成一个意思，有人一提起三月三，她的脸上马上热得不行，心跳得不行。表面上，星采装作把三月三看得很平常，有人问她三月三去不去赶会，她的反应一点也不热烈，态度一点也不积极，说：去不去呢，去干啥呢，又不买又不卖的，到时候再说吧。家里人提起三月三的话头可是越来越多。母亲当然要去赶会，母亲做了几十双老虎头的娃娃鞋，准备到会上去卖。那些"老虎"已被集中在一起，它们张着嘴，瞪着眼，个个跃跃欲试，单等三月三一到，它们便集体冲到会上。父亲提到三月三，是因为他老爱在三月三那天到会上买东西，好像只有那天去买东西，他才能在心上留下记号,同时买回一种快乐。挑起一对水筲,他说这是某年三月三买的。看见一只砸蒜的石臼,他又说这是某年三月三买的。连一把不起眼的镰刀,他也和三月三联系起来。仿佛他生来只为等三月三,而几十年的光景简化得只剩下几十个三月三。妹妹和弟弟更是把三月三挂在嘴上。父亲说了,到那一天他要发给每个孩子一块钱,谁愿意买什么就买什么,买甘蔗可以,买芋头也可以。一块钱在当时是大钱,买一只会下蛋的母鸡都够了。弟弟惊叹:"乖乖,一块钱,我可花不完!"星采逗弟弟,说花不完给我。弟弟说:"不给,不给!"吓得捂着口袋直往后退。星采问:"你的钱在哪儿呢?"弟弟这才想起来,自己的口袋还是空的,父亲还没把钱发给他们呢。弟弟的样子把全家都惹笑了。

随着会期的临近,去镇上赶会的人们捎回的消息越来越多。镇上开始搭戏台了。戏台已经搭好了。镇南一台戏,镇北一台戏。坐镇北边的是本县的剧团,坐镇南边的是邻县的剧团。两台大戏连唱三天,白天唱了晚上唱。晚上除了有灯戏,还有电影,还有六支班子的唢呐大比赛。去年三月三下午,星采和村里姐妹们去看过一场唢呐比赛。那次参赛的是四支唢呐班子,在柳镇的十字街口,一家占据街口的一角，就摆开了战场。那场面，那气氛，说不得，道不得，真是一年不用看，一看管一年，啥时想起来都让人激动得磕头找不着庙门。四支班子尚且赛得难解难分，热火朝天，今年再加上两支班子，不知如何得了。

二月三给人的感觉就是特别好，一大早就与往日不一样。鸡叫得响，鸟叫得脆，驴子叫得悠扬。空气格外清新，吸一口全身透络丝丝。阳光见人分外亲，人走到哪儿它照到哪儿，伸手抓一把，满把都是金。人们一照面，都说这天儿多好，声调里透着洋洋喜气。吃过早饭，村子里会出现一阵短暂的宁静，没经验的小孩子会以为赶会的人都已经出发了，急得东一头西一头地乱找人。原来，村里的大姑娘、小媳妇都躲进屋里梳洗打扮去了。她们换上早已浆洗过的衣服，木梳蘸清水，对着窗台上的镜子，把头发梳得漆亮漆亮。还有的妯娌们互相结成对子，脸上扑官粉，拿丝线做成绞子，互相绞脸摘眉，把脸绞得到边到沿，饱饱满满；把眉摘得如柳如月，细细弯弯。各家的男人，也坐在院子里，消消停停吸上一袋烟，把要卖的东西做一番清点，把要买的东西做一番盘算。母亲问星采穿什么衣服。星采说："你不用管我。"母亲要星采跟她一块去。星采说："我去不去还不一定呢。"母亲知道，星采一定会去的，闺女大了心事多，不愿意跟娘在一块儿。母亲说："不知道张庄的那孩子会不会去赶会。"母亲真是的，差点把星采的想法说破了，星采生气似的赶紧叫了一声"妈——"才把母亲的话截住了。

村子里突然间就热闹起来，人们你呼我唤，成群结队往村外通往柳镇的官路上涌。一个瘫痪在床多年的老人，被家人抱上架子车，拉着他去赶会。老人脸色苍白，却眼睛放光，满脸兴奋，谁跟他打招呼他都很感动地答应。一个瞎子，侄子交给他一截竹竿，牵着他汇入人群。瞎子平日里话是很多的，今天倒是有些静默，大概他已经捕捉到镇上的锣鼓声，耳朵有些不够用吧。可以说村里家家封门闭户，男男女女，老老少少，都赶会去了，不光是人，有马的牵马，有羊的领羊，有猪的赶猪，五禽六畜都带到会上去了。他们把这些禽畜带到会上不一定为了卖，有的只是为了到行市上估估价。或者连价也不估，他们把家养的活物看成是家庭的一口人，自己赶会去看热闹，得让所有的"家口"都去看看热闹。站在河堤高处四下里观看，在碧青的麦田间和明黄的油菜花之间，通向柳镇的大路小路，条条路上行人如织。仿佛柳镇是一盘巨大的车轮，道道黑色人流就是它辐射出去的根根车条，有了这些车条，柳镇才"扔扔"地旋转起来。河堤上也站不住了,堤面上有一条窄窄的小路,你一停下来就把后面的人流局住了。你慌忙下到倾斜的堤坡上,刚把道让开,几个挑担子的年轻汉子嗖嗖地就过去了。

星采等到村里的人走得差不多了,她才对着镜子照了又照,拿一块崭新的花手绢,捏一个角,留一个角,悠达悠达出门去了。花手绢不是用来擦汗的,也舍不得用来包东西,它只是当地姑娘出门时的一个道具,类似戏台上演员的水袖。路上的人还不少,骑自行车的得一路打铃才过得去。这些人差不多都是远道来的,星采不认识他们,他们也不认识星采。但星采还是不敢看别人。母亲说的"张庄那孩子"是她的对象。去年秋天,她和张庄的那个他见了面,说了话,两个人都点了头。之后,人家让媒人把定亲的彩礼也给她送来了。虽说还没办登记手续,按乡下的习惯,等于已经把亲事定下了。既然定了亲,过一年两年,人家就会把她娶走,跟人家成两口子。等成了两口子,就会日日厮守在一起,那事情就多了。好像越是注定日后相亲相近,现在越要拉开距离,自从去年秋天那次见面,半年多过去了,两个人再也没有相见过。张庄在东,星采的村庄在西,两个庄子相距七八里,他们没有理由相见,找不到机会相见，也不敢相见。星采原想，春节时那个人会到她家来，因为照规矩，订了婚的男家过大年大节须给女家送礼。不料那个人没来，只让他妹子来了。他妹子趁无人时悄悄叫了星采一声"嫂子"，还把她哥哥的一张小相片塞给了星采，能把星采羞死。星采偷偷把相片看了一遍又一遍，愈发想见见那个真人。星采想到了，三月三的庙会是一个机会，人人去赶会，那个人也一定会去赶会。她心上如开了一扇窗，赶会赶会，就是紧赶慢赶去相会啊！星采听说过许多发生在三月三的男女之间的故事，聚是三月三，分也是三月三；活是三月三，死也是三月三。大长一年就这么一个三月三，过了这个三月三，今生今世就再也找不到这个三月三了。有情人把古老的三月三编成了小曲："天上呀有个七月七来哟，地上有个三月三来呀，有个哪三月三来哟……"

星采过了一座桥，还没入柳镇街，就看见了镇上小学的腰鼓队。腰鼓队的男女小学生都是黑眉毛，红脸蛋，腰里扎着红绿彩绸。他们一边"咚叭咚叭"地打着腰鼓，一边沿河边的公路向街口进发。指挥整个腰鼓队的是走在队伍最前面的一个手持双铙的男学生。他停，腰鼓队则停；他走，腰鼓队则走；他击铙一变点儿，腰鼓队就变花样儿，侧身,转头,提膝,踢腿,前打,后打,动作整齐划一,甚是喜人。小学生都打得很卖劲,有的脸上流了汗,把化的妆涂乱了,弄得眉眼不分。小学生自己却不知道,还张着花狗儿样的小眼看人,让人忍俊不禁。鼓队尚未过尽,听见后面一阵响,人们纷纷往后看,镇上中学的花棍队又过来了。花棍队排成双人长龙,一男对一女,人手一杆花棍。花棍用青竹烤成斑竹,两端镂空,各穿上几枚铜钱,再饰以新麻染成的红缨子绿缨子。打花棍者手握花棍中间,轮番用花棍击手击腿,击肩击背,每击一处,必发出"哗啷"一声脆响,众多的"哗啷"合在一起,民间打击乐的味道就出来了。一位老师模样的中年男人,口含铜哨,哨令花棍队腾挪跳跃,穿插进退。按老师的要求,男生女生互相换位时须四目相望,有的花棍也击空了,当响不响。老师把哨子从嘴里拔出来了,嚷道:"看着,看着!"他这一嚷,有的女学生更加紧张,花棍别了自己的腿,差点跌倒。这些失去节奏的小乱子,给围观的人群平添了意外的乐趣。星采也轻轻地笑了一下。

星采进了街口,觉得人渐渐地多起来。起初她不敢乱看,生怕一下子碰见那个人的目光。后来前后左右的人乱碰她,她知道自己已被裹进人流里了,想停,停不住;想走,走不快;想逃,也逃不脱,只能随着人群慢慢移动。这时她朝周围瞥了一眼,见那些生面孔的人不是翘首前看,就是看一街两行的商品,没有一个人注意她,她这才抬起眼来,小心地装作漫无目的地瞎看。这一段街都是卖夏收物品,有桑权扫帚扬场锨,苇子箅子大草帽。这些物品全都是白花花的,在阳光照耀下反着银光,把人的眼睛刺得眯缝着。下一段街是卖食品的,各色食品应有尽有,大块的咸牛肉,整只的熟羊,闪着油光的卤猪肉,还有馒头、烧饼、麻花儿等。卖烧饼的把烤炉都搬出来了,长围裙的年轻师傅,一边把捏好的坯子驮在手背上,伸进炭火炉,"啪"地贴在炉壁上,一边还不忘了招揽生意,唱着"热烧饼香烧饼,不热不香不要钱"。这里还活动着一些卖唱的艺人,挨摊子唱去,赚些食品或分钱儿。比如一位打竹板唱莲花落子的,脸上化成小丑模样,肩上搭着两头沉的布褡子,看见人家卖什么就唱什么不简单。看见一位卖芋头的大嫂,他就唱:"叫大嫂,听我言,你的芋头不简单,一块芋头二斤半,吃到嘴里面又甜。"大嫂也是个风趣人,她送给唱客两块熟芋头,顺便回敬两句,说:"我看你的嘴片子也不简单,一片子就有二斤半。"大嫂的话逗得"小丑"乐得直跳。街对过是两位唱坠子书的盲人,男的拉弦女的唱,女的嗓音很好,唱得也有情致。她唱的是："年年有个三月三，麦苗青青菜花儿鲜。人山人海我都走遍，咋就看不见我那小心肝……"她还没唱完，就赢得一阵喝彩。那女盲人唱的曲子星采也听见了，正撞着她心上那根弦，她鼻子突然就酸溜溜的，赶紧把头低下了。

　　过了鱼市，在卖成衣和布匹的那段街上，赶会的人南来北往，不光形成对流，还形成了旋涡，几乎寸步难行。星采被人流推着进两步，马上又被旋涡旋得退三步。她两耳哄哄的全是人声，头顶上方滚滚的烟尘也幻化成人群。星采已远远地望见了戏台，并看见了戏台上且舞且蹈的人影。凭她的判断，戏台正唱戏帽子，唱的是《小二姐做梦》，小二姐已梦到坐上了花轿。不知为什么，星采觉得她的那个人应在戏台前看戏，她要到那里去找他。这样想着，她对拥挤不动的人群有些烦。可别人好像都不烦，人人脸上都带着满足的笑意，仿佛来赶会参加拥挤也是一项内容，一种享受。于是星采也不烦了，总算到了戏场，星采顿感失望。在远处，她还能望见戏台上的人影，到了近处，反而什么也看不到了，都被一层层的人墙挡严了。看戏的人分三层，最里面一层站在地上，中间一层站在矮凳子上，外面一层站在高凳子上。还有一层不算数，那是站在远处墙头上和大鸟一般趴在树丫子上的人们。星采在人墙后面转来转去，连个插脚的地方都瞅不见，哪里进得去。星采想，要是那个人真的在里面看戏，那就完了，煞戏前别打算见面了。

星采在人群外面着急转腰子的当儿，已有不少人招呼她"来来来"，让她吃东西。在戏台四周更大的范围内，星罗棋布地支满了许多锅灶，那些锅灶一律是锅下柴火正旺，锅上热气腾腾。炸油条的油锅沸腾着，两条捏在一起的白面剂子刚贴着下进油锅，"嗞啦"一声就变胖，变黄，从油锅中间浮起来了。负责夹油条的姑娘，手持特制的长筷子，紧翻紧夹，盛油条的铁丝筛子一会儿就码满了。掂秤卖油条的中年男人，准备了一大把新柳条，油条称准了，应买主要求，或用柔韧的柳条把油条拦腰一扎，或把油条像串项链似的串成一圈，柳条还带绿叶，青枝绿叶黄油条，看去非常漂亮。卖鱼汤的锅面上放着一些火红的辣椒。卖杂烩菜的锅里有丸子、粉条、炸豆腐，还有一整只冒着黄油的肥母鸡。卖江米酒酿子的老汉用木勺把煮沸的酒酿扬得哗哗的，那种酸甜的气味散布得满世界都是。胡辣汤的汤锅不断鼓着小泡儿，让人满口生津。每家锅灶后面都搭着一个白布棚子，棚子下面置有矮桌矮凳，需要就餐的人可任意挑一处去坐。一位妇女扶着一位老太太，在一处卖水饺的棚子里坐下了。妇女从一直攥在手里的驴皮粗布手绢里剥出打卷儿的毛票来，给老太太买了一瓦碗水饺。不知是激动，还是水饺太烫，老太太吃得嘴唇直打哆嗦。妇女瞅着老人人的嘴问："娘，娘，好吃吗？"老太太的牙掉光了，一只饺子还没咬破，却说："好吃。"这一说话不当紧，那只饺子像鱼儿一样趁机溜走了，掉在了地上。"看你，慢点儿。"她伸手把饺子捡起来了，擦去上面沾的尘土，欲往嘴里放。见不远处有个姑娘正看她，便把饺子虚包在手里，没往嘴里放。那个姑娘是星采，星采猜得出来，等人眼错不见，那个妇女定会把沾过土的饺子吃掉，因为这儿的人都不抛洒东西，何况是在三月三会上买的饺子呢。

星采口袋里也有钱，父亲给了她一块，母亲又悄悄给了她一块，要是买东西吃，能吃好几个饱呢。星采这会儿什么都不想吃，也不想买别的东西，想找张庄那个人。她想，镇子北头那台戏，看戏的是不是少一些呢？那个人会不会在那里看戏呢？她重新汇入人流，往镇子北头挤。她出汗了，背上脸上都出了汗，脸上的汗把鬓角的头发都浸湿了。她今天特意穿了一双早就预备下的花鞋，鞋脸子上的"粉蝶戏牡丹"是她一针一线精心绣制的。她知道，脚上的花鞋一定脏得不成样子了，她想低头看看，人挤得怎么也低不下头，怎么也瞅不见自己的脚。星采不管不顾了，脏就让它脏去吧。她也不再害羞，张着眼向对面挤拥过来的人看，万一那个人也在街筒子里挤呢。星采突然把眼睛塌下来了，脖子也使劲往下缩。她看见了立在街边卖虎头鞋的母亲，生怕母亲看见她。母亲的"老虎"都挂在一个草把子上，现在已所剩无几。平日里逢集，母亲也来卖过虎头鞋，母亲把挂着虎头鞋的草把子从街南举到街北，也很难出手一双两双，今天母亲站着不动，鞋倒卖得快，看来还是三月三好，下货快。跟母亲错过去了，星采又回头看了母亲一眼，还好，母亲总算没有看见她。又有人在母亲那里摘下一双鞋看，大概在挑剔，在讨价还价。

十字路口那儿更是热闹得不得了，六支唢呐班子像是迫不及待，庙会一上来就赛开了。他们都红着脸，鼓着腮帮子，脖子憋得大老粗，上面爬着青筋，一开始就互不相让，赛得有些白热化。他们各有高招儿，一看本班的听众有所减少，形势不妙，便亮出一招儿。一个小伙子往嘴里安进两支唢呐，两支唢呐都吹得吱吱响。这还不算，他又把一支唢呐插进鼻孔里去了，鼻子也能把唢呐吹出调调儿来。一个姑娘本来是坐在凳子上吹，她突然一跃而起，跳上凳子站着吹去了。她一边吹还一边做动作，把一条腿平伸出去，来了个金鸡独立。有位吹笙的中年男人也有绝活儿，他俯着吹，仰着吹，朝天吹，朝地吹，做干酒状，做疯癫状，正吹得好好的，却把笙高举起来，滴溜溜在两手间打几个转，接着又天衣无缝地把笙嘴对在人嘴上。那些听众都是推波助澜的人，哪个班子亮招儿，他们便往哪个班子拥。听众们拥来拥去，弄得高潮迭起。也有一支唢呐班子比较特殊，他们头扎红巾，满脸褶子，是清一色的老头儿。这些老艺人不管是吹唢呐的、吹笙的，还是打梆子的，一律微闭双眼，旁若无人似的，做得异常忘我和投入。这里把唢呐也叫大笛，吹笙不说吹笙，说捧笙。所谓捧，一是吹奏者须两手捧着笙管；二是对大笛高亢的声响起烘托和协调作用，它类似相声中的捧哏，但又比捧哏来得紧密，绵长，如夫唱妇随一般。一位老人吹唢呐，一左一右两位老人捧笙。唢呐走多远，笙随多远；唢呐上高山，笙上高山；唢呐穿林海，笙穿林海。长歌当哭，唢呐有些哽咽，笙管随即屏声敛气似的，微语凝噎。奇怪的是，别的班子听众多时，这里不见多，别的班子听众少时，这里也不见得少，总有一些人守在那里痴痴地听。星采站下听了一会儿，她听着听着就走神了。她想起五月麦黄天，遍地的麦子连天涌。她想起十冬腊月下大雪,雪落庭院静无声。她还想起有一年本地发大水,河水汤汤向东流,一浪比一浪高。待星采回过神来,她对自己有些埋怨,怨自己只顾听唢呐,差点忘了此次赶会的目的。

星采总算来到了镇子北头。北头与南头不同,北头有一块开阔的空地,周围绕以绿苇清波的海子,把口一座三孔石桥,桥头蹲着两头石狮子。一上桥面,就有夹道的人满眼迎着星采,让她请香吧,买纸吧,买鞭炮吧,买金锞子银锞子吧。这些卖敬神物品的,多是一些上岁数的老奶奶,她们皂衣皂裤,只在袖口绾出一段雪白的衬衣。她们收拾得净头净脸,神情总是那么虔诚慈善。她们虽然不是神,但给人的感觉已跟神有些接近,起码在岁数上,仿佛只有她们才有资格提供敬神的物品。星采没有烧香烧纸敬神的打算,心里又不敢说不敬,匆匆走过去了。对面就是镇上的大庙,正殿三大间,飞檐兽脊,气势宏伟,两边配以侧殿。来上香磕头的人太多了,殿里进不去,排不开,人们干脆跪在院子里磕头祈祷,香和纸也在院子的地上烧。一堆大火燃得熊熊的,表情诚笃的香客们还不断往火堆里投成把子的香和成叠的纸。站在庙门外面,隔着院墙就能看见浓烟滚滚。一些黑绢似的纸烬被冲上天空,翩翩翻飞。

趴在地上磕头的多是一些女性，有老太太、中年妇女、年轻媳妇，还有小姑娘。一个面色苍白、似带有病容的姑娘，对跪下磕头好像不大好意思。旁边一位中年妇女，大概是姑娘的母亲，率先跪下了，她拉住女儿的衣襟，拉了一下又一下，女儿才跪下了。女儿一跪下就双手捂脸，不愿起来。还是当母亲的把女儿拉起来。女儿起来时，双手已沾满泪水。来还愿的人满脸喜气，他们带来供品，还有鞭炮。供品有白蒸馍、水果和煮熟的整猪头。猪头似乎被修饰过，猪嘴两角各插有一棵碧绿的菠菜，猪的脸颊微微发红，像涂了胭脂。让人感动的是猪的眼睛，它半睁半闭，不露白眼珠，只露黑眼珠，仿佛对人世的一切都表示青睐。供品一摆上，鞭炮就在院子一角燃放起来。这些鞭炮也是以前许了数的，双千头，或五千响。放炮的汉子特意从家里带来了竹竿，把炮鞭举得很高，意在引起众人注意，以此向人们宣告，他没有骗神仙，他许愿是算数的。

庙门口两侧的空地上，还围了不少人圈子，各个圈子有各个圈子的名堂，有耍猴的，有练武功卖药的，有套圈的，有吹糖人的，有一捂眼二捂眼玩魔术戏法的。在大庙的四周墙根，一个挨一个摆满了卦摊，算卦的手段也各不相同，有摇课的，有看麻衣相的，有用一只黑鸟叼纸签子的，等等。这些星采都没看，她转到大庙后面去了，镇北的一台戏在那里唱。一转过大庙的墙角，星采就有些傻眼，来这里看戏的好像比在镇南看戏的人还多。为防止挤坏了人，戏台的两个嘴叉子上各布置了一个维持秩序的小伙子，小伙子手持长竹，见哪里骚动，竹子就打下去。就这样，黑压压的戏场上还此起彼伏，骚动一波及外围，外围那些站在高凳上看戏的人们就纷纷落马。稍有平静，他们又互相拉扯着站到"马背"上去了。

星采泄气了。正如那个女盲人唱的，她人山人海都走遍了，就是不见那个人。星采开始有些生气，她想，应该那个人到处找她才对，那个人不找她，她干吗要找那个人，她才不稀罕那个人呢！星采累了，又饥又渴。但她还是不吃也不喝，她故意饿着自己，渴着自己。生气都气饱了，谁还有心吃喝！父亲母亲给她的钱，她要原封不动地拿回去。一想到回去，她一会儿也不愿在镇上待了，恨不得立马回到家。不管父母回家没有，她一回家就到床上去睡，睡着睡不着都要睡。她也许会哭，那就哭。她也许会恨，恨张庄的那个跟她订了终身的人。以后若有机会，她一定当面问问那个人，三月三那天赶没赶会？赶会赶到哪里去了？是上天了还是入地了？把人家的腿都跑细了，眼都望酸了，也不见个人影影。

　　往回走时，星采不走正街了，走背街。以往双日逢集，背街一般无人走动，今天背街也反了常，前前后后、角角落落都有人。太阳上了当头，人们解开扣子，敞着怀，汗津津的脸上带着疲倦的快乐。不少人买到了满意的东西，走正街不方便，陆陆续续撤到背街上往家走。一个汉子头顶一面大竹筛子走过去了。一个老头赤膊背着一个新风箱，走过去了。一个妇女怀里抱着一只白猪娃子，猪娃子很不老实，在妇女怀里乱挣，还叫唤，妇女把猪娃子抱得紧贴自己的双乳，也走过去了。跟在大人后面的还有一些孩子，孩子都得了实惠，他们的嘴都不闲着，不是啃甘蔗，就是吹泥狗儿、水鸡儿和彩绘的大斑鸠。某个墙角间或有一男和一女，一伸头，马上缩回去了。背街房前屋后的空地方，还有不少唱小戏的。这里的小戏品种很多，有打鼓金腔，有说评词的，还有唱道情的。唱打鼓金腔的是用竹架子支起一面小圆鼓，敲敲唱唱。所谓金腔，就是故意把嗓子弄得沙哑着。说评词的只要一桌和一块惊堂木，别的全靠嘴上功夫。唱道情的比较别致，他手上除了有红梨木手板，怀里还抱着一根道情筒子，道情筒子约三尺来长，茶碗口粗细，一端绷上薄羊皮，指头一叩嘣嘣作响，甚是悦耳动听。星采想,那个人不会在这里听小戏吧。这样想着,她漫不经心地往唱道情的戏场看了一眼。这一看不要紧,她心里轰地燃起一团火,把脸像火烧云一样烧红了。因为戏场里立起一个人,这个人正是她朝思暮想要找的那个人。那个人显然是看见她了,不然他不会站起来。

我的亲娘哎,这可怎么办?星采瞅着不远处有个墙角,她身子一转,赶快躲到墙角后面去了。刚躲起来,她又伸头往戏场那里瞅。

那个人已从戏场里走出去,一步步向她走来。

哎呀吓死我了!星采身子紧贴在墙上,双手却捂在胸口,一颗心还是止不住地大跳,她一时不知道是停好还是走好,是走好还是跑好……

心 事

慧生新婚,娶的是他的同学慧敏。慧生每日下班回家,慧敏一看见他总是眼泪汪汪。慧生从不问为什么,只是紧紧地抱住她,亲她。慧敏说过:"一见你我就想哭,我也说不清为什么。我知道自己没出息,可我管不住自己。"慧生说:"干吗要管着自己,想哭你就哭,想笑你就笑。"慧敏选择了笑,笑着时眼泪却湿了眼睫。

慧生明白,这是因为他们相爱太深了。

一下班,慧生半刻也不愿在井下停留,抖搂满身的煤尘,大步流星地就奔大巷去了。下班的矿工都走得很快,他们像是追赶着什么,又像是逃避着什么,一个个伸着脑袋,塌着腰,谁也不说话,深勒大胶靴踩得巷底"夸夸"的,跟跑差不多。采煤工作面离井口有些远,将近二十里,走得再快也需一个多钟头，慧生每天发愁的就是这一段路。昏天黑地地在原始的煤阵里拼了一场，他真想一转眼就能见到亲亲的妻子，可这段路延缓了他和妻子相会的时间，他每天都有其路漫漫的感觉。另外，出井后还要到灯房交灯，还要到澡塘洗澡，说不定队里还要开个班后会等，这些事情都需要时间，每块时间都是横在他面前的一道障碍，哪道障碍越不过去，就休想见到对他满眼蓄泪的妻子。慧生设想过，他如果有两只翅膀就好了，干活时把翅膀卸下，下了班就把翅膀装上，贴着巷道的顶部，呼扇呼扇，一口气就飞出了井口。最好是生有穿山术，原地把脚一弹，就能穿过几百米厚的地层，从地面冒出来。倘若冒出的地方正好在慧敏面前，慧敏也许会吓一跳，以为他是，一只精怪。这不要紧，哪怕他真是一只精怪，只要报出自己的名字，他相信慧敏也会即刻扑进他怀里。

在巷道里奔驰的有隆隆的矿车，那形状跟地面跑的火车相似，也是电机车头牵着一长串车斗，跑起来也是风驰电掣，只是矿车比火车小得多。矿车是拉煤用的，不许人乘坐，即使是空车也不许乘坐，这一点矿上是有严格规定的。这条大巷里几乎每年都有人因扒车丧生，前车之鉴已经不少。去年曾出过这样的事，一个年轻矿工，头天刚帮着安检人员把被车轮拦腰碾为两段的工友收拾到车斗子里，第二天他觉得大概不会出事了，也扒了车，结果怎样，两条腿从膝盖那儿永远离他而去。

慧生对自己说，我才不扒车呢。我要是扒了车，万一有个三长两短，慧敏怎么办！他把那个想省腿反而丢了腿、想快反而慢的年轻矿工扒车的事对慧敏讲了，慧敏吓得脸都黄了，也说咱不扒车，只要你……不在于早一会儿晚一会儿到家。

道理是明白了，慧生到底还是扒了车。

第一列装满煤的矿车从慧生身旁开过去了，慧生没有扒，只是朝矿车看了几眼。矿车拐弯儿时，电机车头从巷顶的电线上擦下几朵灿烂的火花，他觉得很美。第二辆矿车开过来了，巨大的轰鸣声老远就通过八面回音的穹形巷道传过来，显得威风凛凛。这列车只装了半列车煤，后面好多车斗子空着，这些空着的矿车斗子极像古代的方酒升子，它们一路举着，似乎在向沿途奔走的又饥又渴的矿工发出邀请。慧生禁不住朝疾驰的矿车追了一阵。他并不打算扒车，他是想和电动家伙赛一赛，试试自己的脚力，并借助矿车运行速度的影响力，提高一下自己奔跑的速度。一开始他跑得极快，腿杆子轻捷有力，简直像一只雄健的山鹿,他一伸手就能抓到最后一辆空矿车的边沿,一抬脚就能蹬上矿车底座上的车鼻子,乘风呼啸而去。他突然停止奔跑,站下不走了。他发现最后那辆空着的车斗子里猫着一位同行,那位同行熄了矿灯,身子尽量缩成一团,显然是想躲避安检人员的监视。同行满脸乌黑,他认不出是哪个队里的采煤工。但他看见那哥们儿的眼白对他笑了一下,好像示意让他勇敢些,快跃上去。他前后左右看看,心口跳得厉害,仿佛蹲在矿车里的不是别人,而是他。直到矿车跑得无影无踪,连一点声音也听不到了,他还呆呆地站在原地不动。那个哥们儿白色的笑却留在他脑子里了,一灿一灿地显现。他想,一定有一个美丽的女人在等着那哥们儿,不然的话,他不会急着升井,不会冒这么大险。他要是接受那哥们儿的示意,也扒一次车,说不定这会已经到了井口,也能早一会儿把他的慧敏亲到。一想到慧敏,他心里有些娇,腿根儿有些软,再往前走时就神快人不快了。慧生有了这样的心情,当第三列完全放空的矿车驶过来时,他没有犹豫,鬼使神差般地就蹿上去了。他脚跟还没站稳,就被两个人抓到了。抓他的人熄了矿灯,埋伏在暗处,一发现有人扒车,他们像发现猎物似的兴奋地发一声喊,突然扭亮矿灯,两根雪亮的光柱就把慧生顶牢了。

这两个人，一位是矿上的安全检查员，另一位是因扒车被捉到的矿工。矿上对扒车者有三项处罚措施，其中一项是扒车者必须捉到下一个扒车者，才能将功补过，自我解放，一天捉不到，就一天不许上班，不发工资。那位扒车者已经等了好几天，现在终于把慧生等到了，他上来就紧紧握住慧生的手，亲热得如同盼来了久别重逢的老友，一再嬉笑着称慧生为好哥们儿，对好哥们儿表示谢谢。

慧生臊得一句话也说不出。他想，这下完了。

回到家，慧生装得无事人一般，说话朗声朗气。他赞叹山坡上的秋色五彩斑斓，真是太美了。他要慧敏哪天跟他一道到山里看看。慧敏答应了，但并没有顺着他的思路往山里走，慧敏和每天做的一样，正对了慧生的双眼，要把慧生"好好看看"。他没等慧敏看仔细，就有些武断地把慧敏的小脑袋抱得贴在自己墙壁一样的胸膛上了。慧敏往后挣着，还要看他的眼睛，他就是不放松她。他跟慧敏开了一个玩笑："又不是让你相女婿，你老看人家干什么！"

慧敏说："我就是相女婿。"

"不相也是你女婿。"

"你的眼睛老是那么湿，我不敢看。"

"谁眼睛湿了，你自己的眼睛才湿呢！"

"我眼睛湿？我怎么不知道。"

"不信让我看。"

慧生只好让她看。慧敏刚看了他一眼，他眼一潮，忽地就湿了。

慧敏问他怎么了。他说不怎，也许眼睛有点毛病，说着眼睛湿得更厉害，眼前雾蒙蒙一片。

"看看，还说人家眼睛湿，这下你明白了吧！"

慧生点点头，没有再说话。他这会儿已不适合说话，一张口说不定会落下泪来。

慧生被安检员和那个先前的扒车者从井下一直押送到队长面前，队长让他在违章认定书上签了名字后，接着告诉他，将扣他半个月的工资；还有，某日某时让他务必带老婆一起在全队职工会上作检查。这些处罚措施慧生以前是知道的，扣工资，他认了，他万万不能接受的是让慧敏陪他一起作检查。错是他犯的，慧敏没有半点错，他宁可在人前检查一百次，一次也不愿让他的慧敏受委屈。慧敏生性敏感，羞怯，脆弱，见人就脸红，低眉就伤感，在学校时就是有名的"潇湘妃子"。婚后，他成天对她小心呵护，她还动不动就是一泡眼泪，若让她知道他犯了章程，并要她一起到大庭广众之下去检查，她不知会哭成什么样呢。可是按矿上的规定,他自己检查一万次都不算数,夫妻二人共同检查一次就可以过关。据说矿上做了这样的规定是借鉴了外地煤矿的经验,而外地煤矿有人专门做过违章心理研究:有的矿工为什么一再违章,是因为一般性教育不能对他们构成心理刺激,刺激他们心理的最好办法是触动一下他们最亲的人和最心爱的东西,在他们心上留下一个深刻的记号。矿工最亲的人当然是他们的妻子。他们最心爱的东西呢?这个不太好说,最心爱的当然还是妻子,但把妻子说成东西,他们不大愿意。矿工在自己老婆面前是最要脸面的,这种让夫妻共同作检查的做法正是要丈夫在妻子面前丢一点脸。丈夫丢脸,妻子也不光彩,等于妻子受到株连,和丈夫一块丢脸。矿工自己丢脸还可以忍受,最心疼最不能忍受的是让妻子也跟着丢脸。他们历来认为,男人为女人活着,就该为女人长脸,不能为女人长脸,还要让女人丢脸,真是枉为男人。这还不算,夫妻在队里作检查时,矿上还派人拍成录像片,在闭路电视上播放,意思是给违章者曝光,这样一来,违章者和他的妻子丢脸就丢到全矿各家各户去了。矿长不否认这样做是给违章者难堪,是让违章者丢脸,但矿长说,让你丢脸是为了保全你的命,脸面重要还是性命重要?我看还是性命重要。命都保不住,脸面从何谈起。让你丢一次脸,你老婆帮你记住这次教训,成天在你耳边吹风,你以后不再扒车,夫妻一生平安,白头偕老,我看这很值得。矿长没说矿上死了人于他面子上很不好看,并有可能影响他的前程。矿长说到奖金问题,矿上若发生了死亡事故,全矿的奖金都没了,这对每个人来说都是一笔不小的损失。

慧生承认,矿上定的一些制度和措施都是为他们好。工友们带妻子到队里作检查的场面他也看到过,那时他觉得都不过是例行公事而已,并没有设身处地地往心里去,现在事到临头他才觉出有些分量,知道这一天不大好过。尤其是有的单身职工,把这等事当热闹看,一听说哪个工友要带老婆到队里作检查,他们就显得很兴奋,仿佛有洞房好闹。张工友因在工作面违章被拿,队里一纸电报打到他农村老家,让他老婆速来。他老婆以为大事不好,星夜就赶来了。到矿上一看丈夫完好无缺,才哭出来。第二天在会上作检查时,有人喊着让她"撑起面来",她的双眼还红肿得不成样子。就这样,好弄喜事的人还不罢休,起哄着非让张工友的妻子唱一段戏。好在唱戏的事难不倒她,她一段大调儿曲剧《劝郎君》,唱得情真意切,回肠荡气,把好多人都唱傻了。王工友的妻子就是本矿的灯房女工,矿工们都认识她，她平时也爱跟窑哥们儿开点有趣的玩笑，所以她陪丈夫在会上作检查时，大家要求她出的节目就多一些。她表现得也很好，上来先问录像准备好没有，回说准备好了，她就转向丈夫，做咬牙切齿状，说丈夫要是再敢违章，就把丈夫的猪耳朵割下来给弟兄们当下酒菜，说着伸手去揪丈夫的耳朵，丈夫吓得直躲，可把众人乐坏了。接下来，他们又表演了《夫妻双双把家还》，还当众结结实实亲了一个嘴，"检查"才算收场。这些情景对慧生来说都是不敢想象的，别说让慧敏去检查，这样现眼的事情他连提都没勇气跟慧敏提。他并不是担心慧敏会拒绝和他一起到队里作检查，他相信只要他说出来，就是刀山火海慧敏也在所不辞，慧敏不止一次叫他"我的哥"，对他说："你叫我死我就死，你叫我活我就活，全在你一句话。"越是这样，他越得对慧敏倍加爱怜，倍加疼惜，不敢有半点差池。

慧生得了一个主意，悄悄为慧敏找了一个替身，让替身装成他新婚的妻子，跟他到队里走一遭，说不定能把事情应付过去。他的家在矿区北面十几里远的小镇，慧敏没到矿上去过，矿上的人都不认识慧敏，这是一个有利条件。这样的事过去样板戏里有过，杨子荣冒充小炉匠，竟把老土匪坐山雕给糊弄了，他相信采煤队的队长要比坐山雕好糊弄些。当然干这样的事总会担一点风险，可事出无奈，只好这样了。

慧生找的替身是他的女同学，女同学知道他和慧敏相爱甚笃，非同一般，且知道慧敏心重，泪水子多，经不得风雨事故，听慧生把底情一说，极仗义地就答应了。慧生嘱咐女同学，这事千万别让慧敏知道。女同学说，要是信不过她，就别找她。慧生才放心了。

那是个雨天，慧生的女同学按约定的时间到矿上来了。女同学穿了一身新衣服，虽然打着伞，裤脚和皮鞋还是被斜雨淋湿了，慧生觉得很有些过意不去。二人见面笑了笑，慧生小声对女同学说："真对不起。"

女同学说："别……别说这个。"女同学声音有些抖。

慧生问她是不是冷。

女同学说是，又说不是，主要是有点紧张，一说紧张，她身上抖得更厉害。

他们约定的地点是在矿上文化宫门口的小花园，慧生见有人走过来，怕他们的话被人听了去，赶紧转移到一座楼后面去了。这样一转移，女同学的神情简直有些恐惧。慧生要她不必害怕，不过跟演戏一样，一会就过去了。他们事先已做过演练，慧生还以慧敏的口气给女同学写了一篇子话，女同学已经背熟。按慧生的安排，要女同学到会上只管低头不语，不说话不行了，就把稿子背一遍完事，别人再提任何要求都不能答应。

女同学说："这是谁这么缺德，非让两口子一块儿作检查，出这样的馊主意，这不是活折磨人吗！"

慧生愿意让她骂骂，不为别的，她一骂人自己就不那么紧张了。

慧生检查得比较严肃，沉痛，深刻，队长认为可以，说到底是有文化的人，认识问题是不一样。慧生的"妻子"很害羞，新娘子嘛，这是人之常情，大家能理解。"新娘子"的检查也不错，说得很流利，要不是"新娘子"一抬头偶尔看到正对着她的摄像机，他们的检查很可能顺利通过，岔子就出在摄像机上。慧生的女同学一见那么个黑洞洞的镜头对着她，心想坏了，这玩意儿是摄像机。她没见过摄像机，但她听说过，知道摄像机的厉害，这枪眼一样的东西能把人的一举一动根根梢梢都摄下来，然后拿到电视上去放，电视上的人影活灵活现，跟真的一样，可是铁证如山。女同学大概是那种"晕镜"的人，顿时吓得脸色煞白，背熟的词儿一句也想不起来了，别人越是让她接着说，她越是大冒冷汗，不知所措，求救似的看着慧生，慧生似乎也在挠头出汗。她问慧生下面还有什么,慧生也想不起来,说:"没有什么了,大概就是这些。"女同学以为这两句也是稿子里的话,结结巴巴重复了一遍,惹得不少人都笑了。

一开始,听众觉得他们的检查太正规,太严肃,这会儿一出岔子,大家才觉得有些趣味了。有人嚷着要来个特写镜头,有人喊"慢动作慢动作",会议室的气氛变得热烈起来。也有人似乎看出点破绽,他听人说过,慧生的老婆是很美的,因为太美,太打眼,她几乎从不敢独自一人上街。而这个和慧生站在一起的女人身条长相都很一般,实在说不上美丽。他有些疑惑地问:"这女人是慧生的老婆吗?"他问的声音很小,像是自言自语,可是旁边的人听到了,马上把这个疑问接过去,大声问他们是不是两口子。这个问题带点爆炸性,会议室里却一下子静下来,所有目光都注视着慧生和被慧生称为"妻子"的那个女人,露出热切的探究表情。

慧生一惊,头蒙得很大,他说:"两口子难道还有假的吗,开玩笑!"说完这句口气很硬的话,他心里慌得不行,额头冒出井下岩壁渗水一样冰凉的汗珠。

有人提议要他们亲一个,说是不是两口子,就看他们敢不敢亲一个。大家都赞同这个看法,仿佛亲一个是试金石，是真夫妻还是假夫妻一试就试出来了。

事情到了这一步，慧生的女同学反倒不那么紧张了，她也是已婚的人，心想亲一个就亲一个，今天反正豁出去了。

慧生也明白，成败在此一亲，如果亲不成，一切将前功尽弃，他说："亲一个也没什么了不起的。"他看看女同学，女同学也正看看他，他们似乎要亲了，可慧生在心里试了好几试，终归没能付诸行动。

大家认定他们是假夫妻无疑了，都往前挤着看，会议室热闹异常，队长骂着要大家安静也没用。扛摄像机的小伙子这时情绪也很高涨，几乎把镜头对在慧生假老婆的脸上。

慧生的女同学流了泪，不知她骂了一句什么，冲出人围，跑走了。外面还下着雨，她的伞也不知丢到哪里去了，她冒着雨就跑了。

有人在门口喊："站住，截住她，别让她跑了！"

她跑得更快。雨将她后面的衣服淋湿了。

慧生也顾不得找自己的伞，冒雨向女同学追去。

当晚，慧生和女同学假扮夫妻作检查的事在矿上闭路电视里播放了，成了本矿有史以来最有戏剧性的新闻。还有人写成了稿子,在局里矿工报一版登出来了,稿子称张慧生为"假扮夫妻,企图蒙混过关;弄巧成拙,终将难逃惩罚"。这事把矿长也惊动了,矿长看了报道,打电话给队长,要队长对张慧生严肃处理:张慧生必须写出像样的书面检查,以便对局里报纸的批评有个答复;限期让张慧生带自己的真老婆到队里作检查,全过程录像,作为反面教材;实在不行就开除矿籍。队长把矿长的三条意见传达给慧生,慧生半天没有说话,他的眼圈很红,但他咬着牙不许眼泪流出来。他心里想的是,就是让我死,我也不会让慧敏来检查。

队长问他打算怎么办。

他说他也不知道。

队长说:"我看你平常脾气挺随和的,群众关系也很好,这个事怎么这么想不开。"

慧生心里说:"我就是想不开!"

这一切慧敏都不知道。

慧敏觉出慧生是有心事,她小心躲避着,不问他。慧生要是愿意说,不问他他也会说,既然他不愿说,定是有不便说之处,勉强问他也不好。爱是什么?爱是小心,尊重,不伤害。不能因为结了婚就不小心,不尊重。恋爱阶段是爱,婚姻更是对爱长久的消磨和考验。她相信,慧生有心事不跟她说,绝不是不相信她,是不想让她分担他的愁苦和忧烦。慧生是要把生活分配给他的苦水独自一人埋头喝下去,靠意志和时间慢慢化解掉。据说优秀的男人都这么做,而当好男人苦就苦在这里。不知慧生心里有何苦事,不等于不替他分担,这样的分担恐怕更用心,更沉重些。

慧生回来,她不再直盯盯地看慧生的眼睛,仿佛有心事的不是慧生,而是她。她对慧生说"你累了,赶快歇一会儿去吧",一上来就给慧生指出了一个方向,定下一个调子。如果慧生说他不累,她会要慧生莫逞英雄,下了一班井,怎么可能不累呢!说着把慧生的手捏了捏,一杯热茶已交到他手里了。有时慧生会情不自禁地叹一口气。慧敏听到了,心上疼了一下,却装作没听到。慧生却听到自己的叹气了,有些懊悔,想对叹气做一点解释,问慧敏,别人家两口子都这么好吗?慧敏趁机撒一点娇,说:"谁跟你两口子?"

"小白兔跟我是两口子。"

"那你去找小白兔吧!"

"你属兔,你就是我的小白兔。"

慧生说着，把慧敏拉过来抱在怀里，抱紧了。相抱时，两个人都不说话，都有些走神。慧生走神走到矿上，队长拿着一张纸，对他说，他已经被开除了，签字吧。他不知道若是当真被矿上开除了，他怎么跟慧敏交代。慧敏走神走得很乱。东一头西一头的，一会儿在学校，一会儿在河边小树林，一会儿又走到娘家去了。母亲曾要她嫁给镇长的儿子，威胁她说，她要是非和那个姓张的叫什么生的同学好，就不认她这个闺女了……待回过神来，慧敏想起慧生那天说山里秋色正好，她就建议到山里走走，到秋天的山里一走，慧生说不定能散散心，愁烦就消除了。

慧生答应了。

他们所在的小镇是在一个山坡上，出了小镇，拐上一条铺满葛巴草的小路，走不多远，就到一条山沟里去了。漫山遍野都是虫鸣。在夏季，这些虫在夜里才叫得欢。一到秋天，它们连白日也在抓紧时间叫。它们叫得声音越大，山沟里越显得静，酸枣熟了，刺蓬蓬的枣棵子上那些金黄的叶子纷纷下落，只把红玛瑙一样的枣豆子推举出来，远看那一片结满枣子的酸枣树像火红的云霞。杨树在崖畔矗立着，它的叶子是那种明黄的颜色，在夕阳的映照下，以一幅幅油画的样子呈现着。沟底有一棵老柿树，柿树的叶子是血红的,也有粉红的。那些厚沉的叶片半天才落下一片,砸在地上响得有些悲壮。树下有一口井,井上安有绞水的辘轳。旁边是一个菜园,菜园种有大白菜和青萝卜。一只小羊羔在菜园边捡到一片柿树叶子,小嘴一拱一拱,吃得相当斯文。慧敏看到小羊,站下了,把小羊指给慧生看,说小羊可爱。慧生采了一片翠绿的萝卜缨子,试着去喂小羊,意思跟小羊更接近一些,让慧敏仔细观赏。小羊美丽的眼睛把慧生看了看,刚要吃,忽听一声"咩"的呼唤,小羊警觉了一下,撒着欢跑走了。二人追着小羊看去,原来菜园边的篱笆桩子上拴着一只母羊,是护羔子的羊母亲把小羊唤走了。慧敏和慧生互相看看,会心地笑笑。慧生捡到一片最红的柿叶送给慧敏,慧敏接过对着夕阳看,照到里面血脉一样的经络。他们在学校时的第一次约会,就到这棵柿树下来过,那次慧生送给慧敏的叶片,慧敏至今还夹在书页里。此后差不多每年秋天他们都要来,每次来都觉得很好。慧敏说,到山里看看,什么烦闷都不算什么了。人一辈子几十年,真该好好活着,有什么想不开的呢!她的话显然含有劝导的意思了。

慧生把慧敏劝导的意思领会到了,他以为慧敏不过是泛指,是看到秋天的野景自然而然生出的感喟。他顺着慧敏的话说,日月交替,青山常在。人一茬一茬来了,又一茬一茬走了,可山还在原地不动,还是老样子。山若有知,对世人不知多么怜悯呢。要是人再自寻些烦恼,那就让万古的大山觉得可笑了。

慧敏说慧生说得真好,这些话她心里想到了,只是嘴里说不出来,慧生一下子说到她心里去了,看来慧生什么都明白。

慧生说,我也是有时明白,有时糊涂,在大道理上明白,在具体事情上糊涂,在理智上觉得应该那样,感情一热,就做成那样了。慧生说这番话时,内里已经把他近日遇到的烦恼事提到了,在别人看来,也许是不值一提的小事一桩,可对慧生来说,仅靠他自己的力量和智慧,无论如何是超不过去了。

慧敏听出来,慧生的话已接近心事的边缘,她似乎有些害怕,不敢再往深里探讨了。

每天,慧生还照常去上班。人家不让他下井,让他写检查,他就把自己关在队部办公室写检查。他的检查写得很认真,也很长,把违章可能产生的后果都设想到了。比如他写到,他要是因扒车丢了命,将给他妻子的心灵造成巨大的创痛,妻子会狠哭狠哭,任谁也劝不了她。妻子会说，我死我死，我也不活了……写到这里，他的眼泪就落在稿纸上了。

到了队里规定的让他带真妻子作检查的时间，他说妻子走娘家去了。又到了时间，他说妻子生病了。他把谎撒下去：妻子发烧；妻子病还没好；妻子的病又严重了……为了躲避队长催迫他，他不在队部办公室待着，每天只和队长打一个照面，就到山沟和田野里游荡去了。反正矿区周围沟沟壑壑多得很，到处都是茂密的庄稼和灌木，他一走进山野，别人就看不见他了。估计快到下班时间，他特意到澡塘洗个澡，把头发弄湿，装成从井下出来洗去煤尘和疲劳的样子，才骑车回家去了。慧敏每天都说"你累了，快歇一会儿吧"。他不再否认，他确实有些累了。

这天，慧生又按上班时间来到矿上时，队长让他换换衣服下井上班去吧。

他一时有些犯愣，不知是怎么回事，难道不让他带慧敏来作检查了？还有，按规定，他还必须抓到下一个扒车的人，难道这一项也免了？

队长说："还愣着干什么，让你下井你就下井去！"

慧生如得了大赦一般，对队长有些感激。不过他心里还是纳闷，矿上对他为何如此开恩呢？

到了井下，相熟的工友才告诉他，矿上家属委员会的女委员们到他家找到了他妻子高慧敏，把一切都告给高慧敏，让高慧敏协助矿上做好丈夫的思想工作。高慧敏提了一个要求，要检查可以，她一个人去，别让张慧生知道。工友说："你老婆真够可以的，一上来没说几句就哭，而且净说你的好话。"

慧生问他老婆说了什么。

"你老婆说，你们不了解张慧生，他是一个自尊心很强的人。你们也不理解他，就是把他杀了，他也不会带我到这里作检查……你老婆说着说着就哭了，越哭声音越大，后来就晕倒了……那天矿长也来听你老婆检查，矿长打电话要医院赶快来担架，把你老婆抬走了。哎，哥们儿，说实在的，你老婆太漂亮了，你小子真有福气……哎哎，怎么回事？你怎么哭了……"

慧生折回井上去了。他脱下工作服，换上了自己的干净衣服。他要马上回家看看慧敏，并告诉慧敏，他不打算在这个矿干了。

夜　色

　　有了对象以后，周文兴变了，变成一个有心人了。他家菜园子的篱笆不知被谁家的猪拱开了一个口子，他拿来一些剥去麻皮的新麻秆儿，很快照原样把篱笆修补好了。菜园子的事情以前归父亲和哥哥管理，他只知道吃黄瓜，吃辣椒，才不管猪呀羊呀进来不进来呢！现在不了，他一眼就看见了篱笆上的口子。菜园子里有包头白菜，还有刚长成的萝卜，他不允许丑嘴丑脸的猪猡钻进来随便糟蹋。他把麻秆儿的根部斜着埋得比较深，麻秆儿相交之间编成网眼样的菱形。这样一来，篱笆就似乎变成撕不破的网了。他扎的篱笆跟父亲春天时扎的篱笆衔接得很好，只是父亲扎的篱笆经过雨淋日晒变黑了，他补上去的篱笆是崭新的，在秋阳下闪着耀眼的银光。

周文兴家菜园子的地头紧挨着一条小河沟的里侧，沟里的水不多了，两边的坡度也缓缓的。一个小孩子若从对岸沟坡跑下来，跃过那点浅水，能一气冲到里侧他家菜园子里。周文兴把一张铁锹打磨得利利的，一锹一锹把里侧沟坡的肥泥斩下来，自下而上帮在菜园子的边上。他这么干是一举两得：一是把沟坡弄陡了，跟堑壕一样，对菜园子起着保护作用；二是把菜园子的地帮宽了，来年多种一两畦菜不成问题。干这个活儿不是说话的，一锹泥重似一块土坯，每往上甩一锹都需要力气，更需要耐心。他的脸绷劲绷得红红的，背上胳膊上冒出不少汗。有一块云彩在他头顶的天空停下了，他一会儿也不停，把胳膊上的汗水甩得直往上飞。村上的人从河沟外沿路过，见周家的二小子干活儿这样卖力，就跟他打招呼，让他慢着点干，别累着。周文兴笑笑，说没事儿。村上还有一些人不知道周文兴订下对象的事，对于周文兴如此肯干，他们没有把周文兴和他的对象联系起来，没有从对象身上找原因。但他们确实看出了周文兴的变化，这小子，说变突然就变了，变得像个过日子的人了。他是凭什么变的呢？

　　周文兴把裤腿挽得高高的，是赤着双脚刨沟泥，脚上沾的又是泥又是草的。干完活，他把脚洗得干干净净，穿上鞋，把裤腿放下来，才往村里走。走到半道，他摸到额头上有干泥点子，便返回菜园子，从井里提上一桶清水，把脸、脖子和耳朵都洗了洗，才回家去了。这表明，周文兴不仅在干活方面按有了对象的标准要求自己，对自己的形象也比较注意了，也把标准提高了。

儿子有什么变化，当然瞒不住父母的眼睛。近来周文兴的父亲和母亲常常相视一笑，笑得有些会心。他们的看法是一致的，儿子到了十八九，该找对象就得张罗着给他找对象，你一天不给他订下一个对象，他就老也不长心，一天到晚吃凉不管酸。他把对象找准了，把亲事定下了，转眼间就像变了一个人。打个不好听的比方，小伙子的对象好比是副牛马套，小伙子一旦有了对象，不用别人牵着赶着，他自己就乖乖地上套了。周文兴的父母没有把他们的看法对周文兴说出来，儿子大了，有些话要说三分，留三分，还有三分待思忖，说透了儿子会不好意思。父亲夸周文兴把篱笆补得好，结实。父亲还说，他也想过刨沟泥帮帮菜园的边子，只怕气力跟不上趟儿。现在二小子行了，比老子强了。母亲呢，周文兴一回到家，母亲就让他快歇歇去吧。或者告诉他锅里还有什么饭，让他吃了先垫垫底儿。有一天早上，周文兴刚扫完院子，父亲跟他说，等过罢年,到窑上买些青砖,再到河坡里起些草坯,把外包青的房子盖起来,就可以给他办事了。父亲说的给他办事,就是指给他娶媳妇,让他完婚。父亲跟他说这话时,母亲也在场,母亲的眼睛一直看着他。这番话,大概就是父母要对周文兴说出的那三分话,周文兴一听就明白了。父亲说出的话是三分,周文兴顺着话意往前发挥了一下,发挥到七分八分,他点点头,脸有些红了。

周家为周文兴盖房子的事尚在筹备之中,周文兴听说,高玉华已经开始和泥脱坯了。高玉华是高家庄的,就是周文兴的对象。把高玉华说成是周文兴的未婚妻也可以,只是未婚妻的说法太书面化了,当地人认为是转文,都说不出口。就连对象这种词儿,上点岁数的人也很少说,需要对周文兴提到他的对象时,他们称为高家庄的那闺女。这种称谓是有点长,但因为是一个特指,周文兴绝不会听错。不论什么事情,短了不见得就好,长了不见得就不好。比起"未婚妻"和"对象",周文兴最喜欢"高家庄的那闺女"这个称谓。他说不清为什么喜欢,反正一听人对他提到"高家庄的那闺女",心中就生出一种幽远的情思,全身心都美得很。周文兴所在的庄子离高家庄不过二三里,唱一支歌的工夫就走到了。他们庄的人去镇上赶集,都要路过高家庄的村头。是赶集回来的人把看见高玉华在村头和泥脱坯的消息报告给周文兴的。报告消息的人使用的当然是报告好消息的口气，报告完了就看着周文兴乐，看看这十八九岁的哥哥反应如何，能不能把得住满心的欢喜。对周文兴来说，凡是高玉华的消息都是好消息，一听到有关高玉华的消息，他心里就美气得不行。但他表面上装作这消息很平常，不敢流露出过多的欣喜，更不敢多打听，只微微一笑就拉倒了。

周文兴难免要对得来的消息想了又想，高玉华干吗要脱坯呢？他们家大概要翻盖房子。常言说脱坯搭墙活见阎王，脱坯是重体力劳动，是男人们干的活儿，高玉华一个闺女家，细手小肩膀的，怎能承担得起呢！可是，高玉华的母亲是小脚，父亲身体不好，她弟弟正在学校读书，她在姐弟中间是老大，她不干谁干呢！想到这里，周文兴心上渐渐沉重起来，像是压了一块湿坯。当然了，高玉华舍己为人的精神也的确让周文兴感动。你想呀，高玉华跟他已定了亲，过个一年半载，他盖好了新房，就要把高玉华娶过来。高玉华虽然翻盖好了房子，却不是为自己住，是为弟弟成家创造条件。高玉华呀高玉华，你一定要注意自己的身体啊！这天吃过晚饭，周文兴一个人悄悄地出了村，往集镇的方向走去。若有人碰见他，他就说到镇上看望一位同学。没有碰见他呢，他就去看望高玉华脱出的坯。他要证实一下，高玉华是不是真的脱坯了，脱出了多少坯。天很黑，没有月亮，只有星星。星星的光是散光，老也不能照下来，照了一万年还是个星星。地里高秆儿的庄稼都收割完了，种上了小麦。在白天，能看见小麦刚钻出鹅黄的细芽，晚间就什么也看不见了。不知谁家在麦地里晒了一片红薯片子，使黑黢黢的田野里总算有了一些淡淡的白光。要是外地来的过路人，不会想到那是红薯片子，会以为那是一汪秋水。凭着虫鸣的声音，他大致能分辨出地里还有一些红薯和红萝卜没有收完，那是生命短暂的秋虫们最后的栖身之地。在寂静的夜晚，秋虫的鸣叫平地而起，密度和力度都很大，颇有些压倒一切的悲壮。给人的感觉，秋虫们像是整肃地站在舞台上，肩并肩，手挽手，在不倦地对大地歌唱。唱到动情处，它们一个个泪流满面，不能自制。但它们没有一个擦眼泪的，就那么忘我地唱下去。这说明天还没有下霜，等严霜一打，秋风一吹，红薯和红萝卜叶子就会发蔫，变黑。旦夕之间，秋虫就销声匿迹，不可寻觅。周文兴在路上没碰见一个人，就来到了高家庄。高家庄四周有护村的海子，东海子外沿是一个打谷场。周文兴估计，高玉华脱坯只能在打谷场上脱。他从官路上拐进打谷场，蹲下身子一瞅，见场里果然有脱的坯。他先是看见一两块，后来越看越多，黑压压一片。坯们排列得很整齐，站是方，立是正，没有一块乱说乱动的。周文兴心说，这些坯都是高玉华一块　块脱出来的呀！他仿佛看见，高玉华正蹲在打谷场的地上，左边一堆泥，右边一盆水，面前放着一个木制长方形的坯模子。高玉华双手把和得很到家的泥坨子搬起来，摔进坯模子里。她把坯模子里摔得满满当当不算完，还要把泥往四个角里充塞，充塞得到边到角，不留一点空隙。为了让坯面光滑平整，高玉华在水盆里湿了手，在坯面上抹，然后拿竹匹子贴坯模子的上沿平着一刮，将空底的坯模子框架往上端起，一块四角四正的泥坯就脱颖而出。干这样重的活儿，高玉华难免要出汗。她一低头，汗珠子就落在坯面上了，分不清哪是汗水哪是泥水。她前面的头发被汗水浸湿了，贴在了眉上。她勾起了小指，把湿得打绺的头发抿在耳后。她的小指上也是沾了泥的，手指在额头上一走，指尖上的黄泥就留在那里了。高玉华脸上沾了泥不但不丑，反而显得更好看了。周文兴不知不觉朝面前的一块坯摸去，坯出自高玉华的手，他似乎在坯面上感觉到了高玉华的手温。到目前为止，他还从未摸过高玉华的手,那么,就算这块坯是一个中介体,他摸到高玉华留在坯面上的手迹,就等于接触到高玉华勤劳而美丽的小手了。要不是坯还湿着,还撑不起身子,他真想把坯抱起来,嗅一嗅坯上的气息,把坯面在自己的脸上贴一贴。这样想着,他扭过头往打谷场边上瞅,看看是否有人注意他心中的秘密。打谷场边有几棵小树,那黑色的轮廓很像几个人在观察他,并不时对他发出窃笑。周文兴断定那是一些小树,但他的手还是从高玉华"手上"收回来了。

看了高玉华脱出的坯,他又悄悄来到海子边,看高玉华和泥的地方。他们这里和脱坯用的泥,一般都是就着海子边挖一个池子,用钉耙将海子边的泥土翻起来,泼上水,撒上麦糠,赤脚跳进去用脚踩。一池子泥,起码要用钉耙耙三遍,用脚踩三遍,泥才能和出黏性来,生泥才能和成熟泥。这样累人的活儿,不知高玉华怎能吃得消!周文兴没看见过高玉华的脚,更没看见过高玉华的小腿。可他相信,高玉华的脚和腿肯定都是又细又白的。而泥土很粗,麦糠是涩拉拉的。用那样的腿和脚来踩泥巴,是不是有点太可惜了。高玉华跟他定过亲了,高玉华的腿和脚就不再是高玉华一个人的。他不敢说高玉华的一切是属于他的,但他总觉得自己对高玉华是负有一定责任的,对高玉华的腿负有一定责任,对高玉华的脚也负有责任。别的大话他不敢吹,等高玉华和他结了婚,他敢打包票,像这样赤脚光腿的粗活重活,他绝不会让高玉华干。周文兴伸头往池子里看,见池子里泥没有了,麦糠也没有了,池底只有一点灰白的浅水。个把星星映在浅水里,若隐若现的。周文兴知道,高玉华明天还会来这里和泥,还会弄得满身汗满脚泥的。要是这里有钉耙,有麦糠,他真想下进池子里,把池底的泥土翻起来,替高玉华把泥和好。那样的话,高玉华就省力多了。

海子里沿传出了说话声,周文兴的心跳不由得有些加快。虽然天黑得不见人影,但他听出来了,说话的正是高玉华。像是有一个妇女到高玉华家串门,向高玉华家借一样东西,高玉华就把人家让进屋里去了。高玉华的家就在海子里沿,三间堂屋,两间灶屋,都是草顶土坯房。他和高玉华第一次相亲,就是在高玉华家的堂屋里。高家庄庄前有桥,庄后有桥。媒人领着他,从庄后的桥进的庄子,而后七拐八拐,来到了住在海子边上的高玉华的家。高玉华从里间屋一出来,媒人让他们俩谈吧,撇下他俩就出门去了。那天周文兴心情紧张得很,心跳得不知说什么好,也不敢多看高玉华几眼。好在他的村子和高玉华的村子相距不远，以前在大队开会和去镇上赶集，他都见过高玉华，而且知道了她的名字叫高玉华。他是从村里年轻姑娘们的口中得知高玉华的名字的，那些姑娘都认为高玉华好看，脸好看，腰身好看，干起活来也好看。后来再见到高玉华时，他就比较留意，觉得高玉华是挺不错的。他对高玉华早就很满意了，来相亲只不过是走个形式。他怕一句话说不好，给高玉华留下不好的印象。那天先开口说话的是高玉华。高玉华问他为什么不说话。他理解高玉华是让他表态，他上来就说，他没意见。没意见就是同意。高玉华说，她也没意见。就这样，相亲的形式就算走完了，终身的大事就算定下了。高玉华说完了没意见，就站起来出门去了。高玉华往外走的时候，他才大胆地从后面看高玉华。给他的印象，高玉华长得很瓷实，走路是很有劲的。他俩相亲是在春天，现在到了秋天。时间过去了好几个月，他俩再也没到一起单独交谈过。两个人越是不能到一起，周文兴对高玉华的思念越热切。可以说高玉华已占据了他的心，他没有一天不想念高玉华，每天都在肚子里念叨高玉华好多遍。一想到高玉华，他就像犯病似的，心里柔软得不行，愁得不行。他老是担心高玉华是一种缥缈之物，老是担心不能与高玉华结合在一起。听见了高玉华的说话声,他心头涌起一股说不出的感动,觉得踏实多了。串门的妇女从高玉华家出来了,高玉华把人家送到院子里,她们又说了几句话。那个妇女问高玉华,坯是不是脱够了。高玉华说没有。周文兴没有想到,那个妇女竟提到了他。妇女提到他当然不是直接提他的名字,而是他的一个代名词——周桥的那个人。妇女问,咋不让周桥的那个人来帮你脱呢?这个问题比较重大,不知高玉华如何回答,周文兴两个耳孔张得圆圆的,生怕听漏了一个字。结果呢,高玉华什么也没回答,高玉华只是长长地叹了一口气。

周文兴回到家,高玉华的叹气留在他心上,跟他一块儿回了家。周文兴怎么也想不明白,高玉华叹气是什么意思。一般来说,人遇到了无可奈何的事才叹气,发愁时才叹气。看来高玉华是遇到了无可奈何的愁事了。倘是高玉华为脱坯的事犯愁,他倒是很乐意替高玉华消愁。只要高玉华让媒人给他捎个口信儿,他马上会赶到高家庄,把和泥脱坯的事全部承担下来。一个小伙子,还没结婚就去帮对象家干活,会引起一些人的笑话。为了高玉华,他顾不得那么多了。可是,如果高玉华一点口信都没捎,他就贸然到高家庄帮高玉华脱坯,是不是显得太唐突了。周文兴左想右想没什么好办法,他自己也快要叹气了。情急之中,他又想到应该把这件事情跟父亲透露一点,父亲也许会帮他想些办法。他没跟父亲说脱坯的事,说的是起坯的事,问父亲准备到哪里起坯。脱坯和起坯都带着一个坯字,他想父亲应该明白他的话意。父亲大概真的老了,他说的是起坯,父亲也只往起坯上想。父亲说,他已经看准了一个起坯的地方,在南河坡,马上带他去踏看。他随父亲到南河坡一看,那里不光坡度平缓,草地也厚,的确很适合起坯。起坯跟脱坯不同,起坯是利用现成的草地,推动石磙把草地碾平碾实,用带木柄的单刀桿刀,纵横着把草地桿成坯块大小的长方格,然后用专用的起坯铁铲,一块一块把坯铲起来。起坯的活儿是一种集体性的劳动,一个人是干不成的。比如用桿刀打方格时,需一个人扶刀柄,还要两个人用绳子把插进草地的桿刀往前拉。用铁铲铲坯时也是一样,至少需要三个男劳力协同劳动。别人家在草地上起坯时周文兴去看过,当铁铲把草的根须切断时,一路发出"喊里咔嚓"的声音,相当好听。起的坯要比脱的坯结实、耐用,因为起的坯里面的草根密密麻麻,柔韧自然,把泥土都抓住了。起的坯不仅能盖房用,垒露天的墙头也可以,抗得住雨淋。谁家的墙头绿茵茵的,那准是坯里面的草根经春风一吹，又生芽了。时间久了，草根不再发芽也没关系，常见一些草坯被大雨淋得草根裸露出来，支剌得跟刺猬一样，也不会散架。周文兴还得把话题往脱坯上引，他问父亲，是起的坯结实还是脱的坯结实。这话显见得是明知故问了。这次父亲微笑之后，把二小子的心思说出来了。父亲说，他想让周文兴去帮人家脱坯，让媒人带去了话，人家怕周文兴害羞，又怕累着周文兴，回说免了。父亲又提议让周文兴的哥哥到高家庄帮着脱坯，高家庄的那闺女也没同意。高家庄的那闺女真是要强得很，说她自己什么都能干。父亲的话让周文兴顿感羞赧，原以为父亲只管自家起坯，不管人家脱坯，不料他想到的，父亲替他想到了，他没想到的，父亲也替他想到了，他还有什么可说的呢！这好父亲。正如父亲所说，高玉华是够要强的，他对高玉华的佩服又增加了几分。不过，他也有些隐隐的心疼：你怕累着我，难道就不怕累着你自己吗？你要是累伤了身体怎么办？

　　周文兴和父亲出了河坡往村里走时，路上碰见几个背书包的小孩子。其中一个小孩子指着周文兴，把周文兴喊成高玉华。他们这里就是这样，对那些定过亲但尚未结婚的青年男女，喊笑话时愿意把女方的名字安在男方的身上，把男方的名字安在女方的身上，来个交叉换名。如同把周文兴喊成高玉华，也会有人把高玉华喊成周文兴。没人说得清这种故意张冠李戴的喊法有什么深意，却往往能收到不错的效果。周文兴也是这样，听见有人把他喊成高玉华，他的样子像是有些生气，做出凶恶的样子向小孩子追去。他这一追不要紧，孩子们觉得好玩，一齐把他喊成高玉华。他再追，孩子们再跑。他一停下，孩子就回过头冲他喊。孩子们把高玉华喊得整齐划一，节奏感很强，声音也很洪亮。要是让他们朗读课文，恐怕他们不会这么来劲。在落日的余晖里，他们脆朗的喊叫像云雀一样布满天空。其实他们上了周文兴的当了，周文兴一点也不生气，孩子们把他喊成高玉华，等于向全世界宣传他和高玉华跟一个人一样，他小子心里幸福得很哪。

晚上，周文兴睡不着觉，听见嫂子一会儿就笑一下。哥哥在外当兵时，他和父母住堂屋，父母住里间，他住外间。哥哥复员回来和嫂子结婚后，父母搬到灶屋去住，他和哥嫂住堂屋，哥嫂住里间，他还是住外间。没有和高玉华定亲之前，他不好好在家里睡。夏天，他到打麦场里睡，或者到瓜园里睡，那里比家里凉快。冬天，他抱起被子到饲养室的草屋里睡，那里集合有一些年龄相仿的伙伴，比家里热闹。自从有了高玉华做对象,他就自我约束起来,不再到处乱睡了。他觉得自己是一个大人了,是一个将要做男人的人了,处处要稳当些,守不住家是不行的。至于结婚后怎样做男人,他还没有一点经验,尚不知从何做起。可嫂住的里间和外间只隔一层箔篱,哥哥倒是一个现成的例子。可他不打算向哥哥学习。哥哥和嫂子在里间屋住了不到两年,两口人就变成了三口人。这说明哥哥对嫂子,怎么说呢,不够爱惜。要是他和高玉华结了婚,顶多把高玉华拥抱一下就满足了,他才舍不得对高玉华怎么样呢!想到把高玉华拥抱一下,他怀里就温温润润的,似乎真的把高玉华拥抱到了。他开始在心里轻轻地呼唤高玉华的名字,先是唤三个字,后是唤两个字,再后只唤一个字。字唤得越少,他心里越颤颤。当只唤一个字时,他还对高玉华说了话,他说的是对不起,对不起。身下的床箔响了一下,他一时吃不准声响是从哪里发出来的,不知是自己的动作失了分寸,还是说话走了声。他不敢再瞎想了。嫂子又笑了,笑着还说滚蛋滚蛋。嫂子也许让正吃奶的小侄子滚蛋,也许让哥哥滚蛋,他们总是在玩好玩儿的名堂。

　　哥哥和小侄子都没滚蛋,他却从床上爬起来了。他有了自己前进的方向,他的方向是高家庄,是高玉华脱坯的地方。好像那些坯是高玉华派出的代表,那些代表正列队欢迎他。这次周文兴没有白来,一摸到坯他不禁有些欣喜。先一天脱出的坯已经半干,这些坯需要一块块侧立起来通风和晾晒。他搓了搓手,高兴得想大笑一下,想说他总算找到活儿干了。他没有笑出声,也没说出声,只是把高兴的表情在黑夜里夸张地演示了一下,就开始做翻坯的工作。他一上来干得太慌张了,头上出了一头汗,背上也汗津津的。他对自己说,不要着急,不要慌张,不会有人看见的。安慰了自己,他的心情才平稳些,翻坯也不那么手忙脚乱了。每块坯搬起来,下面都有一块湿印。他把坯侧立在一块干地方,躲开那个湿印。他把侧立的坯立得稳稳当当,排列得整整齐齐。他要让高玉华知道,他是很会干活的。按他的想象,高玉华明天过来一看,见半干的坯们侧立起来了,也许会吃一惊。但吃惊过后,高玉华一定会想到是他周文兴帮着干的。他不想着让高玉华感谢他,只让高玉华知道他对高玉华的一片心意就行了。这么说来,周文兴把每一块侧立的坯都当成一个信使,他通过每一个信使向高玉华转达他的心意。谁说坯是泥巴做的就没心没肺,原来一块生硬的泥坯也能寄托柔软的关爱之情。周文兴一旦找到了寄托就不愿放过,他接二连三地在夜里帮着高玉华翻坯。高玉华白天脱坯,他夜间翻坯,谁也不知道一对未婚的青年男女有这样美妙的配合。

打谷场边有一个麦秸垛。这天晚上,周文兴正翻着坯,听见麦秸垛那边响了一下,像是有人碰到了麦秸垛。他一惊,又一喜,想到躲在麦秸垛那边的人一定是高玉华。他帮高玉华翻了坯,高玉华会看到的。高玉华不会认为是画中走下来的人帮她干的,不会认为是神仙干的,高玉华不用怎么想,就会想到是他周文兴。想到不等于看到,高玉华要证实一下夜间翻坯不留姓名的不是他是谁,就悄悄躲在麦秸垛一角观察他,肯定是这样的。周文兴的心花开得有些大,一时不知怎么办才好。他想走到麦秸垛那边去,给高玉华创造一个条件,让高玉华近距离地看到他。另外,高玉华大约已经看见他了。可他还没看见高玉华,他要证实一下,把麦秸垛碰得发出响声的到底是不是高玉华。没有马上到麦秸垛那边去,是他有点犹豫,怕吓着了藏在麦秸垛拐角的那个人。这天晚上是个阴天,没有月亮,也没有星星,往哪儿看都是黑的,比前几个晚上都要黑。空气有些泛潮,随手抓一把都黏糊糊的。这潮气似乎增加了夜色的密度,使夜的黑暗有了水样的质感。随着秋天的不断加深，夜间有些凉了。这凉仿佛是夜间的一部分，跟夜色有着同样的性质。白天，周文兴随着人流去镇上赶集时，特别注意了一下打谷场和打谷场周围的景物。南边是一块麦地，东边是一块红薯地。场边长着几棵小树。场里有一个麦秸垛，还有一个暗红色的石磙。他把这些景物都记在心里了。除了高玉华亲手脱出的坯，他对每样景物也都有了好感。这些景物对他和高玉华的默契配合起着见证作用，又为他们守口如瓶似的保着密。在夜里，这些景物大都看不见了。麦秸垛的体积比较高大，还朦朦胧胧看得出大致轮廓。他们这里是大平原，没有山。麦秸垛就算是他们这里的山了。从某种意义上说，山的作用是遮挡和隐蔽。麦秸垛在千里平原上起着山的作用，很多有趣的故事都是在麦秸垛那里发生的。周文兴暂时停止了翻坯，一心往麦秸垛那里望着，倾听着。他没有再听见麦秸垛那边发出声音。这使他怀疑自己听错了，或者是麦秸垛后面的人已经走了。他不再犹豫，站起来，向着横卧的山脊一样的麦秸垛走去。他刚走近麦秸垛，一个黑色的人影就从麦秸垛头转出来了，快步向打谷场空旷的地方走去，发出细碎的脚步声。尽管周文兴心里是有准备的，他还是稍稍地吓了一跳。他没敢向人影跟过去，不知所措地站下了,那个人影也站下了,向周文兴转过身来。深重的夜色中,两个黑黑的人影形成了一种对峙的局面。周文兴的心跳得嗵嗵的,脚下发软,怀疑自己是在梦中。夜太黑,他看不清对面那个人影的面目,但是凭感觉,他断定那是高玉华。夜色勾勒出高玉华的身影,身影是模糊的,几乎融入夜的背景,这使高玉华看起来虚幻而美丽。遍地的秋虫还在鸣叫。这种整体性的鸣叫一点也不间断,给人的感觉,好像不是虫子在鸣叫,而是大地本身发出的呼吸。大地吸得深沉,呼得也深沉,夜空显得更加沉静。这时周文兴产生了一个巨大的渴望,他想接近高玉华,喊一声高玉华的名字,跟高玉华说几句话。只有这样,高玉华才是真实的,这个夜晚才是真实的,才会在他心上留下永久性的记号。然而,他没有喊出声,只是咳了咳喉咙。当他向高玉华接近时,高玉华又向前走去。他舍不得高玉华走,只得站下。只要他站下,高玉华就站下。他们就这样在夜幕下走走停停,没有接触,也没有分开。在走动中,周文兴嗅到了高玉华的体香。停下来时,周文兴听到高玉华有些急促的呼吸。高玉华还咳嗽了一下,她咳得轻轻的,像是用咳嗽告诉周文兴,她真的是高玉华。

天边打了一个露水闪,闪不大,一闪就过去了。但这个闪还是把高玉华照耀了一下。高玉华有些出乎意料似的，转过身走了。这次她没有再停下来。

周文兴回到麦秸垛那里，靠着麦秸垛叹了一口气又一口气，一次比一次叹得长。正叹着气，他突然想到，那些已经晒干的坯该垛起来了，不然的话，万一天下了雨，那些坯有可能被淋坏。说干就干，他马上垛坯去了。

车 倌 儿

早上六点来钟，太阳还没出来，窑嫂宋春英就去窑口下面接她家的骡儿。这里不把骡子叫骡子，这家那家，都在骡后面加了儿音，叫成骡儿。这种叫法儿好像是对骡子的一种昵称，叫起来亲切些。煤窑既然是一座开采规模不大的小煤窑，窑下运煤就没有使用电机车，而是使用了运输成本相对低廉的骡子拉车。一天三班倒，一班大约下窑六十来头骡子。拉车时间加上交接班和上窑下窑在斜井里走道儿的时间，一头骡子一个班要在窑下待十来个钟头。比如上夜班的骡子头天晚上九点下窑，要到第二天早上六点至七点之间才能陆续上窑。到了这个时间，宋春英就提前到窑口下面去等。不管好天好地，还是刮风下雨，她一天都不落下。其实宋春英家的骡儿认路记家，宋春英不必到窑口接它,它出了窑,自己就会回家。可宋春英每天接骡儿已经成了习惯,不及时把骡儿迎接一下,好像对不起劳苦功高的骡儿似的。以前她每天接回来的还有她的丈夫,自从丈夫不在了,她接回来的只有她家的骡儿。

有接骡儿习惯的不止宋春英一个,不少窑嫂都在窑口下面等着接骡儿。窑口建在一个山坡的平台上,平台高出地面两丈多。平台下面是窑上的风机房,那些窑嫂就站在风机房后面或房山东头,仰着脸,眼巴巴地朝高处的窑口望着。她们沿着阶梯攀上平台,直接到窑口接骡儿不行吗?不行,绝对不行!不知是哪个说的,煤窑是窑儿,女人也是窑儿;煤窑属阴性,女人也是阴性,窑儿碰窑儿,阴性碰阴性,是不吉利的,女人一到窑口,窑下就可能出事儿。女人们别说到窑口去了,哪怕走得离窑口稍近一点,就会遭到窑口信号工和检身工的大声呵斥,让她们离远点儿。别的大一些的煤窑,开绞车的,发灯的,做饭的,要用一些女工。女工工资低,用起来便宜些,还可以给窑上调节一下空气。这座窑为防止女人因工作关系接近窑口,连一个女工都不用。窑主因此很骄傲,说在我窑上做工的是清一色的男人。那些等着接骡儿的窑嫂对该窑的性别歧视都很有意见,她们说,都到啥社会了,还这样看不起女人,真不像话！有意见归有意见，窑上窑下的规矩她们还得遵守。

一个窑嫂说，出来了！好几个窑嫂马上附和，出来了出来了！她们的声调和表情都很欢喜。

此时太阳刚露出一点红边，从那点红边看，将初升的太阳不知有多么巨大呢，也许会把半边天都占满吧。太阳红得很厚实，恐怕挑一块最大的煤烧红，都赶不上太阳红得厚实。太阳红得也很艳丽，很有传染性，它不仅染红了天际，连那些窑嫂们脸上都有些红红的。别误会，她们说的出来了不是指太阳，而是指从窑口出来的第一头骡儿。不错，窑口朝西，骡儿是从地底冒出来，是从东边出来。太阳出来的地点、方向、时间和骡儿几乎一致。可窑嫂们用近乎欢呼的声调所说的出来了的确指的是骡儿，不是太阳。也就是说，在她们心目中，骡儿比太阳更重要，更值得她们关心。

骡儿从窑下出来，都要在窑口处稍稍站一下，往下面的窑场看一看，并不急着马上离开。它们都不会说话，从没接受过记者采访，谁都弄不清它们为何站下，看到了什么，有何感想。它们目光平静，像是有所沉思。沉思过后，它们顺着绞车道往上走几步，往里一拐，从平台一侧的斜坡上走下来。不管是黑骡儿、白骡儿，还是灰骡儿、红骡儿，它们身上的毛都湿漉漉的，分不清是汗水还是淋水。它们一定是累坏了，也饿坏了，一走下斜坡，就低下头，嘴唇贴向地面，开始找吃的。地上都是脏污的煤尘，没有什么东西可吃。有的骡儿嘴唇触到一根劈开的葵花秆儿，衔住吃起来。还有的骡儿衔起一只废弃的纸烟盒，竟像吃树叶儿一样吃到嘴里去了。每一头骡儿后面都没有跟着赶骡儿人。赶骡儿人也叫车倌儿。车倌儿下班后，都坐着笼形的载人车，提前出来了。骡儿的体积太大，进不了笼车。再说骡儿天生是拉车的，好像也没资格坐车。

宋春英的骡儿是一头青骡儿，青骡儿刚拱出窑口半个身位，宋春英一眼就认了出来。她的嘴张了张，想对着青骡儿喊一声，告诉青骡儿她在这儿呢！因青骡儿没有姓氏，她也没给青骡儿起名字，不知喊青骡儿喊什么。她快步走到斜坡下面，一手抚着青骡儿的脖子，一手把绾在青骡儿辔头上的拴青骡儿的皮绳解开，把皮绳牵在手里。她看看青骡儿的眼睛，还没等青骡儿看她，就把目光躲开了。她听人说过，骡儿的眼睛看人时，人形是放大的，能比人的原形放大好几倍，简直就是庞然大物。不然的话，骡儿的力量比人的力量大出许多，不可能受制于人类，在人类面前不会这样驯服。因骒儿的眼看人高大,才对人有些害怕,不得不受人使唤。宋春英之所以不愿让青骒儿看见她,是不想在青骒儿眼里变形放大,免得青骒儿害怕她。她想跟青骒儿保持一种平等和睦的关系。不看青骒儿的眼睛了,她就看青骒儿的四条腿和四只蹄子。蹄子踏在地上嗒嗒的,四条腿迈动得很均匀,没有什么问题。青骒儿的背部和臀部两侧呢,也没有磨破和受伤的地方。看到青骒儿一切正常,她就放心了,牵领青骒儿到一个固定的、细土多的地方去打滚儿。从窑下出来,骒儿们都要在地上打一个滚儿,这是一个必不可少的动作和程序。骒儿们为什么非要打滚儿呢?是为了去痒?解乏?还是为了干净呢?也许这几项作用都有吧。好比窑哥们儿从窑下出来都要洗一个热水澡,热水澡一洗,就舒服了,来精神了。青骒儿腿一屈卧下了,先把肚子右侧在土里滚了两下。滚过右侧,它四蹄一弹,弹得仰面朝天,又迅速滚向左侧。左侧也滚了两下,青骒儿的滚儿就算打圆满了。它站起来那么一哆嗦,仿佛身上又来了使不完的劲。下一步,宋春英就该伺候青骒儿吃饭了。门口有一根木桩子,旁边支一个由大铁桶锯成两半做成的铁槽,铁槽就是青骒儿的饭碗。宋春英把青骒儿拴在木桩子上,青骒儿就在外面吃饭。新鲜的谷草筛过了，上好的黑豆泡好了，也煮熟了，青骡儿一回家就可以开饭。可惜青骡儿不会喝酒，要是青骡儿会喝酒的话，她会把白酒备上一点，举起杯对青骡儿说，来，干！宋春英早上给自己熬的是小米稀饭，盖在锅里还没吃。等青骡儿开始吃了，她才陪着青骡儿一块吃早饭。她听见青骡儿吃得很香，好像自己的稀饭也香了许多。

晚上八点半，车倌儿赵焕民准时到宋春英家牵青骡儿，准备下窑。这时宋春英已把青骡儿牵到屋里去了。她家用泥巴糊顶的小屋是两间，一间住人，一间住骡儿。两间屋有门相通，门口只挂一块旧布帘子。这里的贼人偷骡子偷得很猖獗，只要天一落黑，她就得把青骡儿牵到屋里去。之所以把两间屋打通，也是为了保护青骡儿，只要青骡儿那边稍有一点动静，她都听得见。赵焕民站在门口说，嫂子，牵骡儿。

宋春英开了门，让赵焕民进来。

赵焕民说，身上脏，不进去了。他头戴胶壳矿帽，脚穿深筒胶靴，已换上了下窑的衣服。窑上不发给工作服，他的工作服就是自己平常穿的衣服。他上身穿的是一件红秋衣，下身穿的是蓝裤子。不过煤粉子把红和蓝都遮盖住了，上下的衣服几乎都变成了黑色。

宋春英说，脏怕什么，进来嘛！

赵焕民只好弯一下腰进屋去了。屋里的地比较低，他脚下一闪，像下进坑里一样。屋顶也很低，只要一伸手，就会摸到屋顶。

宋春英指着一个小凳子说，坐一会儿嘛！

赵焕民没有坐，坐下说什么呢！他说还要去领灯，没时间了，牵骡儿吧。

宋春英打开那屋的门，把青骡儿牵了出来，交到赵焕民手里。她想跟赵焕民交代几句，青骡儿在窑下要是不听话，该骂就使劲骂，只是打的时候注意点儿，别打得太厉害。若打得太厉害，骡儿会受伤是一方面，另一方面，骡儿有可能跟人记仇。有一个车倌儿打骡儿打得太厉害了，骡儿就跟他记了仇，拉着重车把他往煤墙上挤，结果把他的胯骨挤断了，好好的人成了残废。这些情况都是丈夫生前告给她的。听丈夫说，每个车倌儿在窑下都打骂骡儿。他们骂骡儿骂得声音很大，也很恶毒，从骡儿的亲娘亲姐亲闺女，一直骂到八辈祖宗。他们一边骂一边打，打骡儿打得也很凶。他们打骡儿的器具有多种，有的用皮鞭，有的用钢丝鞭，还有的用劈柴棒子，你只看骡儿出窑时身上的道道鞭痕、块块伤疤，就知道骒儿在窑下挨了多少打了。反正骒儿不会说话，他们好像不打白不打似的。在这个世界上，很少有人看得起做窑的，他们在窑主面前连大声说话都不敢，他们觉得憋气、觉得委屈，只有拿骒儿们发泄一下。不想想，你们拿骒儿们出气，骒儿们也有血有肉、知冷知痛，它们找谁出气呢！话到嘴边，宋春英没说出来。以前她每次向赵焕民交代，赵焕民都不说话，不好好答应她，这让她甚是担心，赵焕民在窑下不知怎样欺负她的青骒儿呢。每次接到青骒儿时，她都马上细心检查。还好，青骒儿身上没什么鞭痕，也没有被鞍子和套绳磨破皮的地方，这表明赵焕民对青骒儿还是不错的。这天她说出来的是，小赵，谢谢你！

赵焕民问，谢我什么？

你对青骒儿挺好的。

看出来了？

早就看出来了。

怎么看出来的？

宋春英笑了一下，说这话问的，用眼睛看出来的呗。

赵焕民说，我对青骒儿再好，也比不上嫂子你对青骒儿好呀！

宋春英说,那是的,我和郎郎就指望这头青骡儿了。

年初的一天,窑下的变压器着了火。因变压器放在一个用木头支架支起来的煤棚子里,变压器一蹿火,就把木头支架引着了,接着煤壁和煤顶也着了火,整个窑腔子里顿叫狼烟动地,浓烟从窑口冒了出来。那些烟像水一样,无处不到,很快把各条巷道、各个采煤工作面都灌满了。烟和水又不一样,水先往低处流,在斜巷高的地方,人还可以暂时躲避一下。而烟是轻质的,不管高处低处,它一处都不放过。越是高处,越是边角,烟充得越满。须知那些烟是有毒的,它们到了哪里,就把哪里的氧气吃完了,只剩下毒气。当时在窑下干活的有一百多个窑工,七十多头骡儿。毒烟一起,窑工和骡儿霎时乱了套,你往这边跑,他往那边跑,撞得人仰骡儿翻,堵塞了巷道。大概连老鼠洞里也充满了毒气,白毛老鼠也乱窜一气。那次着火,一共毒死了二十三个窑工,六十一头骡儿。当时,宋春英的丈夫驾驭的骡儿拉的是装满煤的重车,他想把骡儿从车上卸下来,拉着骡儿一起跑。结果还没等他把骡儿卸下套,他和骡儿就被毒烟熏死了。丈夫的尸首是完整的,倒在车辕里的骡儿也没有少皮掉毛。据下窑救护的人说,她丈夫死时,两只胳膊还紧紧抱着骡儿的脖子。死掉的骡儿,各家都没有剥皮、没有吃肉,也没有卖到肉坊里去,而是在窑外的山坡挖个坑,把骡儿深埋了。一头骡儿的市场价是四千块到六千块,窑上只给死骡儿的主人赔了一千块钱就完了。

丈夫和骡儿死后,宋春英和儿子在窑上没有走。窑上停产整顿四五个月,宋春英成天一点事都没有干,但她仍然坚持不走。她的老家在四川,离窑上很远。老家就那么一点点山地,每年打那么一点粮食,恐怕连供孩子上学都不够。窑上恢复生产后,宋春英把丈夫因工死亡窑上给她和儿子的抚恤金劈出一些,加上因死骡儿赔给的钱,她花了五千多块,买了现在这头青骡儿。没人为她下窑赶骡儿,她就雇了赵焕民当车倌儿。她家除了骡儿,还有一辆胶皮轱辘铁壳子车,她是主家。她和赵焕民的关系是雇佣和被雇佣的关系。赵焕民刚到窑上打工不久,他没有骡儿,也没有车。而没这两样东西,他就没有下窑的资格,只能被有这两样东西的人来雇佣。这种关系不能说成赵焕民租用宋春英家的骡儿和车,只能说是主家雇佣车倌儿,主次相当分明。窑上在月底跟他们结算工资时,也是只找主家说话,窑方把工资付给主家,再由主家分给车倌儿。分配的方法一般是一半对一半,比如车倌儿一个月在窑下赶车拉煤挣了三千块钱，那么主家先留下一千五百块，另一千五百块付给车倌儿。这种雇佣车倌儿的办法不是宋春英发明的，她是跟别人家学的。有的人家只养骡儿，只置办车辆，骡儿养了两三头，铁车打制了两三辆，家人一个都不下窑，每辆骡车都雇佣一个车倌儿，只等着分骡儿和车股的钱就行了。当然，在一家只有一骡儿一车的情况下，男主人下窑赶车的多些，这样人和车挣的钱都是自己的，对自己家的骡儿也会爱惜一些。话说到这里就明白了，宋春英和刚上小学一年级的儿子，的确没有别的生活来源，全靠青骡儿给他们挣钱。他们吃饭靠青骡儿，穿衣靠青骡儿，儿子上学交学费更得靠青骡儿。宋春英的丈夫没有了，郎郎的爸爸没有了，母子俩不靠青骡儿靠谁呢！

秋风凉了，窑上的煤卖得好，工资也比以前发得及时。这才九月半头，八月份的工资就下来了。窑上的账房通知宋春英去领钱，宋春英找到自己的名字往后一看，心里突地一跳，这个月的工资总数竟有三千八百多，扣除了她家的房费、赵焕民的房费，还有骡儿的保护费（每头骡子窑上每月收取八十块钱的保护费），还能得三千五百多。挣钱挣得多，说明赵焕民运煤运得多。窑上实行的是计件工资制。装满一车煤重量是一吨，车倌儿们把一吨煤说成一个煤。每从采煤工作面运到窑底车场一个煤，车主和车倌儿就可以得到十二块钱的装卸费和运输费。整个算下来，赵焕民一个月运了三百多个煤，平均每天超过十个煤。据说运一趟煤来回要走七八里路，这十多趟煤，青骡儿和小赵一天要走多少路啊！

宋春英把自己应得的一半钱留下，把赵焕民的一半给赵焕民送去了。赵焕民正在宿舍里吃饭，他用铁锅煮的挂面。他还用一个装糖果的大玻璃瓶子腌了多半瓶子咸菜，里面有白萝卜、红萝卜、包菜片子，还有辣椒。他一边吃汤面，一边就咸菜，吃得满头大汗。他从窑下出来，一定是饿坏了，连澡都没洗，连窑衣都没换，就那么黑着脖子黑着脸，就开始做饭吃饭。见宋春英进来，他有些不好意思。窑工都是这样，在没洗澡没换衣服之前，都不愿让女人看见。宋春英说，正吃饭呢，你的饭太简单了。

赵焕民说，吃饱就行了。

那可不行，稀面条子不顶饿。宋春英的丈夫活着时，丈夫每天下了班，她都要给丈夫炒点肉，炒俩鸡蛋，还让丈夫喝点热酒，从不会让丈夫吃得这样简单。

赵焕民说，屋里太脏了，你看，连个坐的地方都没有。

没关系，我站一会儿就走。这个月的工资下来了，你干得很不错。

这都是青骡儿的功劳。

青骡儿有功劳，你也有功劳，至少有一半功劳是你的。给，这是你的一半工资，你数数。

赵焕民接过钱，没有数，就装进挂在墙上的干净衣服口袋里去了。

宋春英说，你这屋子不是放钱的地方，吃了饭，洗了澡，先别睡觉，马上坐车到县里邮局，把钱寄回家去。

我知道。

宋春英要走时，赵焕民喊住了她。赵焕民说，嫂子，有一句话，我不知道当说不当说。

宋春英以为是有关工资分配的事，说，有什么话你只管说吧。

赵焕民说，嫂子，我劝你以后别去打麻将了。

哦，是这事儿。宋春英说，我没打，我只是去看看。

我听说你昨天输了九十多块。

谁说的？

我在窑下听别的车倌儿说的。

宋春英无话可说了。她心里还是不大服气，我打麻将花的是我自己的钱,又没花你的钱,你管那么宽干什么!

"马"字搭个"累"字就是骡,骡儿挣点钱不容易。有那几十块钱,还不如给孩子买几本书呢。打麻将的人最后没有赢钱的,都是输钱的。

宋春英脑子里在拼字,骡儿的骡果然是"马"字和"累"字拼成的。她也是初中毕业,骡这个字成天在脑子里过,怎么没想到骡原来是马累或是累马呢!看来在对骡儿的理解上,她还不如赵焕民。

青骡儿吃饱了,在眯着眼儿晒太阳。天很蓝,太阳很好,阳光照在人身上穿透力很强。每天这个时候,宋春英该去打麻将了。窑场大门口右侧有一个饭店,去那里吃饭的人不多,去打麻将的倒不少,饭桌变成了麻将桌。每天,打麻将的至少开两桌,有时开三桌。有上手打的,也有围观的,每个麻将摊周围都站了不少人。周围的人不光是看,还押钱。见哪个人手气好,就往人家面前押钱。人家若是赢了,押钱的人就跟着沾光,押下的钱就可以翻番。如果人家输了,押的钱就被别的赢家收走了。他们把麻将在桌面上磕得很响,嘴里还胡乱骂着,饭店里甚是热闹。打麻将的有男有女,其中不少人是宋春英的老乡,从口音上,让宋春英觉得亲切。从一定意义上讲,宋春英是冲着乡音去的。可今天还去不去打麻将呢？宋春英有些犹豫。要是她去打了麻将，那些参与打麻将的车倌儿到窑下又会乱说，赵焕民又会知道。她倒不是非要听从赵焕民的劝说，一个她雇佣的车倌儿，与她非亲非故，她听不听两可。可是她得承认，赵焕民的话确实有道理。她丈夫活着时，丈夫打麻将有些上瘾。那会儿，是她劝丈夫别打了，丈夫就是不听。为此，她和丈夫骂也骂过，打也打过，为了惩罚丈夫还不让丈夫上她的身，丈夫到底还是改不掉。现在的事情是，她成了成天打麻将的人，别人劝她不要再打，这算怎么回事呢？她对自己说，算了，不去打了。她在屋里转了转，心神还是有些不安。丈夫死了，儿子去县城上学不在家，她在家里待着干什么呢？窑上没有学校，附近农村也没有学校，宋春英听了别人的介绍，只好把儿子送到县城的私立小学去上学。私立学校收费高，一个学期一千多块。为了儿子将来的前程，宋春英认了。窑上离学校几十里，儿子一上学就得住校，一个月才能回来一次。一个六七岁的孩子，晚上睡觉时还要妈妈搂着，拉个屎还要妈妈帮他擦屁股，现在却要一个人住校，吃喝拉撒睡，都是自个儿管自个儿，真是让人心疼。还有，校方每月向每个孩子收取的伙食费是一百三十元，而孩子能吃到一百元钱的东西就算不错。粮价菜价都那么高，孩子能吃到什么呢！她问过儿子，每天能不能吃饱。儿子说能吃饱。她问儿子几天拉一次屎。儿子说不知道。连几天拉一次屎都不知道，可见儿子是吃不饱。宋春英没办法，不能因为儿子吃不饱就不让儿子去上学。有人唱山歌，喉咙沙哑着，但调子很苍凉，唱得很好听。那人唱的是：黄连开花儿一肚肚苦，骡儿家的苦水跟谁吐；煤窖窑开花儿黑加黑，下辈子拴我脑袋也不来……宋春英赶紧从屋里出来，想听那人多唱会儿。那人唱着出了窑上的大门口，就不唱了。她站在门口愣了好一会儿神，不知道赵焕民会不会唱这样的山歌。赵焕民既然会拆字，会解字，大概也会唱山歌吧。这天宋春英把自己管住了，到底没有去打麻将。她从床席下面翻出那只没有绣完的鞋垫，坐在门口一针一线绣起来。鞋垫是两只，丈夫活着时，她已经绣完了一只。鞋垫上的花样子是她从老家带来的，上面除了有喜鹊梅花，左右还各有一个字，一个是"恩"字，一个是"爱"字。这样的鞋垫当然是为丈夫绣的，左脚鞋垫的"恩"字刚绣完，丈夫就出事了，右脚鞋垫的"爱"字就没有接着绣。她想还是绣完吧，就算丈夫不能再用，权当寄托对丈夫的一份思念，权当打发时间吧。

赵焕民再去宋春英家牵青骡儿，宋春英抓空子就问赵焕民，会不会唱山歌。

赵焕民问她什么山歌。

宋春英说，那个，就是那个，挺好听的，一听就让人想哭的那个。

赵焕民让她唱一句试试。

宋春英想了想，说她唱不了，只把听来的两句歌词念了一遍。

赵焕民笑了一下，样子像是有些不好意思，问，你听着这歌词好吗？

当然好了，这样的歌词把骡儿和窑哥们儿的心里话都唱出来了。

这都是我瞎编的。

宋春英大为惊奇，像不认识赵焕民一样瞪大眼睛问，真的，真是你编的？

编不好，瞎编。他随口又念了两句：天轮轮开花儿吱呀呀响，谁家的孩子不想娘；荞麦子开花儿愁连愁，哥哥你一去为啥不回个头。

宋春英眼圈红了一下，却笑着说，既然会编歌词，一定会唱了？

我不会唱，真的不会唱，我嗓子不行。我把歌词告诉别人，都是别人唱。

宋春英真正开始对赵焕民另眼相看，是她送儿子郎郎去上学的那天下午。郎郎一月回家一次，回家休息四天，接着再去一个月。郎郎去上学时，有一辆白色的小面包车到窑上来接郎郎。面包车当然不是接郎郎一个，这个窑上有五个孩子在县城上学，都是搭这个车。来这个窑之前，面包车已去了两个窑，车里已塞进十一个孩子。宋春英本来说好跟郎郎一块儿去，去给郎郎交这个月的伙食费。一看车上实在挤不下了，宋春英就跟郎郎说她不去了，让郎郎跟老师说一下，她过两天再去。她把郎郎一个人十块钱的车费付给了开车的师傅。郎郎一听说妈妈不去了，眼里即时涌满了眼泪。郎郎没有哭出声，眼泪也没有流出来，就那么在眼皮里包着。这真是一个本事，眼泪包得那么满，两眼都明汪汪的，却一滴都不掉下来。这时赵焕民从车旁路过，便把头探进车窗，往车里看了看。他看见了郎郎，也看见了郎郎眼里的两包眼泪。他每天到郎郎家牵骡儿，有时会看见郎郎，知道郎郎是一个心事很重的孩子。他想跟郎郎说句话，问一问，郎郎，郎郎你怎么了？话没问出口,他的眼睛也湿了。他的两个湿眼窝子被宋春英无意中看到了。他只顾看郎郎了,没有注意宋春英,宋春英却注意到他了。宋春英想起了赵焕民编的一句歌词,"天轮轮开花儿吱呀呀响,谁家的孩子不想娘",这个孩子谁能说不包括郎郎呢!她心里一热,算是知道她的车倌儿是个什么样的人了。

宋春英用一个搪瓷大茶缸蒸了半茶缸米饭,把炒好的鸡蛋压在米饭上头。为了保温,也是为了让饭菜保持干净,她给茶缸盖了盖儿不算,还在茶缸外面包了一个厚塑料袋,并用橡皮筋把袋口紧紧缚住。赵焕民又来牵青骡儿时,宋春英让他把饭菜也带上。

赵焕民说,嫂子,我在窑下不吃饭。

在窑下八九个钟头,饿着肚子对身体不好。你大哥活着时,我每天都给他带饭。

我已经习惯了,在窑下真的不吃饭,再说也没时间吃。

我叫你带,你就带,你说这么多废话干啥子嘛!你放心,我不会扣你一分钱工资。

话说到这份儿上,赵焕民只好把饭菜接在手上。

下班后,赵焕民向宋春英送还空茶缸子时,顺便从窑口给宋春英扛去了一块煤,那块煤亮晶晶的,很大,没有八十斤,也有七十斤。虽说窑工和窑工家属烧煤都不花钱,赵焕民给她家扛去大煤,她就不必去捡装车时撒在地上的碎煤了。赵焕民说,嫂子做的饭真香!

宋春英说,香吧,我说让你带你还跟我客气呢,你个傻瓜!你要是吃着香,以后下了班自己就不用做饭了,我提前给你做好,你就在我这儿吃。

窑上没有澡塘,窑工们下了班,都是自己临时烧水,烧了水倒进盆子里,各自在宿舍里洗。赵焕民要把自己洗得干干净净的才去嫂子那里吃饭。因他洗得细致,洗得慢,宋春英等的时间就长一些。终于有一天,宋春英对赵焕民说,以后我提前给你烧好水,你就来家里洗澡吧!说了这话,宋春英的脸很红。

赵焕民的脸比宋春英的脸还要红。

人心里头开花儿应该怎么唱呢?

白　煤

大雪下够三天,停了。月亮出来了,大半个月亮被疾走的薄云擦了一遍又一遍,发出钢样的清辉。月光投在雪地上,又反映在空中,矿区各处都白晃晃的。

在居民区通往井口的小街上,不时有黑黑的人影走过。上班的人把棉袄裹紧,像是怕失去了妻子的体温。下班的人个个又饥又渴,头上冒一团从澡塘里带来的白汽,蹚雪急匆匆往家赶。无论他们什么时候到家,他的女人一听到脚步声就把门打开了,并不说话,对丈夫脸上身上略加审视,知道盼回来的是全须全尾的整装人,心里才落实了,捉过丈夫的双手,塞进自己的裤腰,或抱了丈夫的头,把发烫的小脸焐在丈夫冰凉的耳朵上,说"暖暖,暖暖"。

喜欢雪景又年轻一些的矿工,从黑沉沉的窑下出来,满眼一明,新雪清凉透彻的气味儿使他们有点走神,想到一种叫诗的东西。其中之一或许日后要做诗人,在小街驻足,屋顶电线杆等乱瞅。后来在打烊的饭店门前看到一只卧着的肥狗,就团了一捧雪向狗击去。狗一跃,躲过了。再击,再跃。真是不打不成交,要做诗人的矿工离去时,那狗追在他后面做左右躲闪状,好像说:"哥们儿,别走,你玩得好,再玩一次。"

也有尚未娶妻和虽娶了妻却夫妻身处异地的矿工,遍地雪光让他们记起一点什么,这远处回来的记忆,以雪月为引子,其中必定还有一个女人,一块风雪中飘动的红头巾,或是火炉旁那温存的一笑。鲜明印象重现的结果,他们心里绵绵的,还有一点想哭。不错,每个单身矿工宿舍的床边都贴有色彩艳丽、情致百般的年历画。上面有媚眼、腿子,还有半遮半掩的胸。可这些对他们来说都不大切实。尤其是落雪天气,大雪把矿工和屋外的世界隔离,墙上居高临下的女人简直是在看笑话了。矿工说:"你笑什么,下来陪老子喝一杯。"从床下摸出一个酒瓶子。邀请得不到反应,矿工也不着恼,"你不喝,我喝,女人是好东西,酒也是好东西。"嘴对嘴喝一气。喝得差不多了,看窗外一片白色的模糊,便睡。不知为什么,雪天睡觉,他们总是拉被子把头蒙得严严的,起初还喃喃着,像唤一个女人的名字,到后便睡沉了。屋里显得有些冷清。

下雪天长路是不怕的。长路是采煤工,也是新郎官儿。他对新娘子说:"我下井采煤,上来就采你。"这两方面他十得都很热心,都不坏。

为来矿探亲的妻子们搭建的临时家属房里,有他们的一间小屋。小屋里有床,床上新褥新被。屋角有煤炉,炉火熊熊燃烧。冰雪之气别打算入侵到他们这里。更主要的,屋里有新娘子。新娘子生得像一只雏鹅,手脸各处都白白胖胖,这对长路小师傅来说相当适用。新娘子的小名儿叫"想",长路最爱唤她的小名儿:"想,想,我想!"

想说:"你不要想。"

"不,我就要想!"

长路上的是夜班,午夜时分,世上的人睡得正好,为世人采伐煤炭的长路却不能睡了,要走到冰天雪地里去,走进黑咕隆咚的狭小洞子里去,与同样装扮的人结成一队,在那里进行神话般的"舞蹈"。"舞蹈"的动作富有远古劳动的色彩,沉重而不屈,单调却强劲。

想最不愿意长路半夜里离她而去。她对丈夫说:"你走吧。"两只胳膊把长路的一只胳膊缠得紧紧的。

"好，我走。"长路口上说走，身子却躺在床上不动。走动的是一只手，手把想的身子作路，高高低低来回走了一趟。

"说了走，怎么还不走，又没人拉着你不让你走。"

"鬼拉着我。"

想问他鬼什么样子。

长路说出的鬼的样子不能够让想满意，却让想十分快乐。他说那鬼白白胖胖，嘴唇红艳艳，眼睛毛眯眯，特别是鬼的一对奶子，那样膨大，像两座白色小房子。长路的鬼的形象还没勾画完，想已羞得不行，说："你再胡说八道人家就生气了。"松开长路的胳膊，把长路那么一推。长路正要趁势起床，刚才缠他胳膊的东西又一下子把他的脖颈缠住了，缠得有些狠。

外面有开门声。有妇人咕咕哝哝，像是对去下井的男人嘱咐着什么。这嘱咐想必是重复太多了，男人口气有些不耐烦，而似乎只有这样的口气才能让留在家里的人放心。妇人的办法，大概故意要惹得男人烦一烦，有些事情说一遍两遍不顶用，把男人絮叨烦了，才能得到像样的承诺。于是妇人不再说话，男人踏雪"吃哧吃哧"走远了。

小屋里只剩下想一个人时，月光正透过窗子照进来，洒在床前如一层雪粉。想睡不着。长路夜间上班，白天睡觉。星星跟着月亮走,初为人妻的想也把觉睡颠倒了,侧身对着窗户,脑子里清清明明。她的思绪没有一个固定的方向,像高天下的一只鸟,东一翅子,西一翅子。她的老家是大平原,到矿上来隔山隔水。母亲送她出门远行时,按老规矩放了三声炮。炮刚响了一声,她就成了泪人。母亲说,挖煤的人苦,洗衣做饭,铺床叠被,好好待承人家。她把这些对长路说了。长路说,你跟了我,我就是你妈。又说:"天下数挖煤的人最心疼女人。"她问长路为什么。长路没说为什么,只给她讲了一件事:长路班里有一个小伙子,攒了钱,买了衣服布匹,就说春节回家结婚。不料春节的前三天,井下天顶冒落,把小伙子给埋了。等把已经不行了的小伙子扒出来时,见他的胶壳安全帽没戴在头上,而是在怀里抱着。安全帽里面写满了未婚妻的名字。

她不愿意长路讲这种吓人的事,样子有些呆呆的。长路赶紧晃她的膀子,拍她的脸:"想,想,你怎么了?你就说你没听见。"

停了好大一会儿她才说:"我没听见……"

她不能想象井下是什么样子。她问过长路,井有多深。长路说,天有多高,井就有多深。她还问过长路,井下有多黑。长路说,月黑头加阴天,再闭紧你的双眼,就差不多了。她也要下井看看。长路答应了，又说，那不行，若是窑神爷看中了你，留下你做媳妇，我怎么办？她明白长路，长路真把她当作小孩子了。

后半夜起了点风。风快一阵慢一阵，每到快的一阵，门前的那根细木头电线杆子就"咻"地响一声。旋风把屋顶的雪粒子刮下来，雪粒子碰到玻璃窗时噼里啪啦，让人想起无数个这样的冬夜。她不知寒风能不能刮到井下，要是刮到井下长路冷不冷。风不停下来，这两个念头就走马灯似的在她脑子里转，转得久了，就把她转到井下去了。那井像是家乡田头的一眼枯井，周围生满杂草。井壁一侧的黄土成匹脱落。蜘蛛网东扯一道，西扯一道，几乎把井口封严了。长路说，你不是想下井吗，跟我来吧。说着，两只胳膊鸟翅似的一张，跳下去了。她学长路的样子，也跳下去了。她觉得自己的身子快速地坠落下来，头蒙蒙的，两耳呼呼生风，眼睛什么也看不见。这样坠了许久，仍无休无止。越往下坠，她觉得自己的身子变得越小，并开始打旋，小得几乎没有了。她想，这不行，我给人做了老婆，我要有，手要有，脚要有，哪儿都要有。这样想着，不知是手还是脚动了一下，就醒过来了。醒来后身子从空了一半的被筒里往上抻了抻，不禁有些好笑。

按说长路应该和太阳一道从地底冒出来,往日就是这样,太阳出来了,长路也脚跟脚出来了。太阳挂在东边天上,她家的"太阳"落在小屋那张床上。今日不知为何,她把好吃好喝早就给长路预备下了,太阳也大明大放,房前屋内无不照到,却不见长路归来。长路跟她再三说过,窑下的活儿好比瞎子赶路,没黑没白,晚升井是常有的事,要她千万莫担心。她对自己说:"我不担心,我才不担心呢!"她扫地,收拾炉火,擦窗台。窗玻璃上结了一层冰花,冰花像松针,像箭菊,像鸟翎子,看啥像啥。她想过年时要用大红纸剪一幅窗花贴上。想到窗花,她就轻轻唱一支姐妹剪窗花的歌:腊月里,腊月腊,姊妹三人剪窗花。大姐剪了一枝梅,二姐剪成牡丹花,就数小三儿不会剪,一剪剪了个大倭瓜……

太阳又高了些。远处有踏雪声。想静耳听了听,摇摇头。果然,踏雪声从门前越过去了。家属房的孩子们出来了,在雪地里追逐撒欢,踢腾得雪粉飞扬。隔壁一位大嫂喊她,跟她开了一句玩笑,说到底是少年夫妻新皮胶,大白天也关门胶在一处。

想不大沉得住气,心里有点乱乱的。原以为歌唱不完,长路就回来了,她打算隔窗一看见长路,旋即到床上蒙头"大睡",等长路求她,再求她,她才把眼睁开一点,说:"谁叫你回来这么晚的,坏人,你没把人急死!"不料"窗花"剪够三三见九,该回来的人还没个影儿。

她的设想不能实现,她不愿想的东西好像早就等不及了,抓空子挤进来,争着说"是这样,是这样"。每一个"是这样",都很吓人,都够她哭三天三夜的。还有那件长路教她说"你就说你没听见"的事,也恶头恶脑、清清楚楚拦在她面前,仿佛在对她说:"咱们是一样的,都是一样的,着急没用。"想在心里很坚决地说了一百个"不",为了证实那个"不",她在屋里无论如何是待不下去了。她要到井口去看看。梦里跳过井了,若命里该她跳井,她就真的跳一回,这没什么。

长路今日升井是晚了些。这不能怪他。井下采煤的事如隔山掏火,隐约知道前面有火光,去取时,却先有险山恶水等你去踏,一脚踏不好了,就难免费些事。长路知道妻子会着急,到澡塘里,身体各处来不及仔细洗濯,就裹衣回家去了。他的眼圈还黑黑的,如施了眉黛,显出挖煤人独具的风仪。路过小街,集市已上来了,在阳光和雪光的辉映下,碧绿的菜蔬,鲜红的猪肉羊肉,还有老太太面前的竹篮子里白花花的鸡蛋,都很好看,让井下出来的人感到一种亲切的人间味道。街上年轻女人也不少,她们收拾得净头净脑,脚上套着不知从哪个矿工处得来的深筒胶靴,手里提着精巧的小篮子,各处随意走动。她们知道做窑的人愿意看看她们,她们也乐意被做窑的人看一看,并不因此变得轻薄和娇情。以前,长路出得井来,也常和工友们待在街边,把过往的女人瞅一瞅,议一议。遇见有女人对他笑一笑时,他得了意,嘴上不说出来,须回到单身宿舍在床上折几个跟头才罢。如今的长路用不着再干这类傻事情,屋里藏着一个身体顶实、肌肤顶白的女子,这女子给他的还有许多口里不便说出的好处,难道还不够吗?人要知足,眼馋肚里饱的事长路从来不做。

因他迟归,妻子会赌一赌气,这一点长路也料到了,他有办法把她哄转来。长路懂,爱是公平的,人人都有一份。爱对从事任何职业的人都不忽略。爱永远不是一个技巧问题,重要的是一颗老老实实的心。

长路到家扑了空。

炉火旺着,热汤热水温着,屋里各处收拾得整整齐齐,只是不见他的那个人。长路有些泄气,心里一下子变得空落落的。妻子是家,妻子是火,妻子是热汤热水,妻子是一切一切。只要有妻子在,什么都齐了。妻子不在,有什么都不算。往日里下班回来,迎着他的是光光的脸,是毛眯眯的一双笑眼,这于他已习惯了。突然间成一所"空屋",以及随之而来的一连串不该有的错觉,都让他有点受不住。无论妻子去哪里,他都不能对妻子有半点埋怨。但他愿意一回来就能看到妻子,看不到他就提不起劲头,仿佛连魂也丢失了。

想看到的井口和梦里那个井口完全不一样,井口上朝天立着一个大铁架子,铁架子顶端的两个巨轮子花插着转得飞快。一个轮子牵着一根铁索,索子系进井里,一根上行,一根下行。上行的那根行到一定时候,一个大铁笼子就吊上来了,笼口开处,一群黑黑的人儿一个跟一个走了出来。想打量他们家长路也在里面,在不远处的一个墙角后面探头,出来一个她就赶紧瞅一个。煤把挖煤人变成煤模样,每一个出来的人样子都差不多。新娘子未免有些犯难。

一个在井口开关铁笼子的老矿工看见她了,走过来,问她等哪一个。

她说出自己丈夫的名字时,不知为何,鼻子酸了一下。

老矿工笑了,告给她,长路已出井回家去了。这父亲一样的老矿工,大概这类事情经得多了,人显得达观而风趣，他一面催小女子赶快回家，一面又不忘记把经验传授："找双不如等双，到归巢的时候，鸟儿自己就飞回去了。"

想推门进屋，见长路和衣在床上躺着，锅里的饭菜一点没动。你看这事情，躺在床上赌气的本该是她，因她晚回一步，赌气的人也打了颠倒。她喊长路"有功的人"，让长路起来吃饭。

长路坐起来了，四目望着，不说话。长路眼里潮潮的。

想走到他跟前，把他的头发揉着，说："我去井口等你，你倒好，先回来了。要不是井口的老师傅告诉我，我还在那里傻等。"

长路说："谁让你去等的，我说过……"说着像井下收拾柱子一样，一下子把想的腰身抱紧了。脸也扁着，贴在新娘子胸前。

一切缘于该相聚时未能按时相聚，既然已经聚首，"百病"都消除了。想说："好了，吃饭吧。"

"不，我不想吃。"

这又是为什么？"不想吃，一辈子都别吃！"长路这话让想有点生气，她想把长路推开。她推一推，长路的胳膊就紧一紧。

长路说："我想……"

想以为长路跟她赌气没有完，把他不想吃饭的意思误解了。她明白长路想什么了。按理说她不能拒绝长路。矿工跟在地面干活的人不同，矿工采煤的地方是另一个天地，对妻们来说是另一个遥远的世界，他们每天都经历着一个离别，离别的夫妻重逢，所欲所望是天经地义。可是，干了一夜活儿，上来饭都不吃一口就任性，身子不吃亏吗？她说："我问你，还要不要自己的身体？"

"没事儿。"长路仰脸看想。他眼里光焰烁烁，表明他的劲头已提起来了，丢失的魂也回来了。

想的唇在长路放光的眼上堵了两堵，说："不行，没事儿也不行，你当你的身子是你一个人的！"

想说的是"不行"，可她的言语行动让长路得着一个相反的意思。长路又想起在井下时，工友们夸他老婆是个粉团子，还说世上的男人都是为女人生的，得着这样一个粉团团的女人，一辈子都值了。长路越发持不住，他要采取行动。当着采煤工的长路，行动总是很厉害的。

想问："工作服拿回来了？"

这冷不丁冒出来的问题，长路一时不能作答，想一想才答得好，一想就要分神，一分神，行动就迟疑了。

想又问了一句。想样子很不客气，简直像是追问了。

"忘……又忘了!"长路脸讪着,撤回手,把头发挠了挠,"今天下班晚了,急着回来,就忘了。"

"什么忘了,我看你是没把我的话放在心上。"想一拧身子从长路怀里出来了。

想一脱离他,他的行动失去目标,就被瓦解了。

想有些暗喜,但她的小脸儿使劲绷着。

长路在这个问题上是输理的。想好多次嘱咐他把工作服拿回来,要给他洗,可他总是"忘了"。这好老婆,她哪里知道,挖煤人的工作服能是通常意义上的洗所能洗得的吗?成天泥一身,水一身,汗一身,煤一身,哪个人的工作服不是一身铁页子。泥多了,摔摔。煤多了,抖抖。水多了,拧拧,再用热身子暖干。破了,巴上一块药膏布。扯了,用几根红绿炮线缠上。遇到有的工作面通风不好,人热得喘不过气来,把工作服扒下往巷道边一扔,赤着身子就上去了。几天下来,工作服沤成一堆糟树叶子。这能是通常意义上的洗所能洗得的吗?就说他长路的工作服吧,后背被矿灯充电盒溢出的硫酸烧了巴掌大一个洞,赤皮露肉好几天。后来他觉得实在不雅观,就绑上一块旧风筒胶布,风筒布一步一忽塌,像一尾老绵羊盖。这样的衣服连跟妻子说说都张不开口,谁还忍心拿回来让妻子洗呢!怕累着熏着妻子是一方面,更怕的是妻子见着这样的衣服伤心落泪。没办法,只好说"忘了","忘性大"的人吃老婆埋怨一顿是应该的。

想不是那种没心的人,她已向家属房里那些姐妹们打听过了,各家的男人都舍不得让自己妻子洗工作服。她提起这个话头不过是急中生智,把长路稍稍辖制一下,目的还是让长路先吃饭。

这次长路没有犯犟,想把饭碗递上,他乖乖地接着了。他以为想还在生气,接碗时看想的眼睛。想把眼塌蒙着,不让他看到。可是想的嘴呢,笑意已满了十分,怎么遮掩也没用,一转身就笑了出来。

长路从妻子那个笑里,明白自己中了一点小计谋。这样的计谋他乐意中它一百回,于是也笑了,说:"我老婆真会疼人!"

想说:"谁心疼你?! 我喜欢从从容容地……"想有些羞。

长路把饭用过了,小两口儿正要"从容",小屋里来了几个长路的工友。这几个工友都是尚未娶妻和虽娶了妻却夫妻身处异地的单身。他们一进来,眼睛就过来过去在新娘子脸上身上尽看。因长路事先有话,无论来人怎样看,想是不怕的,她递烟倒茶,笑模笑样,仿佛在替不知名的姐妹们尽着一份责任。

其中两个小伙子大概喝了点酒，脸红得像蟹盖子，信口说了不少趣话。一个说："那次阳哥被天板掉下的石头贯了顶，医生抢救半天才抢回阳哥一口气。阳哥明明有了气，就是闭眼不说话，任人千呼万唤也不应。后来阳嫂闻讯跑来了，阳嫂越过众人，来到床前，一点也不避嫌，把一只奶子端出来就往阳哥嘴里塞，说：'阳子，是我……'阳哥这才'哇'的一声哭出来。"

几个人都笑了。长路也跟着笑。

这里身上长奶子的只有想一个，想的脸比喝过酒的人脸还红。

另一个说的笑话也是有关矿工和老婆的，因笑话过分粗糙些，想说要打水，提白铁壶出去了。等想打了水回来，那几个知趣的矿工已离去。

看看天已过午，长路真该睡了。

长路刚说"睡"，一沾枕头，竟真的睡着了。

想拍他的脸："长路，长路，你醒醒，醒醒，你不是……"

长路想醒醒，可眼皮怎么也睁不动了，鼾声也徐徐地响起来。

停了一会儿，想抱着长路的一只胳膊，也睡着了。

到了午夜，长路又该去下井。

水　房

那个女孩子挑着一对铁桶来矿上水房打水,桶空着时,铁钩儿和铁钣儿相擦,发出"咿呀咿呀"的音响,音响细微,羞怯,有点"我想唱歌不敢唱"的味道。

东林和喜梦还是把音响听到了,两个新矿工眼睛亮了一下,东林赶紧拎起早已倒空了水的白铁壶,也去打水。昨天傍晚这个时候,喜梦为美妙的音响所召唤,已经打过水了,今天轮到东林打一回。

水房里面有一座略嫌肥胖的桶式锅炉,烧开水用的。门口大杨树下立着一根细细的铁水管,一早一晚供应生水。女孩子走到水管前,把两只桶卸下来,并肩放在水龙头下面的水泥池里,拧开水龙头往其中一个桶里注水。她不是一下子把水龙头开至最大,仿佛害怕水猛了会呛着水龙头的嗓子似的，等水流在桶底轻轻敲了一阵铁鼓，让水龙头、水桶两方面都做好了准备，才把水放大。放大了的清水霎时翻成满桶白花。

东林把手里的壶悠打着，低着眉，装成漫不经心的样子同女孩子走过去。走到离女孩子还有两三步远的地方，他就站下了，好像在说："我是很讲礼貌的，你慢慢打，不要着急。"他看了女孩子一眼就不敢看了，女孩子的美丽让他有点害怕。他仰脸看了看杨树。新鲜的杨树叶子被西边将落的太阳镀上一层金辉，每片叶子都像一面小圆镜子，在对他乱照，可哪面"镜子"都不让他真正照到什么。他想起自己上衣口袋里一天到晚装着的小镜子，在此之前他不知照过多少遍了，刚才从宿舍出来时他还飞快地照了一下，眼圈儿上的煤黑儿洗干净了，冒尖儿的胡子也拔过了，一切都没有问题。他想跟女孩子说一句话，让女孩子也看他一眼，注意到他。女孩子已经放满了一桶水，另一桶也快满了，等两个桶的水都满了，女孩子就会毫不迟疑地担起水桶走掉。女孩子取水时，大概心里只想着水，所以眼睛只看着水，看着水里的世界，别的什么都看不见。东林有点着急。

这时有一个矿工从水房里打了一壶开水出来，跟东林打了一个招呼,问东林"等什么呢"。

东林好像被人看穿了心里的秘密,脸一下子红了,自我掩饰的本能让他和迎面而来的矿工开了一个玩笑,问人家打开水是不是浇花儿,是不是浇肚子里的花儿,小心水不要浇得太多,花儿长疯了就不好办了。他说得声音挺大,边说边笑,还没忘了从眼角那里极快地看了女孩子一眼。女孩子虽没有看他,但他看出女孩子抿着嘴角有些许笑意,显然是听到他说的笑话了,这使东林十分得意。他有点感激那个打开水的哥们,给了他一个说话的机会。他从自己的话里听出自己还行,有点潇洒劲儿。更主要的,有了那个说笑话的气氛,他觉得轻松自然多了。他把刚才的气氛接下来,装作仍和那个矿工那样说话的随便口气,对女孩子说:"嗬,这两个桶……够大的,你挑得动吗?"

女孩子正把挑子往肩上搭,她大概没料到有人会跟她说话,一时有些惊慌,她像是为答不答人家的话迟疑了一下,结果她只是无声地笑了笑,就挑起水桶走了。东林看见,女孩子低头含笑的时候,满脸通红通红。

这一切喜梦躲在宿舍一侧玻璃窗后面都看到了,东林回屋时,他装作什么也没看到,赶紧躺回床上,拿书遮在脸上看。

东林有些兴奋,在屋里来回乱走,好像急于抒情的样子。不见喜梦问他,就过去拍了喜梦一下,说:"我今天跟她说话了!"

"是吗,说什么了?"

"我问她:'桶这么大,你挑得动吗?'她说:'没事儿,挑得动。挑不动也得挑呀!'小姑娘一说话脸那个红,简直——你爱看书,帮我形容形容。"

"我又没看见人家脸红,怎么帮你形容。"

"形容脸红最好的词儿是什么?"

"最好的词儿是没词儿。"

东林看出喜梦不愿帮忙,心中好像明白了一点什么,就不再勉强,说:"不行,我得把她画出来。"

东林的哥哥是老家镇上的一个业余画家,仕女图画得相当出色,每年春节大集或逢庙会,东林的哥哥就把各色仕女图拿出来卖。有时还把大画案抬到街头,铺开宣纸,当场作画,成为小镇一景。东林近朱近墨,耳濡目染,胸中也有三笔两笔。他把炭铅画笔和速写画夹子拿出来,坐在床前小凳上,凝神把美丽形象捕捉了一下,开始在白纸上走笔。他画完了一张,端详了一会儿,觉得不甚理想,就撤下来,压在一沓白纸下面,再画。他接连画了好几张,都很快地把画稿压在白纸下面了，越画，他眉头蹙得越紧。

喜梦偷眼一瞄，差点笑了，画面上的小人儿虽然挑着两个桶，但生得蛾眉，点唇，削肩，蜂腰，未免太古典化了。两只桶荷在肩上飘逸是飘逸了，一点也不吃劲，说是水桶，不如说是林妹妹葬花的花篮更合适。喜梦愿意东林把女孩子画成这样子，因为这画和那女孩子几乎没关系。按喜梦的私心，东林最好永远画不成女孩子。他问东林，画得怎样了，可不可以欣赏一下？

东林似乎有些谦虚，说形态画出来了，神态还没找到，重要的是神似而不是形似。挑了一张画稿递给喜梦。

喜梦"认真"看过，忍住笑，说"不错"，夸东林观察得够细的。

东林叹了一口气，说这样的女孩子怎舍得让她挑水呢，真想替她挑，一直送到她家里。

"那你怎么不替她挑呢？"

"下次，下次一定替她挑。"

"小心人家家里人拿棍子把你赶出来。"

"那没关系，这次赶出来，下次我还替她挑。"

喜梦不敢再拿话激他，他既然已为女孩子着迷，说不定什么事儿都做得出来，盆里的纸船水来激，一激等于推动他了。替女孩子挑水，本来是喜梦的美好计划之一。喜梦的计划很周密，比如说，猛不丁提出来替人家挑水，总显得唐突，计划也不容易实现，他打算以商量的口气，对女孩子说是试一下挑得动挑不动，一旦水桶上了肩，挑起来就走，让女孩子追小上他。不想东林的想头跟他的计划撞车了，而且东林把想头说出来了，如果按原计划走，就显得不大高明，好像借了人家的想头，成心掠人之美似的。喜梦心里有些隐隐的不自在。

又轮到喜梦去打水时，天落了雨。雨是新雨。如同春来时一草一木都焕然一新，新雨带给这个世界的是全新的呼吸。花儿的芬芳，树叶的清香，泥土腥甜的气息，因为有了雨，它们仿佛有了凭借，变得到处飘洒和物质化了。因为有了雨，人们的行为也有些小小的变化，除了有要紧事不得不出门的，穿雨衣匆匆而过，任斜雨把鼻头和裤脚打湿，事情无关紧要的，能不出门就不出门了。有的喜欢长长地睡一觉，做一个梦；有的倚在窗前望着空中的雨丝发呆；有的低声唱着一支怀旧的歌。东林和喜梦呢，此时想的是同一个问题：那个女孩子今天会不会来打水？往日这个时候，铁钩儿和铁钣儿相擦的音响早传来了，今天时辰都过了，那让两个年轻人怦然心跳的音响还杳然不闻，窗外只有雨点和地面相会的絮语。东林说，下雨了，她大概不会来了，他有点替喜梦惋惜。

喜梦相信女孩子会来的，他捧了一本书对窗坐着，说是看书，心思全在窗外，刮过一阵微风，他也要赶紧看一眼。因为下雨的缘故，铁钩儿和铁钣儿相擦是不会发出音响的，这一点他想到了，但他不说出来。他表示同意东林的判断，也说女孩子不会来了。他的口气比东林还肯定。既然都认为女孩子不会来了，再等就没意义。喜梦拿了一把伞，说是去商店买点东西，出门去了。

喜梦来到矿上大门外站了一会儿，女孩子果然来了。女孩子戴顶旧草帽在南边路上刚一出现，喜梦就看见了。喜梦心跳不禁有些加快，比雨点"砰噔砰噔"打在伞面上还快。这不是约会，人家不过是来矿上打点水。矿上矿工成百上千，人家不会知道有一个矿工叫喜梦，不会知道那个叫喜梦的年轻矿工正为她犯傻，在雨地里把眼睛望酸。这些喜梦是自知的，但他的心跳并不能因此有半点缓和。喜梦这个年龄，看见一棵树，一朵花，好像树和花都是有情感的，他爱树和花，就觉得树和花也爱着他了。喜梦左右看看无人，把身上松了松，向女孩子走过去。因是迎面，他想女孩子会看见他，他就不敢看女孩子，远远地就把眼虚着，看天不是天，看地不是地。和女孩子错过去了，他才回过头看了看女孩子的后背。女孩子的后背也很好看。

去挑水的人必定会转回来，喜梦要看看她把水挑到哪里去，挑到哪里，哪里就是她的家。喜梦今天要寻到这个秘密，得到这个美妙的秘密，他心跳的机会就多一些，不必和东林一替一天去水房"打水"。女孩子还没转回来，他就拐进路边的一个小场院里去等，装作眺望雨中田野的景致。不到打场季节，小场院里光光的。赤红的石磙，乌黑的麦秸垛，都沉默着，像是在回忆农忙时的热闹时光。雨中的田野和晴天晴地时是不同些，雾蒙蒙的山峦，墨绿的麦田，金灿灿的油菜花儿，因为有了水汽，都比平常日子让人走神。时间好像过了许久，女孩子才转回来。不料女孩子也拐进场院里来了。喜梦手忙脚乱，不知如何是好，借麦秸垛遮掩自己已来不及，就装成过路人模样，沿场边一条田间小路走了。小路很窄，夹岸是齐刷刷正甩穗的麦子，麦子上下湿漉漉的，一不小心就会碰着麦子，摇落一串水珠。喜梦左碰右碰走了一程儿，觉得后面有人跟过来，似乎还有微微的喘息，回头一看，正是挑水的女孩子。这真是忙中出错，本来躲避，却把人家的路给挡了，而人家肩上正负着重载啊！他不顾麦子上的雨水湿了衣服，赶紧分开麦垄,躲到麦子地里去了。他那歉疚的样子,像一个做了错事的孩子。

女孩子已把脚步缓下来。她好像没打算让人家给她让路,压着步子走得很有耐心。草帽遮雨是有限的,她的裤腿已被雨淋湿,上身衣服也被帽檐滴水弄得花儿一片叶一片。

喜梦说:"对不起,对不起!"

女孩子大概没想到这个走路的人会这样,脚下一滑,桶里的水洒了一点。她很快地把为她让路的人看了一眼,装作回头检查滑脚的地方,把目光和面容都躲避了。

喜梦看见,女孩子看他的时候,满脸通红通红。喜梦想起东林让他用最好的词儿帮助形容女孩子脸红的话,他说给东林是无法形容,东林一定不相信,可不是无法形容是什么!

女孩子把水挑子忽闪着,由缓到快地走了。当她快走的时候,脚步轻盈如舞蹈,而两个水桶恰如舞蹈的道具,一切显得那么协调、优美和动人。女孩子的"舞台"一路变换,油菜地,乱石滩,而后上了一座小山坡。山坡上有两间小房子,房前用木棍和板皮围成了篱笆,篱笆一侧开着一方柴门,到了门口,女孩子停止了"舞蹈",推门进去了。

喜梦以为今天收获太大了，不知不觉发了一点狂，麦秸子绊了脚，他才发现自己只顾犯呆，这么半天还站在麦地里没动窝儿。"傻了，傻了，你真是傻了！"但他很快把自己的指责推翻："谁不傻，碰见这样的事儿，谁都会傻！"因为无可奈何，他就原谅了自己。

回到宿舍，喜梦见东林躺在床上正睡，因东林眼皮乱跳，喜梦知他没睡着，问他女孩子来挑水没有。

东林说："没有……没看见。"

"真的没看见吗，那你脸红什么？"

"谁脸红……刚才我喝了一口酒。"他把嘴哈着，"不信你闻闻。"

"平白无故喝什么酒，你一定有什么高兴的事儿。"喜梦憋着满肚子的兴奋，不便说出来，就先发制人，把"一定有什么高兴的事儿"的话推给东林，他也借机把兴奋稍稍发泄一下。他还说："你想替人家挑水，耍了一个花招儿，说试试挑得动挑不动，结果挑起来就跑，人家追都追不上你。是不是这样的？"说着仰倒在床上，脚弯至头顶，身子一团团地笑。

东林也笑了。东林一笑脸更红，说："那是你自己……看把你高兴的。"起来在喜梦肋巴骨上胳肢了一把。

这下喜梦更有理由笑，笑得更夸张。

天放晴后，喜梦也不再去"打水"，下了班，他随便找一个借口，揣一支口琴就出去了。走到矿上大门口，见大门口路边坐着好多人，他心里有点虚虚的。

只要是好天好地，大门口路边废弃的水泥预制板上，总坐着好多矿工，他们不打牌，不下棋，也不聊天，就那么坐着，把出来进去和路过的人看一看。他们主要是看女人。看女人按他们的说法叫"喂眼睛"。做窑的人一天到晚见不着女人，他们把井下的耗子亲切地唤成"白毛女"，摸到一根生硬冰凉的铁柱子，也赋予一个"铁姑娘"的美称，出得井来，他们眼睛都寡寡的，看见真正的女人，当然要"吃上几眼"。一个精长辫子、细条腰身的姑娘从北面过来了。这姑娘大概是被人看惯了的，仿佛看她的人越多，她越眼里没人，样子不羞不惧，脚下稳稳当当，一步是一步。路边坐着的矿工中有觉得受到一点冷遇的，不大甘心，给姑娘脚下添了点"一二一"的口号。姑娘一开始还踩得住，后来大概为踩点好还是不踩点好犹豫，脚下就有些乱套，一乱套脸就红了。矿工们这才乐了。一个略嫌肥胖的女工从矿里出来了，门口的矿工有和她相熟的，说话不太客气，问她胸前装了两块什么东西，那么鼓堆堆的。

女工说话也不客气，说："装的是你和你弟弟呀，真是人大了，连自己是谁都不知道了。"那个矿工承认不知道自己是谁，他要看一看，看一看就知道。站起来去捉那女工。别的矿工乱助阵，嚷着"看，看"。女工把胸前的东西抱住，赶快跑了。也有这样的情况，路上过来一个胳膊上挎提包的小媳妇，大家都觉得不错，其中一个矿工也觉得不错，正要把眼睛好好喂一喂，一看是自己老婆，老婆千里迢迢看他来了。既然老婆来了，就不光是喂眼睛的事。这个矿工血行加快，有些不大好意思，趁人不注意，悄悄溜回宿舍等着去了。

喜梦刚来矿上时，不知这些同行待在门口路边干什么，后来他在单身宿舍待不住，也想到外面看点什么时，才把这里的生活弄懂了。但他不愿加入这样的生活，他想创造一份属于自己的生活。

离女孩子家小屋不远处，有一块露出地表的大青石，多少年日月风雨的剥蚀和琢磨，把大青石变成笑弥勒的祖腹模样，浑圆而洁净。喜梦爬到大青石上坐下，掏出口琴，悠悠地吹起来。他吹的是一支节拍舒缓的曲子。曲子的内容，大致是叙述一个远离家乡的女孩子，遥望着芳草碧连天的地平线黯然神伤的情景。田野里很静，偶尔有蚱蜢的振翅声和忙着采蜜的过路蜜蜂在耳边"嗡"地一响。琴声响起时，连这些声响也听不到了，四月的田野里，只有一缕琴音在袅绕飘荡。喜梦相信女孩子会听到他的琴声，相信女孩子听到琴声后会从小屋子里走出来。若是女孩子不走出来，他就学长江边啼血的子规鸟，把琴一直吹下去。透过小屋前的篱笆墙的缝隙，喜梦看见小院落里种有两畦冬蒜，两畦春韭，还有一畦看不分明的刚吐鹅黄的菜苗。女孩子挑水用的两只铁桶在门口一侧放着，钩担在墙边倚着，还有那顶旧草帽，被扣在一根乌黑的篱笆桩子上，看上去像一位忠诚的守望者。这一切全是因为那个女孩的缘故，变得美丽而富有灵性，每一样都值得咏叹，都使他的琴音里充满柔情。

琴声像是被噎了一下，中断了。喜梦转过身子，腿一顺，从大青石上滑下来。滑下来后，他就背靠着大青石不动了，心头跳荡不止。小屋里出来一个人，不是那个女孩子。喜梦没想到的是，那个人是他们班的老工人房师傅，不用说，房师傅是女孩的父亲。他不知道房师傅看见他没有，要是看见他不知房师傅会怎么想。看来这事有点不妙。他把口琴放进衣兜里握着，让每一个音孔都掩了口。口琴似乎有点不太情愿，仿佛在说："我的口生来爱唱歌，唱得好好的,你捂着我嘴干什么!"口琴出了一身的汗。喜梦打算等房师傅转回小屋,他就离开这里。等了一会儿,他悄悄转过脸一看,见房师傅在鹅黄的菜畦边蹲下了,手上燃着一支烟,不知在做什么。好在房师傅是背对着他,他轻手轻脚,兔子一样从一块蚕豆地里溜走了。

晚间在井下上班,喜梦还不敢正视房师傅。他样子很乖,班长让他干什么,他都点头,都干得很卖力。他觉得房师傅在注意着他。房师傅是一个寡言而温和的人,班里的年轻人好像都对房师傅怀有一种敬畏的感情。有时年轻人之间发生一些争执,班长不能把争执平息,只需房师傅轻轻一句话,年轻人顿时害羞似的各自走开。班长在房师傅面前也像个孩子,有些事情明明自己可以定夺,偏要听一听房师傅的意见。房师傅一开口,他就很高兴。以前喜梦对这些不大理解,现在他似乎明白一点了,房师傅的威信除了来自多少年井下工作的经验,还有一个不可言传的原因,恐怕多数年轻人都知道那挑水的女孩子是房师傅的女儿,并对女孩子产生了一个美丽的妄想。

班中休息时,班长以玩笑的口气向房师傅提了一个问题,问房师傅的妻子是不是特别漂亮。小伙子们心中一明,很快想到引发这个问题的动人所在,都对这个问题发生兴味,他们耳朵大张着,想听一听这位父亲一样的老矿工怎样回答。无论房师傅怎样回答,他们都不会失望。

东林在喜梦旁边坐着,正望着坑木上花朵一样的白蘑菇出神,看来他还不知道班长的问题和那个女孩子的联系。喜梦没有告诉他。

不知房师傅听清班长的问话没有,他只"嗯"了一声,仍旧靠在巷道边闭目。有个矿工把班长的问题又重复了一遍。房师傅才说:"人都没了,漂亮不漂亮管什么用!"

房师傅的回答是喜梦没有想到的。他相信自己听懂了房师傅的话,但又不愿意完全相信,难道说女孩子没了母亲?后来喜梦从别的工友口里得知,房师傅的妻子是够漂亮的,因为漂亮,遇到的事情就多一些,人便不能够长寿。房师傅的妻子给房师傅撇下一双儿女,女儿今年才十六岁。房师傅十六岁的女儿接过了母亲的责任,天天为父亲和弟弟洗衣做饭。同时,聪明懂事的女孩子还从母亲那里接过一点教训,每日里除了为水的事情不得不到矿上走一遭,一天到晚很少走出山坡上那座孤立的小屋。自称和房师傅是"老伙计"的工友还说了一些喜梦所不知的趣话:房师傅有天晚间听见门前坡地上有人打架,起来问过,一个说来看星星,另一个说来看月亮,看月亮的踩了看星星的腿，二人心照不宣，不知怎么就打起来了。房师傅让二人往天上看看，原来那天是阴天，星星月亮都看不到。工友见喜梦听得发呆，就跟喜梦开了一个玩笑，问喜梦是不是也去看过"星星月亮"，看过就说看过，不必害羞脸红。

喜梦没说看过，也没说没看过，只是窘笑。因为工友说了不必害羞脸红，他害羞脸红更厉害。

在此后的日子里，喜梦心上有些沉沉的，东林一提到女孩子，他就不说话，他的意思是想让东林明白，随随便便就把这样一个女孩子放在嘴上是轻薄的。这是心上的事，不是嘴上的事。

这天是星期天，星期天矿上水房全天供水。一大早，那些矿工家属就来围着水管洗衣服。房师傅的女儿也来了，她挑着水桶，胳膊下夹着一盆子衣服，衣服上放着一块肥皂和半袋洗衣粉，"咿呀咿呀"向水管走去。东林和喜梦宿舍的窗子是开着的，两个年轻矿工把音响听到了，人也看到了，心里突突跳，但谁都没说话，也不去打水。喜梦躺在床上看一本诗集，他好像对其中一首诗看一遍还不够，需要反复欣赏，把书页来回翻得哗哗响。东林躺在床上看一本素描画册，他称赞一件作品画得太棒了，线条如行云流水，韵味十足。喜梦觉出东林在模仿他，有些不悦，"什么作品太棒了,是挑水的女孩子太棒了,你满眼都是女孩子,能看进去画册那才是笑语。"他说,"棒就棒,别说出来好不好!"东林连忙道:"对不起,我看到一幅好画,禁不住就叫起好来了,好好好,不说了。"

来洗衣服的人好像越来越多了,除了家属,一些单身矿工也加进来了,放水声、搓衣服声和男人女人们的说笑声,不断从窗口传进来。水房北面是矿上的篮球场,今天来打球的人不少,看球的也比平日多,场上你争我夺,本来就够乱的,看客们还无端地大嚷大笑,气氛热闹得有点像过节。

东林和喜梦明白这一切都是为什么,他俩好像在比赛看谁更有耐性,仍旧各自躺着看书。喜梦很不愿意东林这样,东林这样,就显得跟他一样了,东林怎么能够和他一样呢!还有,东林这样做,像是在向他表白什么,还像是在对他有所监督,成心要与他"同归于尽"似的。这使喜梦觉得有些别扭,他终于憋不住,问东林:"画册上有挑水的吗?"

"挑水的?什么挑水的?没有呀。"

"没挑水的你看什么?"

"噢——"东林笑了,反问喜梦,"诗集里有挑水的吗?"

喜梦说:"有呀。不光有挑水的,还有洗发的,——你低下美丽的前额，纷纭的思绪便跌落了，清澈透明，是你思绪的归宿……怎么样，快去看看吧，这么好的风景，不看机会就错过去了。"

东林将信将疑，从窗口伸出脑袋往水房那边瞅，他一瞅就瞅住了：那女孩子真的低着头在水盆里洗发。

喜梦问东林看到什么了。

东林说："你都看见了，还问我?!"

喜梦听出东林话里有话，难道……他禁不住也到窗口往外看，这一看他未免有些吃惊，自己怎么就把女孩子洗发的事说准了呢，真叫奇怪，此事若不是神助，也一定是别的什么原因。

女孩子手上捏着一把红梳子，侧着面，正把漆黑的长发在水里梳洗。她的衣袖挽起来了，露出嫩藕般的手臂。她一手绾发，另一只持梳子的手臂从头顶拐过来，一举一动都透着诗情画意。四月的阳光如灯，从东边打在女孩子身上，给女孩子罩上一层金辉，并对女孩子的身影有所勾勒，使这位洗发少女更加明艳照人。

书里并没有描绘女孩子洗发的诗，喜梦也没往外看，怎么就把女孩子洗发的事说准了呢？喜梦想，这一定有别的什么原因。他被自己感动着，被说不分明的原因感动着,想叹一口气。

喜梦的勇气稍稍大了一点,他敢于从场院的麦秸垛后面转出来,对挑着空桶走过来的女孩子喊一声"小房",自我介绍说他是房师傅的徒弟,说了房师傅不少的好话。还问小房喜欢看什么书,说了一串书名,有中国的,有外国的,喜欢看什么下次就给小房拿什么。

小房眼睛躲着,摇了摇头。

"怎么,你不喜欢看书吗?"

小房又摇了摇头,往矿上的方向看了一下,仿佛在说:"我去挑水。"

喜梦看出了小房的意思,欲跟小房一块儿到矿里去,一边走一边还可以找些话说,可小房却站下不动了。喜梦明白小房不愿让他跟她一块儿走,他不但不感到尴尬和懊丧,还有几分得意,他觉得这聪明的女孩子把他的心事领会到了,他朝思暮想的就是这个。于是,他做出很善解人意的样子退回到麦秸垛后面去了,等到小房走出好远一段距离,在别人看来他和小房没任何联系了,他才若无其事地往矿里走。

回到宿舍,喜梦见小房也到他们宿舍去了,东林正拿着一摞画稿给小房看。见他回来,东林和小房有些不自然，他也不大自然。他不知退回去好，还是进宿舍好，后来他向自己床头走去，装作找书。把书找到了，又把书页翻得很快，装作找书里的东西。

东林说："这一张……这一张……"

小房看一张就点点头。

喜梦也禁不住把"这一张……"看了看，他准备好了要拿东林的画取笑一番，不料取笑不成，吃惊可不小：东林的画有画小房挑水、洗衣、洗发的，还有画小房倚在她家篱笆门前眺望远方和仰望天空的。如果仅是取材的多样，喜梦的吃惊还是有限的，让喜梦甚为惊奇的是，一些日子不见，东林的画竟画得如此之好，真称得上形神兼备。

东林不光知道小房姓房，还知道了小房的名字，他叫着小房的名字，说："你喜欢哪一张，就拿去吧。"

小房一张也没拿，摇摇头就走了。

喜梦和东林看见，小房出门时，脸色有些发白，眼里好像还有泪水。

当晚，这两个年轻矿工都睡不着，但谁也没说话。

麦子熟时，房师傅把女儿送回乡下老家去了。

热　草

　　七月里,日头曝,雨水足,西南洼的野草又该着发一次疯。种子在地上时,埋伏得极好,谁也看不见,这时节仿佛听到了召唤,一下子全蹿出来了,拔节引蔓,蒸蒸日上,把一大片洼地覆盖得莽莽苍苍。

　　午后,果果来这里割草。刚进去时,她头上的雪白草帽在草面上漂,如一叶舟。至深处,舟被淹没,沉下去了。果果不急着割草,要玩一会儿。草洼子中央被她的镰刀开出一块小小空地,空地有边有角,方方正正,像戏台子。她每天都来割草,"戏台子"日渐拓展,还是方方正正。这"戏台子"属于果果自己,看见一只灰雕在天上蹩,她也生气,说:"灰雕,灰雕,你看什么,真不要脸! 你敢下来吗? 我砍死你!"把镰刀一下一下往空中挥。灰雕低头看,似乎还笑了笑，飞走了。一只翠绿长身的蚱蜢，"咯哒哒"扇动着翅膀，落在她面前地上。她说："蚱蜢子，你自己找死，可不能怨我。"她拿镰刀瞄准了，正要狠拍，却轻轻把镰刀放下了，把手勺起来，去捂。手还未到，蚱蜢先"咯哒哒"了，绿翅张开时露出粉红的内翅。果果说："蚱蜢子，你真臭美，热天还穿两层衣服。算了，不打你了，美去吧！"果果自有这一方深草作屏的"戏台子"了，她不会唱，也不会扭，只会装死。割几把青草铺地，她仰面躺在青草上，双手双脚并拢，伸直，草帽盖面，屏住呼吸，心说："死了，我死了，我真的死了！"刚"死"了一会儿，她赶紧站起来，立着脚四下里打量，打量到了自己的村庄。村庄正被毒日头烤着，紫微微的，鸡也不叫，狗也不叫，一片死寂。她俨然有些恼，"我才不死呢，我要死了，我的小牛怎么办，谁割草喂它！好了，割草吧。"她沿"戏台子"的边沿割，割一把，掀进筐里。草丛里冒出一股股热草的气息，浓浓的，带着野性的成熟的味道。昨日下了雨，今日又得了好太阳，各种杂草莫不更加繁荣滋茂。蒸腾而起的热草气息直扑进肺腑里，使身体各处有些肿胀，不知如何是好。她忽然起了一个崭新的念头："我要嫁人。"她为这个念头臊得满脸通红，急忙掩口发笑。笑出声时，她又为自己的笑声所惊吓，怀疑是别人发笑,扭头乱瞅。证实是自己张狂时,她骂了自己一句,骂得有点野,野得更助了张狂。

果果以为草莽是她的好朋友,能帮她守住这一块秘密,错了,茂密的草丛既能帮她,也不拒绝为另一个人作掩护,这个人是四品。四品做小狗样子,趴在热草里有半天了,底下蒸,上面烤,密不透风的草保温又好,弄得他满面通红,汗巴流水。眼睛和心朝一处过分用力,身上倒不觉得热,只是那颗心子冲撞得厉害。透过草根缝隙,他能看见果果。果果身体各部分都是圆的,像瓜,熟瓜。他想吃这瓜不是一日两日了。自从发现果果天天午后来割草,他就天天预先伏在草丛里做一回小狗,做小狗的结果,使他记起人们说的处置媳妇要哄处置闺女要猛的话,便有一个"要猛"的念头产生。按他的估计,只要他扑过去,果果准得像狗拿兔子一样翻在地上,任他撕咬。果果也许会叫,没有用的,在这荒草洼子里,午后比午夜还绝人迹,没人能帮她。当真要猛时,却不那么容易,仿佛有个人拉住他,要他莫急,心急吃不得热包子,还说强扭的瓜不甜之类。这样把大好的机会放了一些,他有些着脑,恼自己无能为力。昨天他眼见得果果临走时,在地上"嗞嗞"留了一片湿印,心里紧张得差点窒息过去。果果走后,他看着湿印中间的小小坑凹,发了半天呆,以为是图画,最美丽最动人的图画。到后伏下头颅,做贼似的对"图画"嗅了嗅。这促他发了一点狠,明天无论如何不能再含糊,再含糊就不是人,是狗。这会儿他又想,是狗倒好些,狗可以任性。一滴汗珠挂在他眼睫上,沉沉的。他摇摇头,把汗珠摇落了,看见果果还在割草。果果蹲着身子,右手握镰,左手把草,在一种轻快和谐的动作中,长苗子青草就嬉笑着跟果果走了。果果还唱着随口编的歌儿,意思是给草以安慰:"草儿草儿别怨我,我割了,你还会发,你怕什么,你怕什么……"果果的草筐就要满了,满了就要走,看来不能再耽搁了。他支起胳膊,要往前动作时,呼吸又急促起来。他想到,出现太突然,果果以为是午鬼,说不定会吓破胆,那就不好了。这样想着,他四肢着地,不知不觉往后退了。他得了一个新主意,猫腰飞奔到自家黄瓜地里,摘了一根青皮嫩黄瓜,把来时放在瓜棚里的铁锹和粪箕也带上,装着拾粪的样子,大模大样往草洼子里走,还大声唱着什么。他的唱是让果果相信,"我不知道你在这里,我是无意走到这儿的,我这人不坏。"既然不知这里有人,问话时,口气未免带一点惊讶:"谁?谁在草地里?"无人应声,他又问了一句,这次口气有些严厉了。果果站起来答话:"谁?你管是谁呢?"她扛起长草披散的筐子,从"戏台子"往外走。四品不愿她走出来,蹚着草跑进去了,笑着说:"是你呀!我看见草乱动,还以为是一只兔子呢。"

"你才是兔子!"

"好好好,我是兔子。"四品表示为果果的厉害所吓着,表示服输。

四品把果果当傻子哄,果果还不至于傻到看不出四品的服输是装出来的,但她觉得装假好玩,就笑了。她笑得太好看了一点,好看到无可形容,娇憨处真用得着一个"傻"字了。她不知道这笑法有多危险。因为另一个人从未见过这种笑,以为这笑是特意给他的,且想起女浪笑马浪尿的话,勇气添了不少,即把黄瓜往果果面前一送。黄瓜虽嫩得还有毛毛刺,但不细,也不短,算是够个儿了。

果果看了看,口里生了些津。她说:"不吃。"

四品把黄瓜送得更近些,都快要触着她的嘴唇了,态度坚决得近乎蛮横:"我就要你吃,我不信你不渴。"

果果厚厚的嘴唇有些抖,但她还说不吃。

四品未免着急,"我家的黄瓜没下毒药……你要是不吃,就是看不起人……"他的样子像是要哭了。他这要哭的可怜相说来没人教给他,不知怎么就会了,做得还很真挚,不由人心不软。果果把草筐放在地上,接过黄瓜,一小口一小口地吃。黄瓜脆,甜,清新,很解渴。但果果一小口一小口地吃。

太阳毒毒地照着,空中炽白白的。草丛的隐蔽和安静,草丛里冒出的稠稠的热卓香,都给人以鼓动,让人有雄壮的作为。四品四处望望,一只飞鸟也没有,确认机不可失,回头看着果果笑,说果果的胳膊粗,这么粗有什么用呢,伸手就把不知有什么用的粗胳膊拉着了。果果对四品的行为不能说没有预感,行为来了,她还是吃惊,使劲把胳膊一甩。她不但没有甩脱,另一只胳膊也被抓着了。两个人对了面,四品还是个笑,笑得有些可怕。果果知道了四品要干什么。这些事既被妇人们说成是玩,自个儿玩去,何必硬拉另一个不谙此道的人凑份子。她隐隐觉得,这玩不是玩儿的。她往后退,绊着了草筐,竟仰倒了。草筐帮了四品的忙,他也就便倒下去。果果恼了,拼力要把四品推翻。无济于事时,她俨然以愤怒口气说:"四品,你起来! 你起来不起来?"

四品对起来不起来不作答,只胡乱喊果果,同时要把嘴派一个新的用场。

果果如落水的人,两手无可攀缘,挣扎乱摸,摸到了自己的镰刀,她只得借助于镰刀,朝压迫她的人砍了一下,砍在那人的腿肚上。她下手忘了一点节制,镰尖砍进四品肉里去了,血冒了出来。四品痉挛了一下,一切动作都僵住了。人的一切鼓舞都是由运动着的血推动的,有地方出了漏洞,血流出去,就失去了鼓舞。果果轻易地站起来了,扛了筐就走,说:"砍死你,不亏!"

四品无话可说,看着被砍的地方发怔。伤口流血不止,他眼里的水水也流下来了。

回家路上,果果也委屈,也哭。自己哭了才能把四品的哭抵消。谁知抵消不掉,她没流血,四品倒流血了,这不太公平,四品的委屈比她大些。她不哭了,下到一个清清的水塘边洗了脸,前后看自己的腰身,对着水镜照面。看罢照罢,她生了一点恨,不恨别个,只恨那个名叫果果的,果果的脸应当挨巴掌,又不让你唱戏扮皇姑,谁叫你生成这样!她当真朝那可恨的脸上掴了一下,掴得虽不重,要掴第二下时却也舍不得了。她记起了四品的一些好处:四品会摇耧,在秋天空阔的田野里,把播麦耧子下面的铃铛摇得"豁啷豁啷"响,他那舒展的腰身,不像是播种,像是播一支歌子。四品会撒网,撒"风展荷叶",撒"空中落罩",一张网子在他手中变出无穷花样,收网再看,网网见银。逢年过节,村人要热闹一下时,四品的高跷踩得也很赢人,两条腿续了长长的硬木头棍子,他在木头棍子上做戏,竟舞蹈自如,难得他的好腿功……她突然想到,四品的腿会不会瘸,要是瘸了,再也踩不成高跷了。

回到家里,果果心大不安宁,对一向钟爱的小牛也没了耐心。小牛引颈要吃割回的新草,她拍了小牛的头一下:"吃,吃,你除了知道吃,还会干什么!"小牛仿佛懂事,挨了打,并无怨言,也不急着吃草,眼巴巴看着主人。果果一下搂了小牛的脖颈,把脸贴在牛脸上,轻轻拍小牛嘴,表示道歉。还问:"小牛儿,你说说,我坏吗?我是坏人吗?"她以为小牛会这样回答:"你呀,不坏,也不好。"好与坏的标准自然得回到砍人不砍人上来,用镰刀伤人还能算好吗?

果果去四品家借东西,先看见四品的母亲。这灰白了头发的老人,正心疼儿子,心疼方式之一是埋怨儿子不听话,大晌午头的,不让去拾粪,偏要去,没见拾回粪来,铲粪的铁锨铲在自己腿上。这老太太对儿子的话深信不疑,对果果说,四品的腿伤得这么重,八成是被午鬼捂了眼,迷了窍子。或者是午鬼拿着他的手砍他的腿。鬼们都爱做这类游戏。这好人,她哪里知道,那在野地里迷人窍子的"午鬼"正和她对面站着。

在果果一方面,也宁可相信四品的莽撞是鬼使的,那么,她拿镰刀作武器,就不是冲四品,而是冲那想钻空子的作祟的鬼,这样两方面都可以开脱,一切责任由鬼担着。果果附和老人的话,说鬼可恶,该杀。

　　她们是在屋里说话。四品在窗下的床上躺着,什么话都听得见,可他面向壁,"睡着"了。他小腿上已缠了绷带,雪白纱布上渗出殷红。他没脸面见果果了。果果刚来时,他害怕,以为果果是来揭穿他的,那样他就做不起人了。听话音,果果没那个意思,这会儿他又愧悔起来,觉着对不起果果,又感激果果,挨果果一镰刀实在是应当。他身子动了一下,让果果知道,他虽"睡着"了,并不睡死,要是跟他说话,他或许能听见。果果看见他动了,想他所以不转过身来,必定是对那一镰心存芥蒂,讨他一句话才好些,不论什么话,只要是他的话。于是果果走到床边看四品的腿。做母亲的喊儿子:"四品,四品,果果看你来了。"

　　四品"醒"转来,脸上讪讪的,张不开口。

　　果果问:"铁锨砍着腿了?"

　　"嗯,铁锨砍的。"

　　"还疼吗?"

　　"不疼,一点也不疼,哄你我是小狗。"

果果见他装假，想起他在草洼子里的装假，两次装假重了影子，未免可笑，果果憋不住，又笑了一下。

　　四品心说："笑，笑，要不是你笑，鬼也不会牵着我走。"

　　第二天午后，果果照常割草，去的还是老地方。草丛里冒出一股股热草的气息，浓浓的，带着野性的成熟的味道。蒸腾而起的热草气息直扑进肺腑里，使身体各处有些肿胀，不知如何是好。可四品不去做小狗了，伤好后也不去了。

　　一天果果和四品碰了面，四品想躲，果果偏不让他躲过，问他："你怎么不去拾粪了？"

　　四品一时不明白果果的意思，不知怎样答话。

　　"小气，怕我吃你的黄瓜，当我不知道你！"她口气相当严厉，眼也严厉，严厉得让不知底里的人看见生歆羡。

　　四品为亲人式的严厉所驱，并表明不怕果果吃他的黄瓜，终于又来到草洼子里。果果让他坐下，扳过他的腿，看那块镰刀留下的粉红印记，手在印记上来回摩，不说话，却轻轻叹了一口气。四品被摩得腿上热，脸上热，身上无处不热，又听果果叹气，心中大动，轮到他不知如何是好。有心在那摩动的小手上加上一只大手，告知"没事了"，却先瞥了一眼旁边的镰刀。果果甩手把镰刀扔进草丛里去了。到后这"戏台子"上有了新戏。戏虽是新的,果果原来演就的"装死"还用得着。戏既由两个人来演,未免真实一点,真实到不能再真实。

戏演完了,两个人还不退场,对戏的成败得失静悄悄有所回味。野花更深一些,有的草顶甩出了毛穗,各处稀疏的野花结成一个个球果。这里虽密不透风,他们脸上却感到微微的空气的流动,简直像草莽在呼吸,徐徐涌来令人陶醉的气息。这是各种野草散发出来的混合香味。他们融化在香味里了。

以后的日子,两个人的戏转到四品家的床上去演,这万古不变的保留剧目,须拿印记作提示,才演得有声色。果果在被下摸着四品腿上的印记,白:"四品,四品,这是你吗? 是你,我摸到记号了,这记号是我给你留下的。"四品接白:"留下的记号真好,再给我留一个吧……"

热草的香味却闻不见了。忽一日,这结对多年的人,共同回忆起那片草洼子,以及太阳雨露作成的浓浓的草香,心血来潮,商定来年七月再去闻一回。七月来时,他们当真去了。可是,草洼子已被人翻起,大概要种庄稼。

天凉好个秋

　　燕子飞走了，一对恋人回来了。燕子向南飞，他俩往北方走，与燕子相背而行。

　　在镇上下了长途汽车，他俩互相看看，一时有些裹步。原想着车到镇上太阳就落了，他们可以趁黑回村。不料车跑得这样快，车一溜烟返回去了，太阳还高悬着，照得满天满地都明晃晃的。李子宽胸口别别地跳着，头脑发木，好像失去了决断的能力，不知马上回去好，还是等天落黑再回去好。

　　看云察觉到李子宽面有难色，遂打开自己的提箱，取出一件衣服和一个巴掌大的小背包儿，嘱李子宽稍等，走进街边一家旅店里去了。从旅店出来，李子宽见看云摘去了耳环，取下了项链，擦掉了口红，连花裙子也脱下来了，换上了一条杏白色的牛仔裤。擦去口红后,看云的嘴唇仍红嘟嘟的,比涂上口红更本色,更好看。牛仔裤倒是把小腿的光华包住了,却遮不住它的修长,仿佛牛仔裤对她的双腿起着修饰作用,使其愈发显得溜顺和健美。看云走到这一步已经没办法了,不管她是否化妆,不论她穿什么衣服,她浑身都散发着一种与众不同的东西,人们在人群中一眼就能把她挑出来,她想混同一个农村姑娘是办不到了。

李子宽理解了她的用心,说这天儿穿牛仔裤还有点儿热。

看云微微笑了一下,说没事儿。

几个骑三轮摩托的小伙子轰着油门向他们接近,问他们去哪庄,让他俩快上车。骑在最前面的一个小伙子眼盯盯地瞅着看云,似乎认出了看云是谁,说:"你们是去杂姓营吧,走,上我的车,我送你们回去。"

杂姓营正是李子宽和看云所在的村庄,离镇上还有七里路。在城里讨生活,他们极少提到这个村庄,几乎把村名淡忘了。经人一提,他们心上生硬地硌了一下,才记起了和杂姓营割不断的天然联系。还没有到家,李子宽不想这么早就让人知道他们是哪庄的,不想暴露他和看云的关系。自登上长途汽车,他就一直担心到镇上会碰见熟人,随着汽车离镇子越来越近,他的心情越来越紧张。骑摩托拉客人的小伙子算不上是熟人,但他指出了他们所在的村庄,说明小伙子见过看云,起码听人说过看云,知道看云的一些名声。李子宽身上躁了一下,头发棵里忽地出了一层汗。他想否认他们是去杂姓营,以此否定小伙子的所有判断,觉得否认不掉,就皱起眉头,以拒绝的表情说他们现在不走,还要歇一会儿。

那些骑三轮摩托的小伙子们还是舍不得离他们而去。

看云平静得很,一点儿也不窘迫,她对李子宽说:"要不你先回去吧,我等一会儿再走。"

"那为什么?"

看云没说为什么,李子宽比谁都明白,不用她说。她又说:"要不我先回去也行,反正咱俩别一块儿回去。"

看云的话唤醒了这次回乡前他们共同下定的决心,李子宽为自己临阵所表现出的优柔寡断顿生恨意,他说:"不行,我们就是要一块儿回去,走,上车!"

三轮摩托车后面有一个薄铁皮做成的篷斗车厢,贴车厢两侧各有一条极窄的竖座,他俩没挤坐在一个座位上,而是面对面坐着,保持着一定的距离。出了镇子就是坎坷不平的土路,摩托车在土路上扭动着,跳荡着,发出砰砰的声响,似乎要把发动机的心脏部分吐出来。还好,总算没有吐出来。车到村头,看云的目光十分留恋而怨艾地看着李子宽,想说什么没有说,只把一只手递向李子宽。李子宽把看云的手使劲握了一下就松开了。

"我等你的信儿。"

"你放心。"

"我的命在你手里,你别让我失望。"看云的眼里突然盈了泪。

"我知道……不会,肯定不会!"

杂姓营是个大村,住着两千多口人。村里的房屋稀稀拉拉,房前屋后坑坑塘塘相隔,一点也不紧凑。李子宽家住村北,看云家住村西,进了村,他们尽量躲着人,各自回家去了。

有人在村口看见李子宽和看云结伴而回,未免有些猜测:两个年轻人,一男一女,他们怎么一块儿回来了? 怕是两个人好上了吧! 猜测一传开,很快变成定论:看云使了手段,把李子宽迷住了。看云在城里把叉腿钱挣足了,要回来过正常人的日子,拉李子宽给她垫背。还有一些话极难听,说看云过去是卖,现在该买了,买到了一个李子宽。

他们认为看云到底经过的男人多了，眼光好使，挑李子宽挑得很准。只是好好的小伙子李子宽太吃亏了。

李子宽的母亲见儿子回来了，又是拿梨，又是烧鸡蛋茶，高兴得有点手忙脚乱。李子宽的父亲从菜园里回来后，却满脸不悦，看见儿子跟没看见一样，李子宽喊他爹，他只"嗯"了一声。李子宽拿出一盒从城里带回来的好烟，抽出一支给父亲吸。父亲摆摆手拒绝了。李子宽明白这一切是为什么，他等父亲把话说破。父亲不抽他递上的好烟，自己用生烟片卷了一支炮筒子抽起来。

母亲觉出家里气氛不大对劲，问他们爷俩怎么了，为啥不说话。

父亲这才开口，问李子宽跟谁一块儿回来的。

李子宽毫不隐瞒，说："看云。"

"半路上碰见的?"

"不是，是在城里约好一块儿回来的。"

父亲拿烟的手有些抖，"约好? 跟一个坏人有啥可约好的!"

李子宽不能容忍父亲把看云说成坏人，他心里沉闷地疼了一下，眉头和眼角生出恼怒之意。他暗暗把牙咬了一下，压制住自己，不许跟父亲着恼。他已经做好了充分的准备，要耐心说服父亲，改变父亲对看云不好的看法。他对父亲无声地笑笑，慢慢地说，他不认为看云是一个坏人，恰恰相反，看云是一个好人，是一个心叶儿很软的善良人。

父亲把炮筒子摔在地上了，摔出一片火星，他骂了李子宽："我看你这孩子是他妈的吃了迷魂药，连好坏都分不清了。"

李子宽劝父亲冷静点，不必着急上火。父亲以前曾对他说过有理不在高言，他把这话回赠给了父亲，言外之意他是有理的。他把理说在前面："咱这儿的人有个毛病，不能见别人过得比自家强，强一点就气不顺，就说人家的坏话，造人家的赖言，把什么不光彩的事都往人家头上安。"他刚要举看云家的例子，父亲说他胡说八道，不耐烦地打断了他。他抢过话头，要父亲让他把话说完。他这次说得比较快，生怕脑门子上鼓着青筋的父亲再打断他，他说："就说看云家吧，有人看见他们家的房子盖得好一些，就怀疑人家的钱来路不正，背地里说三道四。其实看云和我一样，都是在城里打工，都是靠自己的劳动挣钱。看云是在饭店里给人家当服务员，一天到晚端盘子端碗，辛苦着呢。"

"你看见她当服务员了？"父亲追问了一句。

李子宽以为父亲的态度有了转机，说当然看见了，他还在看云当服务员的那个饭店吃过饭呢。

不料父亲说："她白天给人家端盘子端碗，谁知道她晚上端什么，说不定就该给人家端她自己了。"父亲还提到看云的姐姐看晴，用当地最恶毒的说法，拿脚上的鞋作比喻，说她们姐妹俩都不是好东西，是远近有名的破货。

要是换上别人，李子宽也许会扑上去跟人家以死相拼。但面对的是他父亲，他总不能抽父亲的嘴巴，掐父亲的脖子吧。他低沉地叫了一声"爹"，问他爹说完了没有。

父亲见儿子神色不对，口气有些发凶和威胁，并不让步，说只要还有一口气，他就说不完。

李子宽让他接着说，他又不说。

那么李子宽就说，他指出父亲是在侮辱人，"你侮辱看云，就是侮辱你儿子，也是侮辱你自己。不瞒你说，我跟看云好了。看云是我的朋友，我不允许别人侮辱她。"李子宽双手不由得握成了拳头，拳头微微颤抖。他眼里有了泪光。

"不行！"父亲跳将起来，指着李子宽说，"你要跟她好，得先把咱家的祖坟挖掉。"

"这是我自己的事，跟祖坟没有关系。"

"谁说没有关系？咱李家人在杂姓营祖祖辈辈站得直，走得正，没想到出了你这么个不顾脸面的东西，你辱没了祖宗，跟挖祖坟有什么两样！"

李子宽的母亲非常恐惧，担心父子两个动手打起来。她大概把事情的原委听明白了，也站在丈夫的立场上，指责李子宽糊涂。她害怕外人听见似的压抑着声音说："傻孩子，咱跟谁好也不能跟她好呀，你又不是不知道她那一家子都是啥人，从她娘那儿就开始不正经，两个闺女还会好得了。"她转向对自己的丈夫说："好了，都消消气，孩子刚回来，今儿个不提这个事了，日子长着哩，以后再慢慢说。我知道，子宽是懂事明理的孩子。"

天黑时，李子宽上初中的妹妹子明背着书包回来了，她进门没跟哥哥说话，塌着眼皮，身子一拐，到里间屋去了。

母亲说："子明，你哥回来了，你没看见吗？"

妹妹还是没说话。

当晚，父亲没有吃饭。他说："这个李子宽，要活活把我气死！"说罢，摸黑出门，到他的菜园去了。菜园里有一间坯座草顶的小屋，小屋门口还拴着一条黑狗。

李子宽也坚决不吃饭，在院子里靠一棵楝树站着。院子里很黑,加上楝树还没落叶,暗影很浓,李子宽的身体和楝树的树干几乎混为一体。入秋以来,这里雨水不断,院子里潮气很大。太阳一落井,潮气很快泛上来,地上湿漉漉的。各家做晚饭的柴草烟味被潮气吸附着,在村街上久久不散,吸在鼻子里稠稠的,还有一定的黏度。李子宽一直在想着看云,不知看云这会儿正干什么。农村和城里到底不一样,这个时分,城里正灯火通明,遍地歌舞;农村却是黑灯瞎火,一片沉寂。他回眼往门口看看,见母亲站在门里悄悄地望着他。他想只要他动动脚,母亲就会警觉起来,问他到哪里去。这样想着,他试探性地往大门口走去。母亲果然从屋里跑出来了,着急地问他去哪儿。他说哪儿也不去,走到大门口又折回来。母亲这样做等于对他盯梢,未免有些可笑和悲哀。他知道,母亲是怕他独自去看云家。他是想到看云家看看。在城里,他几乎每天都和看云见上一面,他们彼此都对对方产生了深深的依恋,在那座暂时寄居的不属于他们的城市里,他们心里每天都不踏实,都有一种动荡感和危机感,仿佛一天不见面,对方就会被海洋一样的大城市淹没,就会失去对方。但他今晚不会到看云家去,在这偏僻的农村,他对看云放心多了。等事情稍微有所进展,他再到看云家去。事情一开始就这样糟糕,他不知道该对看云说什么。

那天,李子宽在立交桥下一大片空地上栽草。有那么一刻,他觉得自己的行为有些荒唐,本该顶着日头在庄稼地里锄草,却跑到这里挥汗给人家栽草,因换了个地方,锄草者变成了栽草者,天下的道理真是说不清。从城郊拉来的带泥土的草秧子在路边堆放着,他和一群打工者一趟趟把草秧子抱进整理好的空地,像栽稻秧一样把草栽好。就在他去马路边抱草秧子时,碰见了袅袅而行的看云。看云是李子宽的同学,上高中一年级时,看云的姐姐看晴说是在城里给看云找到了一份工作,看云就中断学业,到了城里。李子宽高中毕业后,因为整日苦闷,被农村青年涌向城里打工的潮流所裹挟,也成为一名下苦力的打工者。二人不期而遇,看云叫了一声"李子宽",李子宽叫了一声"王看云",脸都红着,一时不知说什么好。李子宽只看了看云一眼就不敢看了。看云举着一把小遮阳伞,身穿银灰色支光缎旗袍式连衣裙,肩挎乳白色小化妆包儿,浑身珠光宝气,明艳照人。他呢,穿着一身破旧的衣裤,衣裤上满是汗印子和黄泥。相比之下,他觉得自己太寒酸了,只想让看云快走。看云没有马上离开的意思,她劝李子宽应该接着复习一年,来年再考。这是个令李子宽伤感和不愿接触的话题，他苦笑一下说，复习一年要交四千多块，谁复习得起！看云说到她自己，说当初真不该中途退学。她时常梦见自己还在镇上中学读书，醒来才知是一场梦。她说她后悔透了，恨不能再生一回。李子宽脖子里的汗往下淌，他说他还要干活，撇下看云，继续栽草去了。第二天傍晚，看云到栽草的工地找他去了。看云招着手把他喊到立交桥下，说："李子宽，不知为什么，我心里委屈得很，光想哭……"刚说到"光想哭"，她声音发颤，就哭了。她是无声地哭，张着眼睛，眼泪顺着鼻窝哗啦啦地流，泪水把脸上化的妆弄乱了她也不管不顾。李子宽被看云这种样子吓住了，手足无措，不知怎样劝看云才好。看云不用他劝，自己哭了一会儿就不哭了，拉开随身带的小包儿，转身对着立交桥下的墙壁，掏出小镜子，仔细而熟练地描眉毛，画口红，往脸上补妆。等看云转过脸来，又是明艳照人。看云微微一笑说："好了，没事了。"这次看云留给李子宽一张小纸条，上面写着看云的呼机号码，她让李子宽有事就呼她。临走她还顺便问清了李子宽住宿的地方。

　　几日后的一个早上，看云找到李子宽的宿舍去了。李子宽住的宿舍是车厢式的简易活动房，里面搭着两层人铺，又窄又黑又肮脏。看云还是说："李子宽，我心里委屈得很，光想哭。"这次她上来就哭出了声。哭着哭着，大概支撑不住，一下子趴在李子宽的床铺上，有些瘦弱的小肩膀哭得一抽一抽的，十分可怜。别的宿舍的民工们不知发生了什么事，都挤进去看稀罕。李子宽只得跟人家解释说："这是我的同学，我们是一个村的。"看云哭够了，李子宽为她打来一盆清水，让她洗脸。看云洗了脸，化了妆，又变得笑盈盈的，跟没哭过一样。看云没说她为何这般伤心，李子宽也没问她。看云说："在这个城市里，我没什么人可哭，只有在你面前哭哭，真不好意思。"李子宽问："你姐呢？"看云说："她不在这个城市了。"李子宽沉默了一会儿，表了个态，说："什么时候想哭，你就来吧。"就这样，他们见面的次数多了，就不大分得开了。看云把他俩的相逢说成是命运的安排，是老天爷派李子宽来搭救她，她第一次在城里看见李子宽就是这么想的。看云想过来，跟李子宽一块儿干活儿，说只要是和李子宽在一起，她什么苦都能吃。其实，立交桥那儿的几块草地都栽完了，雨水浇过，草已扎了根，长得生机勃勃，一片翠绿。李子宽所在的包工队又揽了一项工程，给一个新建的居民小区拆旧锅炉房，清理地基，然后垫土，种花，栽树，建成小花园。这项工程够干两三个月的。李子宽把看云的要求跟包工头说了，包工头笑了笑，没有同意。看云说不同意没关系，她还在饭店继续当服务员。李子宽愿意相信看云一直是在饭店当服务员，而没干过别的什么。

当晚，父亲没有回家睡觉。半夜里打了一阵雷。李子宽想到菜园的小屋里看看父亲，怕父亲理解成他向父亲妥协了，就没去。早上起来，母亲让李子宽去菜园叫父亲回来吃饭。李子宽答应了。这是母亲给他提供一个与父亲说话的机会，父子俩僵持着总不是办法。村街上已经有人端着碗在吃早饭，边吃饭边互相交谈。鸡鸭鹅等家禽也到处乱走。一个妇女隔着矮墙头跟母亲说话："听说你们家子宽回来了？""是回来了。""他一个人回来的？"母亲的口气不太友好，反问人家："他不一个人回来怎么着？还能带几个人回来？"那个妇女不说话了。李子宽突然有些畏缩，他只要走出院子门口，就会碰见叔叔大爷婶子大娘们，就得跟人家说话，人家也许会问到和那个妇女问的同样的问题。他隐约觉得，他和看云的事全村人都知道了，大家都对这件事情感兴趣。可是，既然回来了，就不能老待在家里，这一关迟早得过。他硬着头皮走出了院子门口。他一露面，就感到人们的目光炯炯地向他集中过来，他的头蒙得有些大，身子忽地出了一身汗，不知是热汗还是冷汗。

他想争取主动,先跟人家打招呼。打完招呼,赶紧说他去菜园喊他爹吃饭,不给别人留下问话的时间就要溜走。有一个叔辈的人还是抓空子把问题提出来了,问他是不是一个人回来的。他说了"是",又说"不是",他的血往头上涌,脸上有些火烧火燎。终于鼓上勇气,承认是和看云一块儿回来的。问话的人像是证实了什么,"噢"了一声,没有再问别的。一旦承认了是和看云一块儿回来的,就一路承认下去,他不在乎人们的反应了。他像是在村街上孤军奋战,一个人和全村的人对抗。他打算对抗到底。

父亲没在菜园里。从新割的韭菜茬子和辣椒畦边散落的细碎的辣椒叶子看,父亲大概挑着担子到镇上卖菜去了,今天镇上逢集。父亲两顿没吃饭了,沉重的水菜担子不知怎么能挑得动!小屋门口用细铁链子拴着的黑狗,对远道回来的李子宽一点也不陌生,不反对,身子立起来,一扑一扑的,像是对李子宽表示热烈欢迎。村里对他没有另眼相看的,除看云之外,大概只有这条狗了。李子宽把狗头摸了摸,走进小屋里去了。环顾有门无窗阴暗潮湿的小土屋,他心里涌出一股莫名的委屈,想哭。他不知道看云所说的委屈是不是这种感觉。

停了一会儿,妹妹来了,妹妹站在菜地边,远远地冲着小屋喊爹回家吃饭。

李子宽从小屋里出来，告诉妹妹，爹没在菜园，可能到镇上卖菜去了。

"那你咋不回去？"

"你回去跟咱娘说，我不饿，我在这儿替咱爹看会儿菜园。"

"你还怪有功啦，想让咱娘来请你是咋着！"妹妹没好气地说。

"子明，你怎么说话呢，我怎么得罪你了！你是有文化的人，不能人云亦云。"他让子明过来，他有话跟子明说。

妹妹像是害怕沾染什么不好的东西似的，没有走近他，转身回家去了。

等妹妹回到家，母亲就该来了。母亲就他这么一个儿子，一直很疼他，他不吃饭，母亲不会答应。说实在话，他是饿了，很想吃饭。可父亲没吃，他怎么好意思吃，等母亲来到，他也不会马上随母亲回家吃饭，还要咬着牙坚持说自己不饿。一个人要跟别人对抗，就得先跟自己对抗，跟自己抗不过，别的什么都说不上。为了掩盖对抗的情绪，显示出他不是有意跟母亲赌气，他到茄子地边拔草去了。夏茄子已经罢园，茄棵子被父亲连根拔去了，在小屋的墙根堆放着。地里长的是秋茄子，秋茄子只争朝夕似的，长得很旺，新结的小茄子黑黑的，大小如一盏盏灯泡。过不了几天，"灯泡"就会变大，变成紫莹莹的，像通了电一样。李子宽拔着草，有好几次都估计母亲该来到了，可母亲没有来。隔着玉米地和高粱地，他听见去镇上赶集的人们陆陆续续出发了，公路上响着自行车的打铃声和人们的说话声。看来李子宽估计错了，母亲不像以前那样疼他了。或许母亲改变了对他的态度，不愿理他了，他在那里自己娇自己呢。他在心里说了一句"完了"，手里拔的草不知不觉失落在地边的水沟里。

就在这个时候，李子宽觉得附近有个地方闪了一下亮，扭脸一瞅，是看云在不远处的一块玉米地头站着，正对他灿灿地微笑。看云站立的地方与李子宽家的菜园隔着一条小河沟，沟里流动的是活水，沟边生着不少杂树和红蓼一类的杂花。看云真会选地方，要不是李子宽心里有她，有那些杂树杂花挡着，换个人就不会发现她。看云像城里的人动作一样，把一只手举起来，对李子宽抓了抓，遂把手遮在嘴上，压低声音，问李子宽是不是就他自己在菜园里。

李子宽点点头。

"我过去可以吗?"

"想来你就来吧。"

沿河沟往东边走有一座砖桥,看云一路小跑,从砖桥上过来了。看云今天换了一件黑蓝牛仔裤,上面穿着红色的紧身针织半袖衫,身条勾勒得愈发像一位舞蹈演员。她跑动起来更像跳舞,又轻捷又急迫,每一步都仿佛带着情感。她刚跨进菜园地边,那条黑狗就叫起来了。黑狗叫的声音很大,面目很凶恶,因急于向看云冲过去,把铁链子挣得哗哗直响。看云吓得不敢往前走了。

李子宽命令道:"狗,不许叫,再叫我踢你!"

黑狗不叫了,但它的目光对看云一斜一斜的,仍很不友好。

看云一来到李子宽身边,就满脸满眼地瞅李子宽。

李子宽经不住她这样看法,眼睛躲着,问她看什么。

看云轻轻叹了一口气,说:"还是你。我只有看见你,你才是真的。"

李子宽心里一动,看云把他心底的感觉说出来了,在见不到看云的时候,他老是觉得看云是虚无缥缈的,只有看云在眼前,他才感到看云是真实的。他没有附和看云,问看云昨天晚上休息得好吗。

"还说呢，我昨天晚上一夜都没睡好，老是担心你受委屈。没事儿吧？"

"没事。"李子宽不敢在这个话题上跟看云多说，再说他的委屈就露出来了，他转移话头，问蚊子咬着看云没有，说秋天蚊子厉害着呢。

"你光不跟我往正题上说，我看你的眼睛不大对劲。"说着靠李子宽更近些，妩媚的眼睛里溢满担心和关切之情，她自己的眼睛也有点不大对劲了。

李子宽装作往四周看看有没有人注意他们，把脸直扭开了。邻近的芝麻地里，有一个打芝麻叶的妇女正朝这边张望。河沟边有一个提草篮子的小女孩，一看见他俩就站下了，毫不避讳地看着他们。李子宽命狗趴下，他们到小屋里去了。一到小屋，看云从随身带的小挎包里掏出一块巧克力，剥去锡纸，给李子宽吃。李子宽说："你自己吃吧，我不吃。"

"不，我就让你吃！"看云不等李子宽张开嘴，就把双色方块的巧克力塞进李子宽嘴里去了。

巧克力定是看云从城里带回来的，含在嘴里又香又甜，还有一股沁人心脾的薄荷味，在饿了两顿饭的情况下，李子宽不得不承认巧克力很好吃。看云让他闭上眼，又往他嘴里放了一块。李子宽听人说过，巧克力是奶油做的，发热量很大，有这两块巧克力垫底，再有一顿饭不吃也没关系了。

看云把一只手交给李子宽，李子宽握住了。她把另一只手探摸着交给李子宽，李子宽也握住了。过去他们顶多只互相握一只手，现在两只手都握上了，这表示他们的亲近方式进了一步。看云的手温温的，柔柔的，里面蕴藏着一定的力度。她的眼睛水汪汪的，笑意持久地轻轻荡漾。她的红唇圆滚滚的、饱满、湿润、富有弹性。由于自我克制，看云的嘴唇是闭着的，但微笑使她的嘴角两边现出两个好看的小孔。还有，看云身上的香气一股股朝李子宽袭去，李子宽差不多快要醉了，快顶不住了。他想把看云的手松开，他一松，看云就一紧。看云说："子宽，你还从来没亲过我呢。"

李子宽强迫自己清醒了一下，说："我不会……在咱俩没正式结婚之前，我得管着我自己。或许我比较保守，跟不上形势，我想我首先应该尊重你。我见书上说过，爱就是尊重。"

看云的眼睛一下子湿蒙蒙的，她赶紧低下了头，说："我，懂了！"她轻轻地把手从李子宽的两只手里抽出来，抬起头来说:"我真的懂了,明白了好多好多……"

门口的黑狗没经允许呼地站起来了,朝着菜园间的小路乱挣,喉咙里哼哼唧唧,一副撒娇的样子。李子宽说:"来人啦!"他转出小屋一看,是他母亲。他像是做了什么害臊的事,脸霎时红到脖梗。

母亲说:"你不回去吃饭,在这儿干啥呢?"

他怕母亲误解他,忙说:"看云也在这儿。"

看云这时已经从小屋里出来了,她向李子宽的母亲喊了大娘,问了好。

李子宽的母亲脸色一时很难看,她调整了一下,问:"这闺女是啥时候回来的?"

李子宽先答:"我不是跟您说过吗,看云昨天和我一块儿回来的。"

母亲对李子宽皱了一下眉:"我又没问你。"

看云把李子宽的回答肯定了一下,说:"我是跟子宽哥一块儿回来的。"

"你以后可别跟他一块儿回来啦,我看这孩子越长越糊涂,东西南北都分不清。"

看云不知李子宽的母亲话里有话,为李子宽辩护说:"子宽哥才不糊涂呢,子宽哥可聪明哪! 在学校的时候,他就是班干部，就管着我们。"

李子宽的母亲撇下看云，不再理她，把手巾包里兜着的几个熟鸡蛋递给李子宽："给，吃去吧。你不吃饭是跟谁赌气？你以为你不吃饭就吓住谁啦！"她像是又想起了什么，对看云说，"子宽他姨给子宽介绍了一个对象，下午让子宽去相看相看。"

李子宽的姨是给李子宽介绍过对象，因为李子宽没相中，事情早过去了。李子宽心里明白，母亲的话是说给看云听的，母亲是在用自己的方式拒绝看云，凉看云的心。他强硬地说："我哪儿也不去！"

"去不去也不能由你一个人说了算，我管不了你有你爹，你爹管不了你还有你三叔呢。"

看云看出情况不妙，跟大娘打了声招呼，走了。

看云刚走出菜园，母亲就狠狠地冲李子宽骂，说："你真跟她好了？她那一家子都是啥东西你知道不知道？"

"不知道。我不听！"

"你不听我也得说。她十五六岁就跑出去跟人家胡来，把子肠都弄坏了，弄不好连个孩子都不会生。我和你爹就你这一个儿子，你跟她好，不是成心绝咱家的后吗?!"母亲的眼圈红了。

关于生孩子的事，李子宽没想过，他也不愿意想，不愿把生孩子的事跟看云联系起来。他觉得母亲说的话，使用的那些字眼儿，太刺耳了，简直让人恶心。他反驳说："你凭什么说人家胡来？作为一个人，说这样伤害人的话得有凭据，你有什么凭据？要是有人这样平白无故地说我妹妹，你干吗？"

"你妹妹一天门儿都没出过，有啥可说的！"

"按你的说法，人一到外头，就非得变坏呀！我到城里这么长时间，在你眼里，我肯定也是坏人啦！"

"我又没说你。村里人都那样说她。"

"说谁也不行，那是血口喷人，是诬陷。现在国法上有一条诬陷罪，诬陷别人是要吃官司的，是要治罪的。"

母亲被李子宽咄咄逼人的样子吓得有些愣怔，她说："我说不过你，有本事跟你爹说去。"刺耳的话母亲不敢说了，但她仍不放弃自己的观点："反正我看不惯那妮子，一看就不是个过日子的本分人。回来也不帮她娘干活，东跑跑，西跑跑，腿脚子都跑野了。"

母亲回家后，李子宽自己不吃鸡蛋，却给狗扔了一个。黑狗歪着嘴，虚着牙，把带壳的鸡蛋含在嘴里呱哒来呱哒去，竟不知怎样把鸡蛋咬破。李子宽骂了一声"笨蛋"，让狗把鸡蛋吐出来，用脚替狗把鸡蛋壳踩碎了。

鸡蛋可以踩碎，母亲说的那些话却像囵囵鸡蛋一样堵在了他心口，他怎么也排解不开。看云家的事，李子宽也听说过一些。看云的父亲死得早，村里的治保主任跟看云的母亲好上了。两个人好了一段时间，治保主任不满足，又把看云的姐姐看晴瞄上了。有一次，治保主任和看晴正不可开交，被看晴的弟弟看山碰见了，看山朝治保主任的头上扔了一砖头，把治保主任的头砸中了，砸得头破血流。事情暴露后，治保主任和看晴在村里待不下去，那个在村里管治安保卫的家伙就撇下自己的老婆孩子，带上看晴跑到外地去了。在外面，他们以夫妻相称，想怎样就怎样。他们从镇上到城里，从小城市到大城市，到处流浪。时间长了，他们没有生活来源，治保主任就拉皮条，把看晴介绍给别的男人，拿看晴卖钱。看晴天生是个美人，一卖一个准。后来看晴在城里投靠了一个老板，买卖越做越红，就把治保主任摆脱了。就在这时候，看晴衣锦还乡，给母亲大把掏钱，还说给看云在城里找好了工作，把正上学的妹妹带走了。治保主任认为，是他给看晴姐妹俩创造了条件，把她们培养成了摇钱树，而看晴姐妹俩都是忘恩负义之人。治保主任一再揭露看晴看云的底细，说她们俩在如梦令洗浴娱乐中心给人家当按摩女。所谓按摩，就是暗着摩，不明着摩；只用一根指头摩，不用十个指头摩。让人家摩一回比种一季子庄稼来钱多了。村里去那个城市打工的人，的确看见过治保主任所说的那家门面，那是一座大楼，楼半腰粉红色的大字招牌彻夜不熄，老远都看得见。一个偶然的机会，李子宽本人也曾从"如梦令"门前路过，他见门口停着许多小汽车，玻璃门里人影憧憧，神秘莫测，他不敢稍有停留，赶快走过去了。李子宽相信，村里人说的不会全是假话。从看云一开始找他时的种种迹象表明，看云是做下不名誉的事了，是有难言之苦，不然她不会委屈成那样子。看云一再对李子宽说过"我不好"，多次流露出跟李子宽彻底坦白的意思，李子宽都用"你什么都不要说"的话把看云的念头打消了。李子宽宁可让看云把以前的事对他隐瞒着，宁可相信看云什么不好的事也没做过。在李子宽过去的想象里，干那种见不得人的职业的女人，都是非常丑恶的，都像妖魔鬼怪一样吓人。而看云有血有肉，有情有感，会哭会笑，一切都正常得跟普通人一样，看不出任何缺陷。他极力回想看云在学校时的样子，把现在的看云和中学生时候的看云相叠加，现在的看云除了更好看一些，打扮得更美一些，和中学生时候的看云几乎没什么两样。不必否认，李子宽告诫过自己，犹豫过。夜深人静之时，翻来覆去的考虑也曾使他痛彻心扉，像掉进枯井的动物一样大喘粗气。但一见到实在的看云，他的心肠就软下来了，不忍心拒绝和看云来往。见面是他们相爱的推动力，每见一次面，他们都把自己向对方推进了一步，见面越多，相爱越深，以致不可分离。李子宽眼下所做的就是极力说服自己，或者说顽强地欺骗自己，逼迫自己承认看云是一个好人，是一位心地善良的姑娘。就算看云真的自我迷失过，那也不要紧，她还年轻，现在回头还来得及。要是他和看云断绝关系，说不定看云这一辈子真的完了。

晚上，父亲严肃地通知李子宽："你三叔找你谈谈。"

李子宽知道三叔跟他谈什么，他说没什么好谈的。

三叔在镇上联防队干过，以遇事敢下手出名。因联防队伤人太多，被解散了，三叔只得回到村里，接替那个挨了砖头的家伙当上了治保主任。三叔社会关系多，本人也很自负，如今成了李氏家族的头面人物，李家出了什么棘手的事都是找他拿主意。不知为什么，李子宽对他这亲三叔一直没什么好感，三叔骨子里是个俗而又俗的人，却喜欢装腔作势，把自己树立成一个高人。

谈话在三叔家进行。三叔让别人都回避了，只剩下他们两个。这有点像单独审讯，李子宽难免有些紧张。三叔装成随便聊聊的样子，一开始没跟李子宽说正题，绕着弯子，问城里的形势咋样，乱不乱。谈了一会儿形势，三叔才问到他和看云的情况，三叔说："国家的政策你三叔都懂，国家规定恋爱自由，婚姻自主，谁也不能横加干涉。我今天找你谈主要想听听你的意见，了解一下你和看云是怎样好上的，看云到底哪一点儿吸引住你了？她有什么地方值得咱李家的人……这样？你必须跟你三叔说实话，你三叔会替你着想，为你负责。"

屋门是关着的，他们这里还没通电，煤油灯有些昏暗。不知哪个黑暗的角落里，秋天的地虫子不时地发出一声呻吟。这使李子宽产生了一种幽闭感。"幽闭"有着敦促的效果，李子宽不得不回答三叔的问题。在此之前，他做梦都没想到自己会这样回答问题，话一出口，连他自己都感到吃惊。他说，他和看云在上高中的时候就好了，看云第一次就是跟他。或许这谎撒得太大了，李子宽有些不堪承受，他发冷似的抖起来，从里到外都颤抖不止。幸好屋里光线昏暗，三叔看不见他在发抖。

三叔显然对李子宽的回答很感兴趣，他探究似的审视了李子宽一眼，说："我看你这孩子平时老实巴交的，想不到你小子还有这个本事。"三叔接着问了一些细节:他和看云第一次玩是在什么地方;是谁主动的;见红了没有?

李子宽一一作了答复:他和看云的第一次是在学校后面河堤下面的一个瓜庵子里;当然是他李子宽主动提出来的;见红了。李子宽还额外补充了一个细节,说那天看云哭得很厉害,他劝了半天,发誓将来一定要娶看云,看云才不哭了。

三叔似乎深思了一会儿,说:噢,原来是这样。他判定李子宽的做法属于先斩后奏,处理起来比较难办。"她是不是讹住你了?"三叔问。

"没有,看云从来没讹过我,是我自己喜欢她。"

"你不跟她好就不行吗? 她能怎么样? 我看他们姓王的连个屁也不敢放!"

李子宽听出三叔不往理上说,口气开始放蛮,肚子里迅速鼓起一个拳头大的疙瘩,他说:"不是她能怎么样,这是我的事。我说过娶她就要娶她,谁也挡不住我,除非我死!"说到死,李子宽身上不抖了,只是鼻根儿酸得难受。他咬紧牙关,不愿在三叔面前露出丝毫脆弱。

"我劝你这孩子别把话说得太死,婚姻是一辈子的大事,还是慎重考虑为好。看云的名声你不是不知道,我敢说除了你没一个人愿意要她。你说你们俩以前好过,这有可能。可她后来做的事就不像话了，就对不起你了。一个女人要是走上那一条路，就再也回不来了。她吃着碗里的，看着锅里的，不会跟你好好过日子。你有的话我也不赞成，不能说娶女人是你自己的事。你是你爹的儿子，是我的侄子，你要什么样的女人关系到咱李家的荣誉，我们不允许因为你和看云的事让别人戳我们的脊梁骨。"

窗口处响了一下，三叔厉声问了一句"谁"，迅即抄起桌上的警棍，拉开门冲了出去。警棍是三叔在镇上当联防队员时带回来的。

站在窗外的是李子宽的母亲，母亲解释说，她怕子宽晚上冷，来给子宽送件衣服。

连着晴了两三天，人们抓紧时间晒麦子，晒衣服和棉鞋。地里的庄稼也在抓紧最后的时机吸收阳光。前一段阴雨连绵，庄稼见不到太阳，人们估计秋庄稼能收五成就不错了。太阳这一照耀，收成大约会增加一成两成。这两成是太阳给的，粮食里面包含着阳光。这几天，李子宽家里的气氛不那么紧张了。父母像是共同回避着有关看云的话题，李子宽也不提。这种情况正如唱书里说的：压下暂且不表。

这期间，李子宽到看云家里去过。看云的母亲热情得不知如何是好，当下就要把李子宽和看云关在屋里，让他俩"好好说说话"。看云抢白了母亲几句，母亲才没关门走。李子宽要看云应该帮婶子干活。看云很听话，下午就背上喷雾器，挽起裤腿，到豆子地里喷药打虫去了。新学期开始，看云的弟弟看山不去上学了，天天拿个钓鱼竿，独自一个人去河边钓鱼。李子宽能够想得到，看山一定是受到了歧视和孤立，伤透了自尊心，才不愿去上学的。这从看山抑郁和敌对的神情上就可以看出来。李子宽来到河边，跟看山很动感情地谈了一个下午，看山总算答应接着去上学。李子宽还不放心，第二天亲自把看山送到学校里。李子宽这种负责任的态度，使看云感动得哭了又哭。看云产生了一些错觉，以为她和李子宽的婚事已被李子宽家认可了，她对李子宽说："咱结婚吧，我想给你们家生个双胞胎，一下子生两个男孩儿。"

李子宽心里一直不踏实，他不相信父亲、三叔和族里其他人就这样默认了他和看云的婚事。李子宽留心注意了一下，父亲这几天往三叔家跑得很勤，有一天晚上很晚才回家。母亲问他到哪儿去了，父亲一声没吭。三叔也往菜园的小土屋里钻。三叔一进土屋，父亲就跟进去了，从门口上方开始冒烟。不知道的人还以为里面有什么东西在沤烟子，不及时弄灭就会失火。其实那是父亲和三叔连续吸烟造成的。另外，三叔家还来过一两个表情诡秘的陌生人。父亲从三叔家出来，看东西目光虚着，老是愣神。李子宽刚要正面看看父亲的眼睛，父亲就躲开了。这些迹象都使李子宽觉得不正常，他怀疑三叔他们在搞什么阴谋，阴谋的内容定是针对他和看云的。但他想不出三叔他们会搞出什么样的阴谋，难道给他物色好了新的对象？或者召集一个家族会议，对他发动集体攻势？李子宽想从侧面试探一下。他跟父亲说到看云的弟弟看山，说看山不想上学了，他跟看山谈了谈，看山又上学去了。看山很聪明，不上学就可惜了。父亲说："看山上不上学，关你什么事！"李子宽把父亲的态度试出来了，不由得心里一沉。

这天半夜，李子宽做了一个噩梦醒来后，再也睡不着了。院子里沙沙啦啦响，下雨了。阵阵秋风把湿凉的雨气送进窗内，屋里有些寒森森的。在这漆黑的雨夜里，有个念头在李子宽脑子里鬼火似的闪了一下：三叔他们会不会对看云下毒手？这个念头闪过之后，越来越大，再也赶不走了。这地方的人干预一件事，或惩治一个人，习惯来硬的，动武的。一个人正好好的，一只胳膊被卸下来了，一条腿被敲断了，或者两只眼珠子被取走了，这种事不算稀罕。村里还发生过这样一件事，一家的父母嫌家里一个半大小子太顽赖，长不成人，意思要给半大小子"回回炉"。一天夜里，半大小子的哥哥秉承父母的意思，果然一钉耙将半大小子夯死了，夯死就扒个坑埋掉了。埋了也就完了，村里尤人过问这样的事。三叔为了阻止他和看云结婚，不会对他采取过激的措施，而毁坏外姓人家的闺女看云是完全可能的。三叔不会像城里人做的那样，把一瓶子什么水泼在看云脸上，把看云烧成满脸疤痕，三叔有可能会暗中买通一两个人，把看云的两根脚筋砍断，甚至会就手把看云勒死，再挂在房檩上，造成看云自尽的假象。李子宽越想越怕，仿佛看见一只只罪恶的黑手正悄悄地向看云逼近，看云处境凶险，危在旦夕。李子宽的心恐惧得抽成一蛋儿，整个身体也往团里抽抽。他痛恨自己为啥没有早点想到这一层，还恨老天爷为啥还不亮！

天终于亮了，他要马上到看云家去，瞧瞧看云还在不在。母亲问他去哪儿。他说到地里看看。母亲问他什么时候走。他反问母亲："往哪儿走？"

"你不去城里干活了？"

母亲急着撵他走，他觉出母亲话后面有话，说："我得问问看云，看她还去不去。"

"你走你的，不用管她。"

李子宽没有说话，等母亲把话说下去。

母亲像是犹豫了一下，还是说了，母亲说："你走了，她要是出点啥事，也找不到你头上。"

母亲的话更证实了李子宽的预感，看来搭救看云已刻不容缓。

李子宽往看云家走，迎面碰上看山，看山递给李子宽一个纸条。纸条上的字是看云写的，只有几个字：子宽，我害怕！！！

李子宽怕耽误时间，不到看云家去了。他让看山马上回家转告看云，让看云立即到镇上中学后面的河堤上去，那里有一个水闸，他在水闸那里等看云。要看云一定要走大路。

两个脸色煞白的年轻人在河堤上一会面，什么也没顾上说，就紧紧地拉着手，沿河堤溯流而上，往西走去。堤面两侧栽有泡桐树，还有固堤的灌木，堤下的人一般不会发现他们。河堤向西再向北。他们打算沿着河堤一直走。等走到河堤的尽头，他们不准备再到南方那个城市了，试着往北方走，到北方的城市去开辟新的生路。

鞋

　　有个姑娘叫守明,十八岁那年就定了亲。姑娘家一定亲,就算有了未婚夫,找到了婆家。未婚夫这个说法守明还不习惯,她觉得有些陌生,有些重大,让人害羞,还让人害怕。她在心里把未婚夫称作那个人,或遵从当地的传统叫法,把未婚夫称为哪哪庄的。那个人的庄子离她们的庄子不远,从那个人的庄子出来,跨过一座高桥,往南一拐,再走过一座平桥,就到了她们庄。两个村庄同属一个大队,大队部设在她们庄。

　　那个人家里托媒人把定亲的彩礼送来了,是几块做衣服的布料,有灯草绒、春风呢、蓝卡其、月白府绸,还有一块石榴红的大方巾。那时他们那里还很穷,不兴买成衣,这几样东西就是最好的。听说媒人来过彩礼,守明吓得赶紧躲进里间屋去了，手捂胸口，大气都不敢出。母亲替女儿把东西收下了。母亲倒不客气。

媒人一走，母亲就把那包用红方巾包着的东西原封不动地端给了女儿，母亲眼睛弯弯的，饱含着掩饰不住的笑意，说："给，你婆家给你的东西。"

对于"婆家"这个字眼儿，守明听来也很生分，特别是经母亲那么一说，她觉得有些把她推出去不管的味道，她撒娇中带点抗议地叫了一长声"妈"，说："谁要他的东西，我不要！"

母亲说："不要好呀，你不要我要，我留着给你妹妹做嫁妆。"

守明的妹妹也在家，她上来就叫出了那个人的名字，说她才不要那个人的破东西呢，她要把那个人的东西退回去，就说姐嫌礼轻，要送就重重地来。

"再胡说我撕你的嘴！"守明这才把东西从母亲手里接过来了。她有些生妹妹的气，生气不是因为妹妹说的礼轻礼重的话，而是妹妹叫了那个人的名字。那名字在她心里藏着，她小心翼翼，自己从来舍不得叫。妹妹不知从哪里听说的，没大没小，无尊无重，张口就叫出来了。仿佛那个名字已与她的心有了某种联结，妹妹猛地一叫，带动得她的心疼了一下。她想训妹妹一顿,让妹妹记住那个名字不是哪个小丫头片子都能随便叫的,想到妹妹是个心直口快的,说话从来没遮拦,说不定又会说出什么造次话来,就忍住了。

守明正把东西往自己的木箱里放,妹妹跟过来了,要看看包里都是什么好东西。

姐姐对她当然没好气,她说:"哪有好东西,都是破东西。"

妹妹嬉皮笑脸,说刚才是跟姐姐说着玩呢。向姐姐伸出了手。

守明像是捍卫什么似的,坚决不让妹妹看,连碰都不让妹妹碰,她把包袱放进箱子,"啪嗒"就锁上了。

妹妹被闪了手,觉得面子也闪了,脸上有些下不来,她翻下脸子,把姐姐一指说:"你走吧,我看你的心早不在这个家了!"

"我走不走你说了不算,你走我还不走呢。"

"谁要走谁不是人!"

母亲过来把姐妹俩劝开了。母亲说:"当闺女的哪个不是嘴硬,到时候就由心不由嘴了。"

家里只有守明一个人时,守明才关了门,把彩礼包儿拿出来了。她一块一块地把布页子揭开，轻轻抚摸，放在鼻子上闻闻，然后提住布块两角围在身上比画，看看哪块布适合做裤子，哪块布做上衣才漂亮。她把那块石榴红的方巾也顶在头上了，对着镜子左照右照。她的脸早变得红通通的，很像刚下花轿的新娘子。想到新娘子，她把眉一皱，小嘴一咕嘟，做出一副不甚情愿的样子。觉得这样子不太好看，她就展开眉梢儿，耸起小鼻子，轻轻微笑了。她对自己说："你不用笑，你快成人家的人了。"说了这句，不知为何，她叹了一口气，鼻子也酸酸的。

有来无往不成礼，按当地的规矩，守明该给那个人做一双鞋了。这对守明来说可是一件了不得的大事，平生第一次为那个将要与她过一辈子的男人做鞋，这似乎是一个仪式，也是一个关口，人家男方不光通过你献上的鞋来检验你女红的优劣，还要从鞋上揣测你的态度，看看你对人家有多深的情意。画人难画手，穿戴上鞋最难做。从纳底，做帮儿，到缝合，需要几就节儿，哪个环节就不对了，错了针线，鞋就立不起来，拿不出手。给未婚夫的第一双鞋，必须由未婚妻亲手来做，任何人不得代替，一针一线都不能动。让别人代做是犯忌的，它暗示着对男人的不贞，对今后日子的预兆是不吉祥的。为这第一双鞋，难坏当地多少女儿家啊！有那手拙的闺女，把鞋拆了哭，哭了拆，鞋没做成，流下的眼泪差不多能装一鞋壳儿。做鞋守明是不怕的，她给自己做过鞋，也给父亲和小弟做过鞋，相信自己能给那个人把第一双鞋做合脚。在给父亲和小弟做鞋时，她就提前想到了今天这一关，暗暗上了几分练习的心，如今关口就在眼前，她的心如箭在弦，当然要全神贯注。

守明开始做鞋的筹备工作了。她到集上买来了乌黑的鞋面布和雪白的鞋底布，一切全要新的，连袼褙和垫底的碎布都是新的，一点旧的都不许混进来。她的表情突然变得严肃起来，让母亲觉得有些可笑，但母亲不敢笑，母亲怕笑羞了女儿。母亲悄悄地帮女儿做一些女儿想不到，或想到了不好意思开口的事情，比如：女儿把做鞋的一应材料都准备齐了，才想起来还没有那个人的鞋样子。不论扎花子，描云子，还是做鞋，样子是必要的，没样子就不得分寸，不知大小，便无从下手。女儿正犯愁，母亲打开一个夹鞋样的书本，把那幅鞋样子送到了女儿面前。原来母亲事先已托了媒人，从那男孩子的姐姐手里把男孩子的鞋样子讨过来了。女儿不大相信这是真的，但从母亲那肯定的目光里，她感到不用再问，只把鞋样子接过来就是了。她心头涌出一股说不出的感动，遂低下头，不敢再看母亲。

拿到了鞋样子，等于知道了那个人的脚大小。她把鞋底的样子放在床上，张开指头拃了拃，心中不免吃惊，天哪，那个人个子不算大，脚怎么这样大。俗话说脚大走四方，不知这个人能不能走四方。她想让他走四方，又不想让他走四方。要是他四处乱走，剩下她一个人在家可怎么办。她想有了，应该在鞋上做些文章，把鞋做得比原鞋样儿稍小些，给他一双小鞋穿，让他的脚疼，走不成四方。想到这里，她仿佛已看见那人穿上了她做的新鞋，那个人由于用力提鞋，脸都憋得红了。

她问："穿上合适吗？"

那个人吭吭哧哧，说合适是合适，就是有点紧，有点夹脚。

她做得不动声色，说："那是的，新鞋都紧都夹脚，穿的次数多了就合适了。"

那个人把新鞋穿了一遭，回来说脚疼。

她准备的还有话，说："你疼我也疼。"

那个人问她哪里疼。

她说："我心疼。"

那个人就笑了，说："那我给你揉揉吧！"

她有些护痒似的，赶紧把胸口抱住了。她抱的动作大了些，把自己从幻想中抱了回来。她意识到自己走神走远了，走到了让人脸热心跳的地步，神都回来一会儿了，摸摸脸，脸还火辣辣的。

瞎想归瞎想，在动剪子剪袼褙时，她还是照原样儿一丝不差地剪下来了。男人靠一双脚立地，脚是最受不得委屈的。

做底的功夫在纳鞋底上，那真称得上千针万线，千花万朵。在选择鞋底针脚的花形时，她费了一番心思：是梅花形好、枣花形好？还是对针子好呢？她听说了，在此之前，那个人穿的鞋都是他姐姐给做，他姐姐的心灵手巧全大队有名，对别人的针线活儿一般看不上眼。待嫁的闺女不怕笨，就怕婆家有个巧手姐。这个巧手姐给她摊上了。不用说，等鞋做成，必定是巧手姐先来个百般验看。她说什么也不能让婆家姐姐挑出毛病来。守明最后选中了枣花形。她家院子里就有一棵枣树，四月春深，满树的枣花开得正喷，她抬眼就看见了，现成又对景。枣花单看有些细碎，不起眼，满树看去，才觉繁花如雪。枣花开时也不争不抢，不独领枝头。枝头冒出新叶时，花在悄悄孕米。等树上的新叶浓密如盖，花儿才细纷纷地开了。人们通常不大注意枣花，是因远远看去显叶不显花，显绿不显白。白也是绿中白。可识花莫若蜂，看看花串中间那嗡嗡不绝的蜜蜂就知道了，枣花的美，何其单纯，朴素。枣花的香，才是真正的醇厚绵长啊！守明把第一朵枣花"搬"到鞋底上了。她来到枣树下，把鞋底的花儿和树上的花儿对照了一下，接着鞋底上就开了第二朵、第三朵……

那时生产队里天天有活儿，守明把鞋底带到地里，趁工间休息时纳上几针。她怕地里的土会沾到白鞋底上，用拆口罩的细纱布把鞋底包一层，再用手绢包一层，包得很精细，像是什么心爱的宝贝。她想到姐妹们和嫂子们会拿做鞋的事打趣她，不知出于何种心理需求，她还是忐忑忑忑地把"宝贝"带到地里去了。那天的活儿是给棉花打疯杈子，刚打一会儿，她的手就被棉花的嫩枝嫩叶染绿了，像扑克牌上大鬼小鬼的手。这样的手是万万不敢碰上白鞋底的，若碰上了，鞋底不变成鬼脸才怪。工间休息时，她来到附近河边，团一块黄泥做皂，把手洗了一遍又一遍。这还不算，拿起鞋底时，她先把手可能握到的部分用纱布缠上，捏针线的那只手也用手绢缠上，直到确信自己的手不会把鞋底弄脏，才开始纳了一针。

守明是躲到一旁纳的，一个嫂子还是看到了。底是千层底，封底是白细布，特别是守明那份痴痴迷迷的精心劲儿，一看就不同寻常。嫂子问她给谁做的鞋。

守明低着眉，说："不知道！"

她一说"不知道"，大家都知道了，一齐围拢来，拿这个将要做新娘的小姑娘开玩笑。有的说，看着跟笏板一样，怎么像个男人鞋呢！有的问，给你女婿做的吧？有人知道那个人的名字，干脆把名字指出来了。

守明还说"不知道"。

她的脸红了，耳朵红了，仿佛连流苏样的剪发也红了，剪发遮不住她满面的娇羞，却烤得她脑门上出了一层细汗。她虽然长得结结实实，饱饱满满，身体各处都像一个大姑娘了，可她毕竟才十八岁，这样的玩笑她还没经过，还不会应付。她想恼，恼不成。想笑，又怕把心底的幸福泄露出去，反招人家笑话。还有她的眼睛，眼睛水汪汪、亮闪闪的，蕴满无边的温存，闪射着青春少女激情的火花，一切都遮掩不住，这可怎么办呢？后来她双臂一抱，把脸埋在臂弯里了，鞋底也紧紧地抱在怀里。这样，谁也看不见她的眼睛和她的"宝贝"了。

姐妹们和嫂子说："哟，守明害羞了，害羞了！"

她们的玩笑还没有完，一个嫂子惊讶地"哟"了一声，说："说曹操，曹操就到，守明快看，路上过来的那个人是谁?"说着对众人挤眼,让众人配合她。

众人说,不巧不成双,真是的呢!

守明的脑子这会儿已不会拐弯儿,她心中轰地热了一下,心想,路上过来的那个人一定是她的那个人,那个人在大队宣传队演过节目,和大队会计又是同学,来大队部走走是可能的。她仿佛觉得那个人已经到了她跟前,她心头大跳,紧张得很。别人越是劝她,拉她,让她快看,再不看那人就走过去了,她越是把脸埋得低。她心里一百个想看,却一眼也不敢看,仿佛不看是真人真事,一看反而会变成假人假事似的。

守明的一位堂姐大概也受过类似的蒙蔽,有些看不过,帮守明说了一句话,让守明别上她们的当。又说,我守明妹子心实,你们逗她干什么。

守明这才敢抬起头来,往地头的大路上迅速瞥了一眼,路上走过来的人倒是有一个,那是一个戴烂草帽、光脊梁、像吓唬老鸹的谷草人一样的老爷爷,哪里是她日思夜想的那个人。心说不看,管不住自己,还是看了,一看果然让人失望。守明觉得受了欺负,跃起来去和那位始作俑的坏嫂子算账。那位嫂子早有防备,说着"好好,我投降",像兔子一样逃窜了。

又开始给棉花打杈子时,守明的心里像是生了杈子,时不时往河那岸望一眼。河那边就是那个庄子的地,地尽头那绿苍苍的一片,就是那个庄子,她的那个人就住在那个庄子里。也许过个一年半载,她就过桥去了,在那边的地里干活,在那个不知多深多浅的庄子里住,那时候,她就不是姑娘家了。至于是什么,她还不敢往深里去想。只想一点点开头,她就愁得不行,心里就软得不行。棉花地里陡然飞起一只鸟,她打着眼罩子,目光不舍地把鸟追着,眼看着那只鸟飞过河面河堤,落到那边的麦子地里去了。麦子已经泛黄,热熏熏的南风吹过,无边的麦浪连天波涌。守明漫无目的地望着,不知不觉眼里汪满了泪水。

第一次看见那个人是在全大队的社员大会上,那个人在黑压压的会场中念一篇大批判的稿子,她不记得稿子里说的是什么,旁边的人打听那个人是哪庄的,叫什么名字,她却记住了。那个人头发毛毛的,唇上光光的,不像个成年人,像个刚毕业的中学生。她当时想,这个男孩子,年纪不大,胆子可够大的,敢在这么多人面前念那么长一大篇话,要是她,几个人抬她,她也不敢站起来。就算能站起来,她也张不开嘴。再次看见那个人是大队文艺宣传队在她们村演节目的时候,那个人出的节目是二胡独奏,拉的是一支诉苦的曲子，叫天上布满星，月牙儿亮晶晶……那个人拉琴时低着头，塌蒙着眼皮，精神头儿一点也不高，想不到他拉出的曲子那样好听，让人禁不住地眼睛发潮，鼻子发酸。以后宣传队到别的村演出，到公社去演，她跟别的姐妹搭成帮，都追着去看了，看到那个人不光会拉二胡，吹笛子，还会演小歌剧和活报剧。演戏时脸上是化了妆的，穿的衣服也是戏中人的衣服，这让守明觉得那个人有点好看。要是舞台上有好几个人在演，守明不看别人，专挑那一个人看。她心里觉得和那个人已经有点熟了，她光看人家，不知人家看不看她。她担心那个人看她时没注意到，就不错眼珠地看着那个人的一举一动。她这个年龄正是心里乱想的年龄，难免七想八想，想着想着，就把自己和那个人联系到一块儿去了。她不知道那个人有没有对象，要是没对象的话，不知那个人喜欢什么样的……她突然感到很自卑，一次戏没看完就退场了，在回家的路上她骂了自己，骂完了她又有点可怜自己，长一声短一声地叹气。

有一天，家里来个媒人给守明介绍对象，守明正要表示心烦，表示一辈子也不嫁人，一听介绍的不是别人，正是让她做梦的那个人，她一时浑身冰凉，小脸发白，显得有些傻，不知如何表态。媒人一走，她心说，我的亲娘哎，这难道是真的吗！泪珠子一串一串往下掉。母亲以为她对这门亲事不乐意，对她说，心里不愿意就说不愿意，别委屈自己。守明说："妈，我是舍不得离开你！"

守明相信慢工出巧匠的话，她纳鞋底纳得不快，她像是有意拉长做鞋的过程，每一针都慎重斟酌，每一线都一丝不苟。回到家，她把鞋底放在枕头边，或压在枕头底下，每天睡觉前都纳上几针，看上几遍。拿起鞋底，她想入非非，老是产生错觉，觉得捧着的不是鞋，而是那个人的脚。她把"脚"摸来摸去，揉来揉去，还把"脚"贴在脸上，心里赞叹：这"脚"是我的，这"脚"真不错啊！既然得了那个人的"脚"，就等于得了那个人的整个身体。有天晚上，她把那个人的"脚"搂到怀里去了，搂得紧贴自己的胸口。不料针还在鞋底上别着，针鼻儿把她的胸口高处扎了一下，几乎扎破了，她说："哟，你的指甲盖这么长也不剪剪，扎得人家怪痒痒的，来，我给你剪剪吧！"她把针鼻儿顺倒，把"脚"重新搂在怀里，说："好了，剪完了，睡吧！"她眯缝着眼，怎么也睡不着，心跳，眼皮也弹弹地跳。点上灯，拿起小镜子照照脸，她吓了一跳，脸红得像发高烧。她对自己说："守明，好好等着，不许这样，这样不好，让人家笑话！"她自我惩罚似的把自己的脸拍打了一下。

媒人递来消息，说那个人要外出当工人。守明一听有些犯愣，这真应了那句脚大走四方的话。看来手上的鞋得抓紧做，做成了好赶在那个人外出前送给他。那个人此一去不知何时才能回还，她一定得送给那个人一点东西，让那个人念着她，记住她，她没有别的可送，只有这一双鞋。这双鞋代表她，也代表她的心。她有点担心，那个人到了外边会不会变心呢？

这时妹妹插了一手。趁守明眼错不见，拿起鞋底纳了几针。她一眼就发现了，一发现就恼了，她质问妹妹："谁让你动我的东西，你的手怎么这么贱！"她把鞋底往床上一扔，说她不要了，要妹妹赔她。

妹妹没见过姐姐这么凶，她吓得不敢承认，说她没动鞋底子，连摸也没摸。

"还敢嘴硬，看看那上面你的脏爪子印！"她过去一把捉住妹妹的手，捉得很狠，拉妹妹去看。

妹妹坠着身子使劲往后挣，嚷着坚持说没动，求救似的喊"妈"，声音里带了哭腔。

母亲过来，问她们姐妹俩又怎么了。

守明说妹妹把她的鞋底弄脏了。

母亲把鞋底看了看，这不是干干净净的吗？

守明说："就脏了,就脏了,反正我不要了,她得赔我,不赔我就不算完!"她觉得母亲在偏袒妹妹,把妹妹的手冲母亲一扔,扔开了。

母亲说："不算完怎么了,你还能把她吃了。你是姐姐,得有个当姐姐的样儿。"母亲又吵妹妹："愣在那里干什么,还不下地给我薅草去!"

妹妹如得了赦令,赶紧走了。

守明把母亲偏袒妹妹的事指出来了,说："我看你就是偏向她!"她隐约觉出,母亲开始把她当成人家的人了,这使她伤感顿生。

母亲说："你们姐妹都是我亲生亲养,我对哪个都不偏不向。我看你这闺女越大越不懂事,不像是个有婆家的人。要是到了婆家,还是这个脾气,说话不照前顾后,张嘴就来,人家怎么容你,你的日子怎么过?"

母亲的话使守明的想法得到印证,母亲果然把她当成人家的人了,她说："我就是不懂事……我哪儿也不去,死也要死在家里!……"说着一头扑在床上就哭起来了。哭着还想到了那个人,那个人要远走,也不来告诉她一声,不知为什么! 这使她伤心伤得更远。

母亲坐在床边劝她,说鞋底别说没脏,脏了也不怕,到时用漂白粉擦一遍,再趁邻家在大缸里用硫黄熏粉条时熏一遍,鞋底保证雪白雪白的,比戏台上粉底朝靴的漆白底都白。

守明把母亲的话听到了,也记住了,但她的伤感并不能有所减轻。

在一个落雨的日子,守明把鞋做好了,做得底是底帮是帮的,很有鞋样儿。她把鞋拿在手上近看,靠在窗台上远观,心里还算满意。

鞋做成后,守明不大放得住。那双鞋像是她心中的一团火,她一天不把"火"送出去,心里就火烧火燎的。还好,那个人外出的日期定下来了,托媒人传话,向她约会,她正好可以亲手把鞋交给那个人。

约会的地点是那座高桥,时间是吃过晚饭之后。当晚守明没有吃饭,她心跳得吃不下。等别人吃过晚饭,天已经黑透了。那天晚上月亮很细,像一支透明的鸽子毛。星星倒很密,越看越密。守明心想,一万颗星星也顶不上一颗月亮,要这么多星星有什么用。地里的庄稼都长出来了,到处像黑树林,有些吓人。母亲要送她到桥头去。她不让。

守明把一切都想好了,她要让那个人把鞋穿上试一试,那个人若说正好,她就不许他脱下来,让他穿这双鞋上路——人是你的,鞋就是你的,还脱下来干什么! 临出门,她又改变了主意，觉得只让那个人把鞋穿上试试新就行了，还得让他脱下来，脱下来带走，保存好，等他回来完婚那一天才能穿。她要告诉他，在举行婚礼那一天，她若是看不见他穿上她亲手做的这双鞋，她就会生气，吹灭灯以后也不理他。当然了，就这个事情守明会征求他的意见，他要是点头同意了，守明就等于得到一个比穿鞋不穿鞋意义深远得多的重大许诺，她就可以放心地等待他了。

守明的设想未能实现，她两次让那个人把鞋试一试，那个人都没试。第一次，她把鞋递给那个人时，让那个人穿上试试。那个人对她表示完全信任似的，只笑了笑，说声"谢谢"，就把鞋竖着插进上衣口袋里去了。二人倚着桥上的石栏说了一会儿话，守明抓了一个空子，再次提出让那个人把鞋试一试。那个人把他的信任说出来了，说不用试，肯定正好。

"你又没试，怎么知道正好呢？"

那个人固执得真够可以，说不用试，他也知道正好。直到那个人说再见，鞋也没试一下。那个人说再见时，猛地向守明伸出了手，意思要把手握一握。

这是守明没有料到的。他们虽然见过几次面，说过几次话，但从来没有碰过手。和男人家碰手，这对守明来说可是一件了不得的大事，她心头撞了几下，犹豫了一会儿，还是低着头把手交出去了。那个人的手温热有力，握得她的手忽地出了一层汗，接着她身上也出汗了。她抬头看了看，在夜色中，见那个人正眼睛很亮地看着她。她又把头低下去了。那个人大概怕她害臊，就把她的手松开了。

守明下了桥往回走时，见夹道的高庄稼中间拦着一个黑人影，她大吃一惊，正要折回身去追那个人，扑进那个人怀里，让她的那个人救她，人影说话了，原来是她母亲。

怎么会是母亲呢！在回家的路上，守明一直没跟母亲说话。

后记：我在农村老家时，人家给我介绍了一个对象。那个姑娘很精心地给我做了一双鞋。参加工作后，我把那双鞋带进了城里，先是舍不得穿，想留作美好的纪念。后来买了运动鞋、皮鞋之后，觉得那双鞋太土，想穿也穿不出去了。第一次回家探亲，我把那双鞋退给了那位姑娘。那姑娘接过鞋后，眼里一直泪汪汪的。后来我想到，我一定伤害了那位农村姑娘的心，我辜负了她，一辈子都对不起她。

西风芦花

　　母亲活着时,他常常梦见母亲死了,以致痛哭失声,把自己哭醒。母亲死了,他却老是梦见母亲还活着,母亲头顶一块黑毛巾,还是忙里忙外的样子。梦见母亲活着时,他没有惊喜,好像一切都很平常。只是醒来后,意识到母亲已经远去,他的眼角在黑暗中湿了一阵,再也不能入睡。

　　现在他能做的,就是春秋两季回到老家给母亲烧纸。春季一次,是清明节之前;秋季一次,是农历十月初一之后。也就是人们所说的早清明晚十月一。烧纸起什么作用呢?他到母亲坟前烧纸,是给母亲送钱。据说纸在阳间是纸,一经点燃,就算送到了阴间,就变成了可以买东西的钱。母亲在世时,逢年过节,他都要通过邮局给母亲寄些钱。母亲下世了,他只能通过这种传统的办法给母亲送钱。无论如何，他不能让母亲缺钱花。其实在母亲生前，他给母亲寄的钱，母亲并不舍得花。大部分钱，母亲托人存进储蓄所，只把一小部分钱卷成一卷儿，塞进一只袜筒子里，放在身边。母亲弥留之际对他说过一句话，让他一想起来就痛心不已，至死都不会忘记。母亲说：你别把钱都拿走，给我留一点儿。一个大活人，手里没有一点儿钱哪行呢！他理解，母亲这样说至少有三层意思：一是表明母亲不知自己死之将至，还要一如既往地活下去；二是表明母亲对生的留恋；三是母亲认为，钱是很重要的，人离开钱是不行的。母亲这话是在昏迷状态下说的，却说得异常清晰。母亲大概以为他像往年一样回家探亲，回来还会走，走了还要回。而不论他什么时候回家，母亲都会在家里等他。他立即含着眼泪答应母亲：好，好，我都记住了，您放心吧！

他不是一个信神信鬼的人。他心里明白，他给母亲送钱是假的，是一种虚构的行为。把用麦草做成的绵纸烧得再多，也不会变成钱。长眠地下的母亲，再也花不着钱了。但他不是欺骗母亲，主要是欺骗自己。在这个事情上，欺骗一下自己是必要的。不欺骗自己心里不好受，欺骗一下自己才好受些。他也很清楚，死人是相对活人而言的,死人是为活人而死,没有活人,哪里有什么死人呢!所以,活着的人活着本身,就为死人的存在担着一份证明的责任。

老家是和母亲连在一起的,母亲去世后,不仅老家的房子空下来了,好像连老家也没有了。这年秋天,他回去到坟地里为母亲烧完纸后,在大姐的邀请下,随大姐到外村的大姐家去了。大姐也是一个不幸的人,大姐夫还不到六十岁就生病死了。大姐夫新死不久,大姐还陷在悲痛中没能出来。大姐跪在母亲坟前的地上向母亲哭诉:娘啊,你咋不管管我们家的闲事啊!这漫漫长夜,我啥时候才能熬到尽头啊!大姐哭得哀恸欲绝,痛彻心扉。他没有劝大姐别哭,大姐压抑的痛苦需要释放一下。一个出嫁的闺女,不到母亲的坟前去哭,她能到哪里哭呢!

大姐的女儿出嫁了,大姐的儿子在外地求学,一个四合院里只有大姐一个人守着。大姐自己不喝酒,中午吃饭时,大姐却给他倒了酒。他这人是有毛病的,他的毛病是泪水子多,泪窝子浅。不喝酒还好些,一喝酒毛病就犯了,酒到高处,情到深处,泪到浅处。几盅酒喝下去,他对大姐说:娘不在了,还有大姐呢!话一出口,他就哽咽得不成样子,眼泪也流了下来。他痛恨自己泪窝子太浅,盛不住眼泪,但到时候就是管不住自己。眼泪受情感支配,不受意志支配。他的意志再坚强,他的眼泪也不会随着他的意志而转移。

下午,他跟大姐说到地里走走。地里的秋庄稼几乎收完了,普遍种上了冬小麦。小麦刚刚冒芽儿,一根根细得像绣花针一样。"绣花针"牵引的丝线一定是嫩绿的,不然的话,田野里怎么到处是嫩绿一片呢!田间土路两侧栽有一些高高的杨树,杨树的叶子还没有落尽。叶子是明黄色,跟夏季里的丝瓜花的颜色差不多。一阵风吹来,叶子又落下好几片。下落的叶子随风飘摇,最后落到麦子地里去了。由绿丝毯一样的麦地托底,杨树叶子光彩烁烁,格外显眼,真像盛开的花朵一样呢!麦地北边的尽头,是一道高高拱起的河堤。河堤下面有一个静静的水塘,水塘周围生有不少芦苇。芦穗还没有完全成熟,被风梳理得向一侧流垂着。芦穗是麻灰色的,像斑鸠的翅膀。现在的样子像单翅,一旦芦穗成熟,就如同变成了双翅,就会乘风而去。

一个老头,在麦地一角布网,准备捉斑鸠。耩麦时会撒落一些麦粒,那些麦粒没有埋进土里,没有发芽儿。成群的斑鸠到地里捡麦粒吃,正是捕捉斑鸠的好时机。老头布置好罗网，就弯腰爬上河堤，俯身在河堤内侧隐蔽起来。他也攀上河堤，走近老头，给老头递了一颗烟。老头点上烟，示意他也隐蔽起来。他看见老头的眼睛很亮，亮得像孩子的眼睛一样。他问老头：能捉到老斑鸠吗？老头的眼睛往布网的方向看着，说能捉到。他说：老斑鸠的叫声挺好听的。言外之意，他并不赞成老头捉斑鸠。老头说：不好听，老斑鸠的叫声发闷，嗓子放不开。要说好听，鹌鹑的叫声比老斑鸠强多了。老头跟他说话时，眼睛并不看他，一直朝麦地里望着。老头专注的神情也像是一个孩子。老头又说：老斑鸠繁得太多了，光糟蹋粮食。二人正说着话，几只斑鸠不知从什么地方飞了过来，翩然落在麦地里。老头兴奋得眼睛放光，说来啦来啦。又等了一会儿，重新起飞的斑鸠果然有两只投进网里去了，它们一投进网里，翅膀就被网住了，再挣扎也无济于事。

从地里回来，他看见一个年轻妇女在打一个男孩子。妇女一手抓着男孩子的胳膊，一手用玉米秆子抽男孩子的屁股，一边抽，一边教训道：我叫你逃学，我叫你不争气，我打死你，打死你！男孩子哭着辩解，说他没有逃学，是老师不让他进教室。妇女说：他不让你进教室，你就不进了？教室是国家的，又不是他自家的，他凭啥不让你进！我看还是你自己不爱学习。说着又抽了男孩子好几下。他放慢脚步听了听,没听明白老师为何不让男孩子进教室,也没听明白这个妇女为什么打孩子。他自己不打孩子,也不愿看见别人打孩子。他有心上前,劝妇女别打孩子了,怕妇女嫌他多管闲事,还是走开了。

回到大姐家,他把看到一个妇女打孩子的事对大姐讲了,妇女家住得离大姐家不远,对于那个妇女家的情况,大姐是知道的。大姐说,学校让男孩子交三十九块钱的订报费,男孩子的娘嫌多,拖着不给男孩子钱。班里别的同学都交了,男孩子不交,班主任就让男孩子回家取钱,取不到钱就别回教室听课。男孩子知道跟娘要钱要不到,又不敢进教室面对老师,只好在学校外面瞎转悠。他娘知道了,就打孩子,说孩子逃学。弄清原委后,他说这样不好,男孩子两头为难,会对男孩子的心理造成伤害。他问:现在全国的中小学学费不是都免了吗,学校怎么还向小学生收钱?大姐说:你不知道,现在学费是不收了,别的费还不少。除了订报费,还有打防疫针费、绿化费、复习资料费、考试卷子费,这费那费,哪一样费用都得几十块钱,一个学期没有几百块钱下不来。学校要搞创收,创收的钱从哪里来,还不是得分到学生头上去!大姐问他:你知道那个年轻妇女是谁吗？他摇头，说不知道。大姐说：我一说你就知道了，她娘家是小董庄的，大名叫董守芳。他想了一下，说：董守芳，是董守明的妹妹吧？大姐说：哎，一点儿也不错，董守芳就是董守明的妹妹，董守芳嫁到这村儿来了。他说：我没看出来，董守芳长得跟她姐好像一点儿都不像。大姐说：是的，董守芳没有她姐董守明长得好看，个头儿也没有她姐高。他问董守芳家的日子过得怎样。大姐说：董守芳很会过，一双袜子能穿好几年。董守芳家里不一定没有钱，只是她舍不得花，攒下来留着将来给她儿子盖房子呢！他认为董守芳没分清哪头轻哪头重，把事情弄颠倒了，盖房子有什么要紧，集中力量供孩子上学才是最重要的。

他不会忘记董守明。在老家当农民时，那年他十九岁，有人给他介绍了一个对象，就是董守明。他和董守明见了面，说了话，双方都没什么意见，亲事就算定了下来。按照他们这里的规矩，亲事确定之后，男方要给女方送一些彩礼，而女方要给男方做一双鞋。空口无凭，通过互换礼品，仿佛交换了信物，二人各执信物为凭，这桩亲事才算真正确定。一个偶然的机会，他到城里工作去了，成了吃商品粮的工人。他的工作和生活环境起了变化，思想也随之起了变化,也就是人们常说的变了心。他觉得董守明识字太少,与他形不成交流,不是他理想中的妻子。一年之后,第一次回家探亲,他就向董守明退了亲。他采用的退亲方式,是把董守明精心制作的那双布鞋还给了董守明。那双鞋他试过,却没有正式穿过。他把鞋带到了城里,又从城里带了回去。以退鞋的方式退亲,他曾自以为得计。他把鞋退给董守明,不必多说什么,董守明就会明白他的意思。果然,他把那双没有沾土的鞋退给董守明时,董守明接过鞋,只低了一会儿头,什么话都没说,便转身走了。他向董守明表示感谢,董守明都没有停下来,也没有回头。后来想想,他所构思的退亲方式也有不合适的地方。那双鞋是董守明根据他的鞋样子做的,只有他才能穿,董守明把鞋拿回去还有什么用呢? 对鞋应该做怎样的处理呢? 是扔还是存呢? 不管是扔还是存,对董守明来说恐怕是一个两难的选择。

他设想了一下,如果当初他和董守明结了婚,他就是董守芳的姐夫,董守芳就理所当然地成了他的小姨子。那样的话,他和董守芳的关系就是一种亲戚关系,也是责任关系。有了责任关系,他到大姐家走亲戚时,就得顺便到董守芳家看看。看到董守芳为交订报费的事打孩子,他就不能不管。他记得清清楚楚，临到城里参加工作的前夕，他和董守明在桥头有过一次约会。那是一个夏夜，天很黑，庄稼很深，遍地都是虫鸣。就是那次见面，董守明把那双鞋亲手交给了他。也是在那次交谈中，董守明对他说：以后我们家的人就指望你了。董守明说的"我们家的人"当然也包括董守明的弟弟和妹妹。结果，他辜负了董守明对他的期望。三十多年过去了，他再也没有见过董守明，更谈不上帮董守明什么忙。

他拿出钱夹子，从里面抽出二百块钱，递给大姐说：您把这二百块钱给董守芳吧，让她赶快为儿子把订报费交上，别为那点钱耽误孩子上学。大姐能够理解他的心情，知道他对董守明心怀一份愧疚，通过帮董守明的妹妹一点忙，想把自己愧疚的心情稍稍缓解一下。但大姐说：二百块钱太多了，给她五十块钱就够了。他说：还是给她二百吧，五十块钱太少，我拿不出手。这次订报费用不完，让她把钱留着，孩子还需要交什么费的时候，就用剩下的钱交。大姐这才把钱接过，给董守芳送去了。

不一会儿，大姐回来了。大姐对他说：一开始，董守芳不好意思接受，说花你的钱，她心里很不是滋味。我对她说，这不是为她，是为了她的儿子好好上学，她才把钱收下了。他说大姐说得很对。

天快黑的时候，董守芳到大姐家来了。董守芳喊他大姐"嫂子"，董守芳站在院子门口喊：嫂子，嫂子！大姐答应着，从堂屋里出来打招呼：董守芳来啦！董守芳说：我也没啥可拿的，今年种了一小片儿红薯，我刚才下地刨了几棵，给那个哥送来一点儿，也不知道那个哥喜欢吃不喜欢吃。大姐替他回答：喜欢吃，现在红薯可是稀罕东西。你看你，来就来了，还带东西干什么！大姐冲堂屋向他知会：董守芳看你来了，给你拿的红薯。说着把董守芳引到堂屋里去。他从椅子上起身站起，说哦，董守芳。董守芳问大姐：这就是那个哥吧？大姐说是的。他指着一张椅子让董守芳坐。董守芳没有坐椅子，在一条矮脚板凳上坐下了。董守芳是用一只竹篮子提来的红薯，红薯盛了多半篮子。那些红薯有大有小，都鲜红鲜红。有的拖着须子，有的沾着湿土，还有的与秧根的摘开处冒着一珠乳白色的汁液。董守芳的样子有些拘谨，双脚落到了地上，双眼像是找不到适当的落脚处，把"没有什么可拿"的话又重复了一遍。他说：谢谢你，红薯挺好吃的，我在城里也经常买红薯吃。董守芳的到来，让他稍稍感到有一点意外，一时间，他多多少少也有些不自然。董守芳毕竟是董守明的妹妹，虽说姐妹俩长得不是很像,但眉眼处还是有一些相像的地方,他看见董守芳,难免把董守芳和董守明联系起来。董守明毕竟差一点就成了他的妻子,他和董守明毕竟有过那么一段情缘。而情,是不会陈旧的。衣服会旧,银子会旧,金子也会旧,但情不会旧。也许相反,经历的时间越长,情越是深厚绵长,越能散发出绚丽的光芒。正是情感的波澜所及,看到董守芳,听到董守芳喊他哥,他的心情便不知不觉有些微妙,仿佛有一种亲情维系,他几乎把董守芳看成是一个妹妹。

董守芳提到给她的二百钱,说:哥给的钱太多了,我都不知道说啥好了。他说:不多,不值得一说,你啥都不要说了。你儿子学习怎么样,成绩还可以吧?董守芳说:学习不行,那孩子脑子笨。大姐插话说:你可别说你儿子脑子笨,我听说你儿子学习好着呢!他说:别管你儿子学习怎样,你们都要好好供他上学。现在这个社会,没文化没知识可不行。有一句话,我不知道你听说过没有,穷什么不能穷教育。这句话我是赞成的。董守芳说:好,好,哥的话我都记住了。又聊了几句,他知道董守芳的丈夫到外地打工去了,只有董守芳一个人在家里种地,带孩子。董守芳有两个孩子,一个女儿,一个儿子。他想问问董守明的情况,犹豫了一下,没有问出口。董守芳也没有主动说起她姐姐。

这时,别人家的一只羊跑到大姐家院子里来了。大姐站起来赶羊,董守芳也站了起来。董守芳对大姐说:明天上午,我想请这个哥到我们家吃顿饭。大姐说:不用了,你一说,意思到了就行了。董守芳说:我也不会做啥菜,就请这个哥到我们家吃顿便饭吧。他推辞说:不去了,你的心意我领了。守芳你太客气了!今后你遇到什么困难,只管跟我大姐说,我大姐会转告我的。能帮助你的,我一定帮助你。董守芳说:家里没啥困难,还能过得去。大姐从灶屋拿过一只空篮子,董守芳把红薯尽数倒进空篮子里,才提着自己的空篮子走了。

第二天镇上逢集,大姐到镇上赶集去了。他没有随大姐去赶集,留在大姐家看一本自己带回的书。前些年回老家,他还愿意去赶赶集,到镇上走一走,看一看。有镇政府的干部拉他去喝酒,他一般也不拒绝。他在省文化厅的人事处当处长,镇政府的干部认为他是省政府的干部,对他回老家还是很欢迎的。受到家乡干部的欢迎和热情接待,他心里也很受用。这些年他腿脚懒了,对好多事情都没有了兴趣,也不愿意再和镇里的干部一块儿喝酒。他不知道自己的心态是一个什么样的状态，是把这个世界看透了呢，还是自己老了呢？按说他才五十出头，还不能算老吧！他看书是坐在院子里的小椅子上，看一会儿就愣愣神。阳光照进院子里，也照在他身上，他好久没有这样晒太阳了。隔墙的邻居家有一只母鸡在咯咯地叫，母鸡叫得有些悠长，不像是在寻找下蛋的地方，像是在独自练习歌唱。母鸡的"歌唱"不仅没有打破村子的宁静，反而提高了宁静的质量，使宁静变得旷古而幽远。

大姐赶集还没有回来，董守芳提着一条鲤鱼进院子里来了。鲤鱼个头不小，看样子有五六斤重，一二尺长。董守芳提溜着拴鱼头的绳子，鱼尾几乎拖在地上。董守芳进院时还是先叫嫂子。他站起来说：我大姐赶集去了，还没回来。董守芳说：我也刚从集上回来，怎么没碰见嫂子呢！他问：守芳，你这是干什么？董守芳说：我请哥去我们家吃饭，哥不去，我就给哥买了一条鱼。他几乎拿出了当哥的样子，说：守芳，不是我说你，你跟我太见外了。你快把鱼拿回去，做给孩子吃。董守芳说：哥要是不把鱼收下，我就把哥给我的钱给哥送回来。他说：嗨，你这个妹妹呀，叫我怎么说你才好呢！好好，这条鱼我收下。他伸手接鱼，董守芳却不把鱼交给他，说：你不用沾手了，别沾一手腥。灶屋的墙上楔有一根挂晒辣椒的木橛，董守芳把大鱼挂在木橛上了。他估计了一下，买这条大鱼恐怕要花二三十块钱。董守芳真是一个实在人。

他没请董守芳到堂屋里去，说：在院子里坐一会儿吧，院子里暖和。他从堂屋里又拿出一把小椅子来。董守芳说：不坐了吧，我该回去了。他挽留说：坐一会儿吧，我还想问问你姐姐的情况呢！一切都是因董守芳的姐姐所起，躲避着躲避着，到底还是没躲开董守芳的姐姐。董守芳听他说要问姐姐的情况，就在小椅子上坐下了。董守芳今天穿了一件花方格的新衣服，新衣服的折痕处还没有完全撑开。董守芳像是新洗了头，头发梳得光溜溜的。董守芳的神情还是不太自然，眼睛看看院子里的柿树，又看看天，两只手也像是没地方放。他还没开始问，董守芳就主动说起来了。她说：我姐过得挺好的。我姐两个儿子，一个闺女。我姐的两个儿子都结了婚，闺女也出门子了。我姐连孙子都有了。她的两个儿子儿媳都外出打工，两个孙子都在家里跟着我姐。他说：你姐真够能干的，把自己的儿子带大了，又帮儿子带儿子的儿子。等儿子的儿子再有了儿子，不知是不是还是你姐帮着带呢？说着笑了一下。他故意绕口令似的说了一大串儿子，是想给谈话的内容添一点儿笑意,使他和董守芳的交谈变得轻松些。听他这样说话,董守芳果然笑了。董守芳的笑,让他想起董守明的笑,姐妹俩的笑法一模一样。

他说:你姐还给我做过一双鞋呢,不知你有没有印象?董守芳说:咋没有印象呢,有印象。我姐做那双鞋精心得很,一针一线都是先从心里过,再从手上过。我姐把鞋看得比宝贝还宝贝,谁都不让摸,不让碰。我姐把鞋做好后,我想看看,她都不让看。他说:回想起来,是我做得不对,我不该把那双鞋还给你姐。董守芳说:事情都过去那么长时间了,不用再提了。是我姐配不上你,我姐没福。他说:也不是这样。我那时年轻,做事欠考虑。有什么想法,给你姐写封信就是了,何必把那双鞋还给你姐呢。那双鞋别人又不能穿,我还给你姐,不是在你姐心里添堵嘛!董守芳说:我姐出嫁时,把那双鞋放在箱子里带走了。后来听说,被我姐夫看见了,姐夫就把鞋给她扔了。他听了心里一沉,他的心像是被人用鞋底抽了一下。此时他突然明白,原来三十多年来,他一直没有把那双鞋放下来,一直关心着那双鞋的命运,现在他终于把那双鞋的命运打听出来了。他说:听你这么一说,我觉得我更对不起你姐了。说着,他的眼睛差点湿了。

董守芳问他,还要在这里住几天。他说,他请了五天假,再住一两天就回去了。因为大姐夫死了,大姐心里难过,他陪大姐说说话。董守芳说:嫂子是个好人,我就喜欢跟嫂子说话。董守芳又说:哥这两天要是不走,我去跟我姐说一声,让我姐来跟哥说说话吧。我姐家在西南洼,离这里只有七八里路,我骑上自行车,一会儿就到了。这话怎么说,恐怕没法说,谁看见谁都会觉得尴尬。他说:万万使不得,你千万不要让你姐来。你姐的日子过得很平静,也很幸福,我不能对她的平静和幸福造成干扰。董守芳问:你不想见见我姐吗?你把鞋还给我姐后,我姐回家还痛哭了一场呢!他说:不是我不想见你姐,我估计你姐不想见我,说不定你姐还在生我的气呢!董守芳说:我只管跟她说一声,她愿来就来,不愿来,也别埋怨我没跟她说。他说:守芳,你要听话。我看见你,就算看见你姐了。你不但不要让你姐来,连你看见我回来的事,都不要对你姐提起。有些事情只适合放在心里,不适合说出来,一说出来就不好了,对谁都不好。我的意思你明白吧?

董守芳还没说明白不明白,他的大姐赶集回来了。他把刚才的话题打住,赶紧对大姐说,董守芳送来了一条大鱼。大姐把挂在墙上的大鱼看到了，对董守芳有所埋怨，说守芳你看你，又花那么多钱，买这么大的鱼干什么！我这里有炸好的鱼，还有鸡，都还没怎么吃呢！大姐从篮子里拿出一块鲜红的羊肉，说这不，我又买了一块羊肉回来。董守芳说：我请哥吃饭，哥不去，我不买点什么，心里总有点儿过意不去。大姐说：要不然这样吧，晌午你别做饭了，就在这儿吃。让你儿子也过来一块儿吃。董守芳站起来了，说：那可不行，我不在这儿吃。董守芳的脸有些红，她没说出不在这儿吃的理由，还是说我不在这儿吃。说着，就向院子门口走去。大姐看出了董守芳的窘迫，跟董守芳开玩笑：那你不能走，要走，就把你的鱼提走。董守芳的脸红得更厉害，说：俺不哩，那不能提走。董守芳加快了脚步，还是出门去了。

大姐在灶屋里做午饭，他接着看书。他的精力像是不大能够集中，看第一行，字还是字，看第二行时，字就散了，散成了一片。董守芳有两句话让他吃到心里去了，那两句话如两列长长的海浪，正翻滚着，一浪接一浪向他涌来。一句是，他把鞋还给董守明时，董守明回到家里痛哭了一场；另一句是，董守明的丈夫把那双鞋给扔掉了。这两句话同时又是两个细节，而每个细节都很具体，有时间，有地点,有氛围,有场景,动作性也很强,可供想象的余地很大,足够他想象一阵子的。想象的结果,他快被滚滚而来的"海浪"吞没了。

在下一个集日,董守芳在镇上碰见了姐姐董守明。好几个月不见姐姐了,看见姐姐,她有些欣喜,喊着姐,你也来赶集了!董守明说:我来买点化肥。董守芳说:姐,你怎么老也不来看我!她的样子像是有点撒娇。董守明笑笑说:你也没去看我呀!董守芳说:你今天就到我家去,我给你做好吃的。董守明看着妹妹,说:你这闺女,不是遇到什么喜事儿了吧?董守芳说:我哪里会遇到什么喜事,我就是有点想你,你要是不去,我该生气了。董守明说:我什么都没给你买,总不能空着手去吧。董守芳说:你什么都不要买,我邻居家的嫂子送给我的有炸好的鱼块儿,回家我给你弄鱼吃。董守明是骑自行车来的,半袋子化肥已买好,在自行车的后座上放着。她想了一下,坚持给妹妹买了十几枚红红的烘柿,放在妹妹提着的篮子里,才跟着妹妹,向妹妹所在的村庄走去。土路的两边,一边是一条河,另一边是麦地。河坡里也有野生的芦苇,芦苇的穗子在西风吹拂下闪着微光。几只斑鸠从芦苇丛里起飞,集体飞到麦子地里去了。麦子地里的坟前还有人烧纸,零星的小炮向坟中人，也向坟外人报告着黄纸化钱的消息。一群大雁在空中鸣叫着，向远方飞去。董守芳对董守明说：姐，你到我们家，我领你去一个嫂子家看一个人。董守明站下了，问：谁？她的样子顿时有些警觉。董守芳说：我先不告诉你是谁，等你一见就知道了。走嘛！董守明不走，说：你不告诉我是谁，我就不去了。其实，董守明已经猜出妹妹要带她见的人是谁，以前妹妹跟她说起过，那个人的大姐和她的妹妹同在一个庄。世上的人千千万，一些人来了，一些人走了；一些人生了，一些人死了，每个人认识的人都很有限。而一个人一辈子所能记起的人能有几个呢！其中，不说名字她就能猜出是谁的人更是少而又少。她的脸色有些发黄，扶着自行车把手的手也微微有些抖。董守芳说：我跟你说了是谁，你一定跟我去吗？董守明说：那不一定。守芳，你跟我搞的是什么名堂哟！不行，我今天不能跟你去，我该回去了。说罢，不顾董守芳说着：姐，姐，你干吗，人家还想着你呢，只管把自行车调转车头，朝相反的方向骑去。

回到省城，他给大姐打了一个电话，说他顺利到家了。大姐说：董守芳到她姐家去了，从她姐董守明那里捎回了一双布鞋，送到我这里来了。鞋还是董守明原来给你做的那一双,黑春风呢的鞋帮,枣花针纳的千层底,鞋还是新的,用一块蓝格子手绢包得很精心。他沉默了一会儿,对大姐说:您把鞋先收起来吧,到明年清明节前,我回去把鞋取回来。

不定嫁给谁

故事的序幕

　　为避免过多的回叙，以前作者在交代故事情节时，往往是把起因部分打碎，打成一些会发光的精彩的碎片，装成不经意的样子，分散在故事的关键处或衔接点。这样，读者只有看完全篇，才能搞清故事的来龙去脉，才能得到一个完整的印象。当然，这是出于技术上的需要。

　　写这篇故事时，作者不想考虑什么技术了，一上来就以序幕的形式，把故事的情节的来龙部分和盘端给读者。

　　有个长成的姑娘叫小文儿，人家给她介绍了一个对象是田老庄的，名字叫田庆友。二人见面了，交谈了，小文儿对田庆友的印象还算可以。小文儿问田庆友有什么意见。田庆友嘿嘿笑着，满脸通红，说他没什么意见。那么田庆友就问小文儿有什么意见。如果小文儿也说没什么意见，两个人的婚姻大事就算敲定了，可以建立起长期的关系。小文儿本来是想说她也没什么意见来着，可话到嘴边又咽回去了。她后来说出的是，她还要回去想一想，还要征求一下父母的意见。

征求父母意见的说法是一个借口，小文儿主要是想自己想一想。世上好多事是无须想的，不想还好，往往是一想就想岔了。好姑娘小文儿也是如此。田庆友是媒人给小文儿介绍的第一个对象，小文儿就想了，作为一个姑娘家，在相亲的问题上应该拿一点劲，按书面的说法，应当矜持一些，哪能第一次相亲就答应下来。和小文儿同村的一个姑娘，相亲相了八九个，最后才挑中一个。她相亲不一定非要达到这个数目，但相五六个总不算多吧。倘若相第一个就认可，是不是显得价值定位不够高？在别人看来，是否太着急一些？在小文儿犹豫之间，媒人向她讨准话儿。她没说出什么肯定性的准话儿，和田庆友的事儿就算吹了。

接着又有人给小文儿介绍对象。几年下来，小文儿相看的对象比预想的数目超额不少,超过了十位数。从方位上看,她把东西南北四面八方村庄上的小伙子至少见过一个。从距离上看,她相看的对象,近的离她家只有二里,远的有六十多里。这些都不能说明什么,别人也无可非议。因为当地有个由来已久的说法:一家有女百家问。这个说法像是一则不成文的规定,规定了女孩子相亲次数的上限。与这个说法相配套的还有一句话,叫百里挑一。这些说法为女孩子们挑选对象提供了很大的余地,在舆论上也提供了保护。对照这些说法,小文儿相看对象的次数离上限的规定且远着呢。让小文儿不解的是,她所相看的对象,从各方面的条件看,一路呈下降趋势。用综合打分衡量,每个人的分数是递减的。好像从田庆友那儿开始定下了一个标高,后来者不但跳不过标高,有的连摸到标高都不能。甚为可笑的是,有人竟把一个大字不识的文盲介绍给她了。别看文盲不识字,相亲时口袋里却别着圆珠笔。小文儿让文盲写几个字给她看。文盲谦虚着,说他的字写得不好,问小文儿让他写什么字。小文儿说就写"文盲"两个字吧。文盲低头仰脸想了半天,说小文儿骂人不是这个骂法,脸子一恼就走了。

回过头来,小文儿想起了田庆友,觉得还是田庆友好一些。有心托人给田庆友带话，她和田庆友再谈谈，不料田庆友已经有了对象。也就是说，田庆友身边只有一个岗位，当初她没定下这个岗位，别人定下了。等她回头再找这个岗位时，岗位已被另一个女的牢牢占住。一念之差，她永远失去了做田庆友妻子的机会。

　　像小文儿这样各方面条件都不错的姑娘，嫁人是不愁的。后来小文儿终于找到了一个对象，名字叫田均平。田均平有一个特点，下巴上留胡子。因胡子的缘故，相亲时不少姑娘嫌他老相，嫌他怪，都离他而去。等小文儿跟他订下百年之好时，他的岁数不算小了。据小文儿观察，要是去掉胡子，田均平的长相还是挺好的。二人第一次见面，田均平就对小文儿讲了他留胡子的原因。在村里搞排房化时，村支书硬把他家从老宅上排挤出来了，在村外的路边上给他家另划了一块宅基地。为了表示对村支书的抗议，他就留了胡子。田均平虚心听取小文儿的意见，要是小文儿不喜欢胡子，他就把胡子剃掉。小文儿就说，那你就剃掉吧！决定和田均平结合时，小文儿还是犹豫过，因为田均平和田庆友同属一个村，都是田老庄。庄子就磨盘那么大一块地方，盘不转磨转，她和田庆友总会有碰面的时候，回首往事，恐怕双方都会有些不好意思。不过小文儿顾不得许多了。这时她开始用命来解释自己的走向和归宿，觉得自己命里就该给田老庄的男人做老婆，这是没办法的事。

故事这才开始了

故事真正开始，虚构就开始了。如果说前面的序幕部分还有那么一点真凭实据，后面的一系列情节和细节都是作者根据故事需要想象和设计出来的。都是老朋友了，作者愿意向朋友们交这个底。到了这个时候，作者的心才提起来了，他做得格外小心，生怕出一点纰漏，让亲爱的读者失望，好了，放松一下，慢慢道来吧。

他们这里新人结婚有闹洞房的传统，而且三天之内不分老少。这个意思是说，在规定的时间内，全村人不管男女老少，不管辈高辈低，都可以和新婚之人放开手脚闹一闹，哪怕闹得人仰马翻，新人都不许着恼。田均平和小文儿这对新郎新娘难免被人轮着番地闹闹，闹得一潮未平，一潮又起。来闹房的人很多，小文儿都不认识，有一个人小文儿应该认识，她就留意，看这个人来不来。这个人不是别人，是田庆友。小文儿已经知道了，田庆友和田均平是出了五服的平辈兄弟,田均平年长为兄,田庆友为弟。有人家同宗兄弟在前,作为后来者,不管小文儿愿意不愿意承认,田庆友都得叫她嫂子。而弟弟闹嫂子的洞房,无论怎样闹都属于正常。甚至可以说是应尽的义务。如果不闹就不正常。小文儿反复想过了,田庆友如果来闹房,她就装作不曾认识田庆友,尽田庆友随便闹好了。小文儿隐隐地希望田庆友来闹闹,一闹热脸子就变成皮脸子,那一章就算掀过去了。以后各人过各人的日子,井水不犯河水。然而小文儿留意了半天,没看见田庆友。白天光线太亮,也许田庆友晚上才会来。新房里的花烛燃起来了,一闪一闪的,照着一张张兴奋的脸。新房床上床下,窗里窗外,闹房的人挤得满满的。在摇曳的光影里,人们动手动脚,闹得更加肆无忌惮。趁人们把小文儿搓来揉去、推来搡去的工夫,小文儿把每个略显昏暗的角落都看到了,始终没看到田庆友出现。这样小文儿的心就沉下来了。她和田庆友相亲不成,夫妻不成,却仍然跑到田老庄,给另外一个人做了新娘,田庆友一定是有想法了,说不定心头结下芥蒂了。在闹房的最后阶段,小文儿与闹房的人们配合得不是很好,流露出烦躁和反抗的情绪。当人们指责她不该有这样的情绪时,她伤感顿生,委屈顿生,差点哭了。

小文儿在婚后最初的一段日子里，做到了与田庆友形同陌路，相安无事。小文儿是个争强的人，她拉开的是创业的架势。她和田均平名下的田地不算多，但她愿意在田地里投下足够的力量，决心从有限的田地里获取最大限度的产出。她很快完成了从新娘到庄稼人的过渡，去娘家回门回来之后，脱下嫁衣就到田里去了。她把庄稼地整得四角四正，畦是畦埂是埂的。她不许自家田里有一棵杂草，草一冒尖儿就被她揪掉了。麦叶上刚爬出两个虫芽芽，她就发现了，从娘家借来喷药的器械，挽起裤腿，在麦田里来回喷药。在黄灿灿的油菜花前，在绿油油的麦田里，人们一天到晚都能看见她那高挑勤劳的身影。人们对她的评价是，田均平娶的这个媳妇儿可真能干哪！小文儿对人们的评价反应是，不能干行吗！

　　小文儿家在村外，田庆友家在村内，在没有要紧事的情况下，小文儿极少到村内去。小文儿意识到田庆友有意跟她拉开距离，她也得跟田庆友保持着距离。距离有了，不等于小文儿不了解田庆友的情况。在村东的河堤下面，田庆友种有一块菜园，小文儿只要往那里一望，就把田庆友看到了。村里人还说她能干，比起田庆友来，她差多了。谁都知道，蔬菜都是水膘，是靠水养的，伺候蔬菜比种庄稼费力多了。小文儿时常看见，田庆友挑着两个水桶，一趟一趟地从河里挑水。河堤是相当高的，田庆友一拱一拱地攀上了河堤，等到了河堤最高处，他就沿着河堤的内坡下到河里去了。不一会儿，田庆友又从河堤下面冒出来了，先是冒出一顶草帽，后来越冒越高，荷着重水桶的人就立在河堤上了。田庆友到底是上过高中的人，连最热的天，他也从不光膀子，都是穿着白汗衫。到了下雨天，田庆友总该歇歇了吧，可是，在一派水蒙蒙的烟雨里，小文儿远远看到的田庆友还是不闲着，田庆友一手打着一把红油纸伞，蹲在地里一手提菜苗子。镇上是双日逢集，一到逢集，田庆友就到集上卖菜。一辆加重自行车后面驮两只大荆条筐，那些水灵灵的鲜菜就放在荆条筐里，一边筐里是黄瓜、茄子、辣椒，另一边筐里是韭菜、包菜、荆芥。田庆友去集上卖菜，每次必从小文儿家大门前经过，只要小文儿不关大门，就把一大早去赶集卖菜的田庆友看到了。别的且不说，田庆友种出的菜可真漂亮！听人说田庆友卖菜已赚了不少钱，他要把赚到的钱攒下来，盖一座两层小楼。从别人口里，小文儿知道了田庆友这个男人的心有多高，比楼还高。由此她还明白了一条道理，一个人要想盖楼，心就得比楼高。

既然别人能赚钱,小文儿也得想办法赚钱。她把从娘家带来的陪嫁的私房钱拿出来了,在大门口的路边搭了一间小房,办成了一个小卖铺,卖糖烟酒,卖酱醋盐。丈夫田均平种庄稼不太热心,她就让田均平在小卖铺里守着。她承认自己做的是小本买卖,但她私下里对田均平说,人怕懒,钱怕攒,一天攒下一颗豆儿,十年就能盖个瓦门楼儿。她没有明确提出盖楼,暗暗上的却是和田庆友比赛的心。

一日午后,小文儿在路边扫出一块地晒小麦,见田庆友卖完菜从镇上回来了,她没有躲避。离她还有好远,田庆友就从自行车上下来了,推着自行车走过来。她没有先跟田庆友说话,等着田庆友跟她说话。田庆友说:均平嫂子,晒粮食呢!

小文儿说出的话连她自己也感到意外,她说:谁是你嫂子,我不是你嫂子!

田庆友窘迫地笑笑,说:怎么,我叫错了吗?

小文儿说:嫂子就嫂子吧,前面还加一个别人的名字干什么!

田庆友说:那不是别人的名字,是我均平哥的名字,你跟我均平哥成了一家子,我们这儿就是这个叫法。

小文儿看看,路上前后都没人,只有他们两个。太阳烤得路面烫烫的,把鞋底都烫透了,让人觉得脚心热乎乎的。小文儿说:那,我要是跟别人成了一家子呢?说的是别人,她却给了田庆友一眼。这话是够敏感的,小文儿的脸先就红了。

田庆友听出小文儿话后面的话,看到小文儿的眼神儿也不对劲,他的脸比小文儿的脸红得还厉害,他像当初和小文儿相亲时那样嘿嘿笑着,说:你要是跟别人成了一家子,那就另说着,你不是没跟别人成一家子嘛!田庆友不敢久停,说:嫂子,你忙着,我走了。说罢,踏上自行车的脚踏子紧走两步,一条腿平着一摆,跨上自行车就走了。

小文儿注意到了,田庆友这次没喊她均平嫂子,把前面的"均平"去掉了,只喊她嫂子。细微之处见人心,从称呼的改变上,她看出了田庆友这个人多么有耳性,多么长心。相应地,她想把田庆友喊一声"庆友",或者叫一声"大兄弟",但她觉得有些碍口似的,两样称呼都没叫出来,她只把田庆友叫成了"哎",说:哎,哎,有空来家坐坐!

田庆友已经骑车走远了,小文儿看见田庆友回了一下头,没听见田庆友说什么。田庆友走后,小文儿站在路边走了一会儿神。路边有一道洼坑,坑里开了一片丝瓜花。丝瓜花的花朵呈铂黄色,一朵是一朵。小文儿看着看着,眼前就成了一片不分朵的黄晕。

和田庆友相比之下，她的丈夫田均平就不那么有耳性，也不够听话。小卖铺开张不久，田均平就招了一些人在小卖铺里打纸牌。他们不光论个输赢就完了，还联系实际，来钱。来的钱虽然不大，不过三毛两毛的，钱再少也是赌呀。人一沾"赌"字就容易上瘾，就没个好儿。世上只听说赌博败家的，没听说有赌博发财的。小文儿劝丈夫别再打纸牌了，耽误做生意。丈夫的意见跟她正相反，丈夫说，他正是通过打牌招徕人，招徕生意。丈夫说了一句很时髦的话，说他这是娱乐搭台，经济唱戏。丈夫打牌果然上了瘾。有人要买一盒烟，他人不离座，眼不离牌，让人家到柜台里自己拿吧，别忘了给钱就行了。另外，小文儿劝丈夫卖东西不要赊账，丈夫也不听。丈夫说，都是乡里乡亲的，人家张开口了，他拉不下那个脸皮。货拿走了，钱收不回来，时间一长，周转金就转不动了。小文儿要去镇上进些货，跟丈夫要钱。丈夫把两手一摊。小文儿有些生气，说：小卖铺不赚钱，还往里搭钱，这买卖还做个什么劲呢，算了，不做了！

丈夫说：不做就不做，我还觉得拴得慌呢，我到外面打工去，靠打工挣钱。

小文儿说:田均平,你总算说了一句有志气的话,你走吧,明天就走,我不拦你!

听小文儿这么一说,丈夫又改变主意了。丈夫像不认识小文儿似的把小文儿看了一会儿,说:什么意思?你是想撵我走吗?告诉你,你撵我走,我反而不走了。我好不容易找到了一个好老婆,我还舍不得离开她呢!

小文儿说:谁稀罕你,没人稀罕你!

田庆友不种菜园了。随着城里的大电送过来,全镇所属的各个村庄也要通电。办电需要一批电管员和电工,镇上决定在全镇有文化的青年中招聘。田庆友的文化水平在那儿放着,他一考就考上了,当上了镇里的电管员。田庆友不用吭吭哧哧给菜园浇水了,不用掂秤杆收小钱了,他成了拿工资的人。各村都急着用电,各村的干部都得巴结管电的人,田庆友成天吃香的,喝辣的,一下子就吃开了。田庆友的脸经常喝得红着。村里人问他:又喝酒了?他显得有些不好意思,说:是喝了一点儿。田庆友的自行车换成了电动摩托车,电门一开,他的双脚一点也不用倒腾,摩托就蹿出去了。田庆友每天早出晚归,今天跑到这儿,明天跑到那儿,有点一日千里的意思,田老庄的人不容易看见他了。越是看不到哪一个,越容易说到哪一个。村里人提到田庆友的时候多一些。人们大致相同的看法是，人不管到啥时候，身上还得有本事，有本事就是条龙，遇到龙门才能跳过去。你看人家田庆友，说抖就抖起来了。

小文儿多次听到村里的妇女们说起田庆友，妇女们说田庆友，当然是从妇女的角度，她们说，谁嫁给田庆友，这一辈子算是烧了高香，算是掉进福窝里去了。说这话时妇女们都装作无意，小文儿认为人家是有意。她跟田庆友失之交臂，村里那些妇女肯定是知道的，所以人家就拿话捎达她。这让小文儿心里很不是滋味，酸甜苦辣都有。但小文儿又不能跟人家犯恼，人家说的是实话。天不怨，地不怨，只怨自己当时多了一个要面子的念头，把一桩好姻缘错过了。要是她当时什么都不想，什么都不说，只需轻轻点一下头，她就是田庆友的人了，烧高香的是她，掉进福窝里的也是她。现在呢，做了田庆友妻子的是另外一个女人，这个女人在娘家时当小学老师，嫁到田老庄还是当老师。小文儿拿自己和人家反复比较过了，论文化水平，她俩都是初中毕业。可是论身量呢，她比那个女人高；论长相，她比那个女人好；论皮肤，她比那个女人白；就说胸前的两块东西吧，她的一摸一大把，那个女人的是平不塌……每次比完了，小文儿都禁不住暗暗叹气，都这般时候了,比来比去还有什么用呢!换一个方法想想,她对田庆友也有点小小的意见,倘是田庆友当时盯她盯得紧一些,让媒人再催问一次,也许她就吐口了。说到底,小文儿还是不甘心哪!

　　小文儿让田庆友到镇上文化馆给她借一本杂志看,田庆友答应了。晚饭时分,大门外摩托车一响,田庆友果然把杂志借回来了。田庆友没喊嫂子,却喊:均平哥,均平哥,这是我嫂子让我给她借的杂志。田均平把杂志接过去了。小文儿把杂志看得很细,也很快,两天就把一本看完了。看完一本,她让田庆友给她再借一本,再借一本。通过看杂志,她想提请田庆友注意,她也是有文化的人,她和田庆友在一些文化层面上是可以交流的。还杂志时,她问田庆友看了没有,并把杂志上的一些内容讲给田庆友听。田庆友不插言,不跟她讨论,只嘿嘿笑笑就过去了。有一天,小文儿终于在杂志里给田庆友夹了一张纸条,等于给田庆友写了一封信。要说是信吧,前面没有抬头,后面也没落款,内容也简单些,纸条上写道:我的命难道就这么苦吗?你难道就不能给我一次机会吗?

　　田均平的小卖铺最后只剩下半坛子盐。有人买糖,他说暂时无货。有人买酒,他也说暂时无货。买家问:你这里到底还有什么货？他说有盐。话一传开，田均平的小卖铺为当地贡献了一条不错的歇后语：田均平的小卖铺——盐（严）字当家。小卖铺开成了笑料铺，关张肯定无疑了。关张指的是生意，小卖铺的门并没有关。田均平在小卖铺里干什么呢？不打纸牌了，改搓麻将。据说麻将是用骨头制成的，骨头擦骨头，一会儿就哗啦一阵子。深更半夜，那些人还幺鸡幺饼地乱叫。除了搓麻将的，还有看搓麻将的，看家比搓家还多，小卖铺几乎成了村里闲散人员的俱乐部。小文儿忍无可忍，指着田均平说：嫁给你这个没出息的东西，算我瞎了眼，我算倒了八辈子的黑霉！

田均平对小文儿说：你并没有看错人，我一不偷，二不抢，三不搞女人，就算不错了。他劝小文儿不要吃后悔药，世上没有卖后悔药的。就算有卖后悔药的，肯定也是假药，只能越吃越后悔。

田均平又把胡子蓄起来了。他的胡子真是他的一个长处，又黑又密又飘逸，称得上美髯。小文儿让他把胡子剃掉。他没说不剃，但就是不剃。小文儿要揪他的胡子，他把胡子护得很紧，要小文儿放尊重点儿，尊重一位公民保留胡子的权利。小文儿问他：你现在又不向村支书抗议了，还留胡子干什么？

田均平说他有了新的抗议对象。

小文儿问是谁。

田均平摇头不语。

一个在土里刨食的人，这样把自己的胡子当回事，让小文儿感到甚为可笑。小文儿说：你当你的胡子是什么，放在马屁股上，连一条马尾巴都不如。马尾巴还能甩起来赶赶蝇子，你的胡子屁事不当。

田均平不许小文儿这样贬低他的胡子，说：有人这山看着那山高，小心把眼看花！什么这杂志、那杂志，谁肚里长着什么样的杂碎，田均平心里清楚得很！

这话等于说得很明白了，着实让小文儿吃惊不小。她忍着耐着，一心一意地跟田均平过日子，没想到羊皮贴不到猪身上，田均平竟这样看她。小文儿恼了，让田均平给她说清楚：我怎么这山看着那山高了？我看看杂志难道有什么罪过吗？你说吧，今天你不说清楚我跟你没完。小文儿说着说着就哭起来了。

田均平没有说清楚，也没有劝小文儿别哭，他手拈胡须对小文儿说：怎么样，打到你的痛处了吧，好好反省反省吧！

这天镇上逢集，小文儿趁赶集的机会拐到电管所的办公室找田庆友去了。田庆友赶紧站起来跟她打招呼：嫂子，你怎么来了？有事吗？

小文儿不说话，目光里有些怨艾。

办公室里有两个找田庆友办事的人，田庆友抓紧跟人家说了几句，让人家先走了。这给小文儿造成了一个误会，她觉得田庆友对她还是存有私心的，田庆友把别人支走，是为了好好跟她说话。她心里感动了一下，问：我给你写的……你看到了吗？

田庆友像是想了一下，嘿嘿笑了，说：噢。

笑什么？你到底看到没有？

田庆友这才说：看到了。

你怎么理解？

怎么理解？怎么理解呢？我觉得嫂子是个很重感情的人。

小文儿认为田庆友理解得很对，她看着田庆友，眼睛一下子就红了，湿了。她小声地把田庆友叫成庆友，说：你知道我为什么非要嫁到田老庄吗？这都是为着你呀！

田庆友的脸红得很厉害，说：嫂子，话不能这么说，千万不能这么说，兄弟我担当不起。

这时外面又来了两三个人找田庆友，田庆友遂对小文儿说:这儿人多,说话不方便,嫂子你先去赶集,咱改日再说。

改日再说的说法给小文儿造成了又一个误会,使她心中充满期待。

小文儿挑了一个尚好的月夜,到村外的一座桥头等田庆友。这是田庆友每天回村的必经之路。小文儿果然把田庆友等到了,她说她回娘家有点急事,让田庆友送她一趟。

田庆友没有拒绝,说上车吧。小文儿跨上摩托车的后座,田庆友把车打了回头,朝小文儿娘家所在村庄的方向开去。秋庄稼收完了,地里刚种上小麦,月光照得满地都白花花的。这条路是顺河堤而建,摩托走,河也走。摩托走多快,银道似的河也走多快。还有月亮,水中的月亮也追着摩托车飞跑。车行带风,把小文儿的衣服吹得鼓荡起来,她想,这才是我应有的位置啊!这才是真正人间的生活啊!她试着揪住田庆友的衣服,又试着扶住田庆友的背,再试着抱住了田庆友的腰。她两手碰头,并扣接起来,把田庆友抱得很紧。

写到这里,作者微笑着提请读者注意,故事的高潮就这样到来了。随着高潮到来,故事的行进速度也像开足马力的摩托车一样明显加快。

故事一到高潮，离结束就不远了

路边有一个很大的场院，场院里至少有两个麦秸垛，一个大些，一个小些。摩托车开到场院边，小文儿让田庆友停一下。田庆友以为小文儿要小解什么的，就把摩托停住了。小文儿说：庆友，你看月亮多好，咱们到场院里待一会儿吧。

田庆友说：你不是有急事吗？还是赶快回家吧。

有急事也不在乎这一会儿，你不知道我多想跟你待一会儿。庆友，跟我说实话，你喜欢我吗？说着拉住了田庆友的双手。

田庆友没说喜欢不喜欢，只说：以前的事就让它过去吧。

小文儿说：不，你让它过去，我过不去，今天晚上我要做一回你的妻子。

田庆友慢慢地把他的手从小文儿手里抽出来了，说：嫂子，我觉得这不太好。

小文儿说：这有什么不好的，我又不影响你和你老婆的生活,你们该怎么过还怎么过。

田庆友说:我不喜欢这样。好了,上车吧,我送你回去。

别提小文儿的心有多凉了,她呆呆地站了一会儿,重重地叹了一口气。她不坐田庆友的摩托车了,坚持步行回她娘家去。

田庆友说:反正离你娘家也不远了,那我就不送你了。

小文儿一个人拐到场院麦秸垛下面的阴影里去了,看来她要好好想一想,下一步该怎么走。

故事完了,谢谢读者!

09号矿灯

我不相信自己会在终日不见阳光的矿井下干一辈子，真的，这不是吹牛。要不然，我不敢去喜欢她。

她是掌管"眼睛"的，矿灯是矿工的眼睛。下井，发给我们每个弟兄一只；升井，再收回去。

我是被"切"到井下来的。原来，我是矿宣传科的通讯干事，"吹喇叭""抬轿子"的角色。后来呢，煤矿井下工人倒流厉害，白脸多了，黑脸少了，都不愿朝煤墙上使劲，任务缺一大块，包不住腔。怎么办？煤炭部动了真的，一声令下：凡是一九七八年以来进矿的工人一律返回井下。我是一九七八年一月进矿的，只差几天。可是不行，领导说了，差一天也不行，只要沾点一九七八年的边就得统统下井。我算傻了眼了。有人还有话说：这样搞不是一刀切吗？矿长说，对了，该一刀切的就得一刀切，切住谁算谁，六亲不认。矿长先把自己当电话维修工的儿子打发到井下去了，我们还有什么说的，一个字：下！

幸亏我下了井，要不我怎么会认识她呢！

那天，我去灯房领灯。这一次不是领备用灯了，是领固定灯。备用灯是干部们临时下井借用的，固定灯才是长年累月下井的矿工使用的。所谓固定灯，就是灯的号码固定，用灯的人固定，只要你当井下工，就是干到老白胡还是用这盏灯，灯坏了可以换，但号码永远不变。我拿着供应科给我开的领固定灯的条子，心里有些难受。以前，我是何等光彩，何等轻松！钢笔一插，笔记本一拿，想到哪个队到哪个队，到哪里都受欢迎。现在呢，宣传科把我"休"了，我又成了一个下死力的淘煤工，尽管矿上领导说"光荣光荣"，我还是有一落千丈的感觉。昨天碰见小马，小马狠狠地嘲讽我说："哥们儿，你也有今天！"我当通讯干事时，不让他在宣传科打乒乓球，他嫉恨我，所以现在幸灾乐祸。这更使我相信那种"下井工低人一等"的说法，走路耷拉着头，脚步沉沉的。来到领灯窗口，我把条子往里一递，说声"领灯"，却把脸躲在窗口一边，怕灯房里的女工认出我来。以前，我来灯房采访过，她们称我"记者"，这里的姑娘和媳妇我差不多都认识。

有一只手轻轻地把条子抽走了，是轻轻的，我几乎没有一点纸片从触觉灵敏度极高的手指上滑过的感觉，像微风从大地上吹走了一片树叶。我等待着她们把矿灯放在我手上，然后抓起来就走。她们越是对我客气，我越是不想让她们认出我来。

可是，我等了一会儿，手里还是空的。怎么，发灯也得看脸面吗？像食堂卖饭一样，看见面子大的就多盛点肉？我偏不把脸露出来，给个坏灯也认了。我没好气地把伸进窗口的手掌握住伸开、伸开握住，连连发出催促发灯的信号。可是，我旋即把手抽回来了，仿佛被蝎子蜇了一下，因为我突然想到自己的手太白了，太细了，太软了，常年握笔杆使我的手退化成这个样子。

我只好把脸暴露在窗口前，刚要学着老窑工的口气斥责她们一顿："干什么吃的，抱孩子去啦？"但话还未出口，又咽回去了。

我看见窗口内站着一位瘦弱的姑娘，羞羞怯怯的，怀里抱着一盏矿灯，用十个指头护着，像是护着一只可爱的小黑兔，生怕被人抢去。

"拿来！"

一个细细的声音："师傅，要爱惜矿灯。"姑娘看我一眼，又赶紧低下了眉。她把灯头先递给我，灯盒还抱在怀里，舍不得撒手。

"知道！"我扯住灯线，一下把灯盒拽过来，灯盒碰在窗台上，叽里咣当的。

姑娘一惊，猛抽一口气，张圆了嘴，差点叫出声来。

这盏灯不错，灯盒锃明闪亮的，像是新的。灯盒一侧用黄油漆写着"09"，这就是我的矿灯号码了。扭开灯头的开关，"唰"，一股白炽的光柱直喷出来，好亮！这小妞，够意思！

哎，这姑娘我怎么不认识？我回头想再看看她，见那姑娘把头从窗口探出来，正悄悄地盯着我。见我看她，姑娘的脸忽地红了，赶紧把头缩回去。

我突然心里一跳，觉得一阵忙乱，脸也一阵发烧。奇怪，怎么回事？难道……算了，瞎想什么！

这一班我干得不赖。明亮的矿灯照着脚下被炮崩落的黑煤，我甩开小簸箕一样的大锹，抖出一条煤的瀑布。我明知自己不争气的手上被锹把拧出了几个圆圆的鼓鼓的东西，但我不管，一个劲埋头狠干。我要让同行们看看，虽然我在科室里喝了三四年茶水，可并不娇气。我瞥见小马正躲在两根钢柱之间偷偷地看我,我猜他一定想看看我怎么出洋相。我心想,你看吧,小子,你还没吃这碗饭时,本人已经是这个队的先进生产者了。怎么说呢,我那天的心情特别好,我觉得谁的灯也没有我的灯亮,那探出窗外的小小的面孔老在我眼前晃动,我们的目光相碰的那一刹那,她那慌乱和羞赧的样子使我动心。我急于知道那姑娘的来历。

可是,等我知道她是谁时,心情一下子沉重了半天。

吃班中餐时,我向身边的一个工友打听姑娘叫什么,从哪儿来的;我问得漫不经心,以免别人生疑。要知道,矿上就是长头发的稀罕,开了一朵花,不知有多少蜜蜂叮上去呢!

"你是说谁?"

"就是长得像瘦豆芽的那一个,一说话有点害羞的。"

小马插话:"哥们儿,你是不是看中她了,想挖她。"

我们那儿把男性追求女人说成"挖财气",俗气得很。

大家嘻嘻哈哈闹了一阵儿,你一句,我一句,到底把那姑娘的底细说出来了。

原来姑娘叫田春好,是全国煤炭战线劳动模范田开阳的闺女。田开阳我当然知道,他是前不久在一次井下着火事故中牺牲的。为了让一个采区的百十号人摆脱毒烟的威胁，他只身顶着滚滚的毒烟去打电话，通知井上返风。整个采区的人都得救了，他却献出了宝贵的生命。事故之后，我采访了田开阳的英雄事迹，含着眼泪写了一篇通讯，以《烈火真金》为题，刊登在省报的头题位置上。那篇通讯是我的得意之作，我把它珍藏在箱子里。不用问，田春好一定是接她爸爸的班来矿上工作的。

由于田春好这样的身世，从感情上一下子把我们的关系拉得很近。我敬佩她爸爸舍己为人的精神，她这么早地失去了这样一位好爸爸，自己离家到矿山工作，没亲没故的，叫人可怜。她是一个小妹妹，我比她早几年参加工作，应该照顾她，保护她。

下班时，我等别人都交完了灯，才走到窗口跟前，禁不住想跟田春好说几句话。

"上来了?"她先认出了我的矿灯，笑着跟我打招呼，随后把矿灯捧起来仔细察看，用手掌拂着上面的煤尘。

"小田，你认识我吗?"我本来想好了要问她生活得怎样，有什么困难，想家不想家，可是一见面却问出了这样一句话。我隐隐约约觉得她已经认出我了，心里直跳，脸上也热辣辣的。

田春好的脸又红了，她点点头说："认识。"

"你怎么会认识我呢？"

她不好意思地笑笑："我也不知道。"

她认识我！当晚，我高兴得借了伙伴的手风琴，到矿南面的水塘边尽情地拉。欢乐的曲子一支又一支从琴腔里飞出来，融进温馨的春夜里。水塘里，连求爱的青蛙也不叫了，静下来听我拉琴。我是怎样的一个小伙子啊！长相且不说，有出息的男子汉从不靠自己的长相赢人，尽管我听人家背后说我仪表堂堂。主要的是，我有才华，我高中毕业，会写通讯，会写诗，懂音乐，琴棋书画都能露一手。像我这样的，可以说是出类拔萃，全矿也挑不出几个来，要不然我怎么进矿还不到一年就成了宣传科的"以工代干"呢？至于眼下又回到井下，我相信这是暂时的。连宣传科的科长都跟我私下里交过底，要我先到井下"过渡"一段，等过了这个风头再把我调上来。

要是田春好有那个意思的话，算她有眼力。

第二天，离上班时间还早，我若无其事地来到灯房。可是，我一进灯房，看见她已经来了。她穿一身改制过的劳动布工作服，很合体；头发拢在白工作帽里，衬着一张秀气的脸。她正把裁好的废旧皮带铺在水泥窗台上。皮带显然是细心量过的，每一片铺在窗台上都正好合适。这样，塑料灯盒碰在窗台上就不会擦破了，亏她想出这样的好办法。

灯房的姐妹们亲热地围着她，夸她有心，对工作负责，说再选劳动模范一定选她。把小田夸得怪不好意思，眼睛笑得弯弯的。

她的眼睛并不大，但含情，纯洁，好看，有一种说不出来的美，叫人一见就禁不住想多看几眼。

有个女工看见我了，说："哟，大记者来了，来得正好，写写我们的小田吧！"

要是在以往，我会潇洒地说："没问题。"可我今天变得拙嘴笨舌，甚至有点扭怩："我现在不在宣传科了，到采煤队去了，不过……"一提到采煤队，我觉得有些低下，想说我不久还会调上来的，又感到这样说不合适，就没说。我希望小田能理解我后面的意思，抽空子看看她有什么反应。令人沮丧的是，田春好看也不看我一眼，只管布置她的窗台，好像我压根儿就没来灯房。

算了，你是一个煤黑子，人家根本看不起你，不把你放在眼里睒睑一睒，你不要自作多情。你说你不久还会从井下调上来，可你毕竟刚刚返回井下，调上来还遥遥无期，人家怎么会信得过你呢！再说，她田春好的爸爸是在井下牺牲的，有这么沉痛的教训，她绝对不会找一个采煤工，你死了这条心吧。我在心里把自己责备了一通，转身走了。

我到更衣室换上工作服，胶壳帽歪扣在头上，来到领灯窗口，把灯牌往窗台上一扔，脸上冷冷的，一个字也不吐。

田春好把灯牌拿进去，微笑着说："这么早就下井吗？"

"早下晚下都得下，反正每天少不了一班窑，挖煤的嘛，有什么办法。"我赌气地说。

她把矿灯从架子上取下来，双手捧着，却不马上递给我，怯怯地说："你这是怎么了？"

"没什么。"我要过矿灯，头也不回地下井去了。

她把我的矿灯重新擦过，灯盒一尘不染，光可鉴人；灯头上的玻璃罩亮得像水晶，几乎看不见，连灯线也不知擦了多少遍，用手使劲捋，手绝对不会变黑。我不由得又暗暗得意起来，她为什么在我身上这样花心思？

我得有所反应。下班后，我到绞车房要了一团棉纱，躲在一个背人的地方，先把矿灯彻头彻尾地擦了几遍，其干净程度绝不比她擦的差。我要让她知道，我不是那种没心眼的傻家伙，对于爱情上的事，咱懂。

果然，当我学着她的样子把擦过的矿灯捧给她时，她笑了，笑得十分动人，眼睛那么弯弯的。她说："您不用擦了，我来擦，干了一班活，怪累的。"

　　一股蜜流到我心里，真甜！我说："这点活捎带着就干了，累不着。"我有点不能自制，两眼直直地看着她。她羞得不知如何是好，低头躲避我的目光。

　　我高兴得有点发狂，刚一转脸，就跳了个蹦子，有三尺高，吓得从我身边走过的一个老工人直往后躲，说："咦咦，神经病犯了？"我说："有那么一点。"我的话也变得特别稠，看见谁都想开个玩笑。在澡塘里，我挑衅地往伙伴脸上泼水，他们说："这小子一定遇着好事了，是不是那个姓田的小妮对你有意思了？"我说："咱值个啥，一个挖煤的苦力。"他们说："谁不知道你小子下井避风头来了！"

　　晚上，矿山万盏灯火升起的时候，我悉心打扮了一番，去单身女职工宿舍拜访田春好。

　　小田正看书。床前放一张小凳，她就坐在小凳子上，趴在床上看，旁边是打开的笔记本。我正想着怎么搭讪，见她看书，我找到话题了，问她："小田，你看的什么好书？"

　　"哟，您来了，坐吧。"她连忙站起来给我找座位，没找到凳子，她说，"您坐床上吧。"

床上十分整洁，叠得方方正正的被子上搭着一条纱巾，床边铺一条浴巾。这么干净的床铺，叫人怎么敢坐。见我有些不好意思，她说："没事儿。"

为了掩盖到女职工宿舍的不自然感，我弯腰翻看她的书，顺便坐下了。我还以为她看的是小说呢，原来是一本矿灯技术方面的书，叫《矿工灯》。"你挺爱学习的。"我说。

"我啥也不懂，人家都比我强，以前我连矿灯怎么会亮都不知道，真的。"她让我坐下，自己却站着和我说话。

"我还不如你呢，到煤矿这么多年，至今也不懂矿灯的原理。"

"不信，您谦虚。"

我不想说这些没意思的话，一心想知道她对我的印象，就说："小田，你相信我会在井下干一辈子吗？"

她笑笑说："咋不相信？相信。"

她的回答出乎我的意料，使我大大泄气，我说："看来你还不了解我。"

她一时显得很窘，说："是吗？我也不知道，我……"她不知道说什么好了。

"我自信我绝不会在井下干一辈子。"我一字一句地说。

小田的眉顺了下来，但嘴角很快地露出一丝微笑。

我感到她的微笑含有看不起人的意思，显然是不相信我会从矿井下调上来。这使我的自尊心受到了伤害。我可不吃这个，口气有点咄咄逼人地说："你以为我这一辈子只配当一个采煤工，是吗？"

小田把双眉挑起来了，说："当一辈子采煤工怎么啦？"

"这还用说吗？你爸……"我还没说出口，就看见她的脸色变得苍白，眼里包满了泪花。

看看，我一句话还没说完她就受不了，要是当真让她嫁给一个采煤工该怎么样呢！

这次去找小田，没有得到我事先想得到的，我设想的种种使人激动的情景一样也没有出现，这使我怀疑田春好已经有了对象。

宣传科科长的爱人李杏枝也在矿灯房上班，她是田春好那个班的班长，我得去向她问个究竟，要不然我心里不踏实，睡觉也睡不好。我发现自己爱上那个不爱说话的小姑娘了，简直有点神魂颠倒。

我向李杏枝喊嫂子。嫂子是个爽快人，我转弯抹角地刚提了个话头，她就明白了，把田春好夸得像一朵花。她说小田可不简单，在家时是大队里的团支部书记呢，别看她话头稀，心里可灵秀，人又勤快能干，灯房里的人没有不喜欢她的。她来灯房时间不长，就单独顶班上岗，一个人管两架子灯，完好率达到百分之百。原来灯坏了，就往那儿一扔，月底再修理。小田来灯房后，提出坏灯不过夜，当班坏当班修，为国家节约了好多钱。你看小田对工作多上心，真不愧是劳动模范的女儿。她还说小田长得漂亮，正想着给你介绍呢，你们俩很般配。把我说得心里好美，禁不住傻笑。

嫂子说："你不用笑，已经有人看上她了，要跟你争一争。"

"谁？"我着急地问。

"我呗！"嫂子说罢望着我大笑起来，"哎呀，看把你急成这个样子，真没出息！"

把我臊得直摸脖梗。

后来，我想了一个办法，试试田春好对我是否真的有意。升井后，我把灯头打开，在反光器上撒了一些煤面。反光器的电镀面亮得发青，一点煤面不容易发现，倘若不是对矿灯的主人特别负责而仔细检查，肯定会放过去。

我把灯交回去了，心里有些不安，我希望她检查出来，怕她轻易放过去。

她接过矿灯，微笑着问："下班了？"

"嗯。"我两眼不离她手里的矿灯。

她把矿灯盒像捧小鸡一样捧起来,前看看,后看看,当她确认矿灯没有什么毛病时,满意地笑了,还感激似的看了我一眼。

我的心一下沉下去了,突然觉得浑身很累,连洗澡都不想洗了。

第二天,我无精打采地领来矿灯,先瞅了一眼灯头。这一瞅不要紧,我马上心花怒放,反光器擦过了,又恢复了原来的光泽,扭动开关,反光器立即和灯泡共明,像个小太阳,刺得人睁不开眼。啊,她爱我,她确实偷偷地爱着我,我高兴得差不多快要流泪了。

田春好却满脸不喜欢,小嘴嘟囔着说:"师傅,灯头不能随便自己打开。"

我像被她发现了心中的秘密一样,脸上直发烧,遮遮掩掩地说:"我没打开呀!"

"那煤尘怎么进去了?"

"是吗? 可能是自己跑进去的吧,下次我一定注意,对不起。"我赶快溜走了。

工友们也都看出了我和田春好有点不寻常,不无羡慕地跟我开玩笑:"你小子怪有福气,下井捡了一个大闺女。"

"你和小田怎么这么快就好上了，介绍介绍经验，咱也挖一个。""人家是未来的干部嘛。"

我虽然口头上不承认，可心里的爱涨得满满的。我开始设想我们以后的生活，我在科室，她在灯房，我们有一个温暖的小家，下班后读读诗歌和小说，秋天到山沟里去摘柿子吃，夏天我们一起去游泳，她是那么温柔和好看……我不敢往下想了，再想就没心干活了，恨不得马上去到她身边，一把拉过她的小手。我对自己说："老兄，你还等什么，冲上去呀，这种事情，男的就得主动一点，勇敢一点。"

这天下班后，我连澡都没洗，先跑回宿舍写了一首诗，我敢说这是我写得最好的一首诗，一气呵成，充满了感情。题目是《我心中的太阳》，副题是"献给一位灯房女工"。头几句是这样写的："你是一轮小太阳，我天天把你顶在头上，你照亮了我前面的路，给了我光明和希望……"写好后，我把它叠起来，准备连同矿灯一起交给田春好。

田春好把头从窗口探出来，往井口方向望着，神色有些焦急。见我过来了，她连忙问："您怎么才上来？"

"有点事儿。"

她接过矿灯，双手捧在胸前，亲得什么似的，以致压在灯盒底下的诗稿她都没注意到，掉在窗口内的地上了。"您的什么东西掉了?"她弯腰捡起来递还我。

这个傻姑娘！我使了个大有深意的眼色说:"给你的。"

"啥东西?"

"你看看就知道了。"

她意识到了,脸红得像三月的桃花,犹豫了一下,侧脸看看旁边窗口的女伴们没注意她,就飞快地把诗稿装进口袋里了。

啊,她终于收下了,那是我的心,她把它放在一个实实在在的地方,不会落在地上或悬在半空中了。

"春好!"我这样称呼她了。

"嗯。"

"你以后别叫我师傅了。"

"怎么啦？您本来就是师傅嘛。"

"就叫我的名字吧。"

"俺不敢。"

"那就叫我……"

"李师傅,您领灯吗？天天下去这么早,您可要注意身体。"

没等我说完,春好见一旁来了人,撇下我,跟人家打招呼。我猜她是借和别人招呼来遮掩我们俩的事，这个小春好，真聪明！

李师傅是一位滚过几十年窑的老矿工，他笑哈哈地说："小田这闺女服务态度就是好。"

春好笑嘻嘻地说："李师傅，您别夸我咧，我可不会说话。"

"哎，"老矿工说，"好就是好嘛，要是不好，我还不依你呢。你不知道，我和你爸爸可是老伙计，人家开阳，可是这一个！"李师傅把大拇指跷得高高的。

春好把头低下去了，眼睛扑闪扑闪着，睫毛可就湿了。

又过了几天，春好倒大班，可以休息一天多。我也正好赶上倒大班，便想了一个美好的计划，要约春好到矿外的田野里走走。时值初春，芳草茵茵，柳色新新，正是好玩的时候，我不能放过这次约会，一定要尽情地向她吐露我的心事。

真是意想不到的事，她竟然拒绝了我的邀请。

一大早，当我找上门去说了我的意思时，她说："真不巧，我们几个说好今天趁倒大班下井。"

"下井干什么？"

"领导说，下井体验一下第一线工人的劳动，才能更好地做好服务工作。"

"改天再下不行吗?"

"我们都跟李师傅说好了,他带我们下去,八点在井口聚齐,说不定李师傅已经在等我们了。"

被兜头泼了一盆冷水,别提我有多凉了,我的美好计划破灭了。她巧妙而无情地拒绝了我,我一时手足无措,在原地呆呆地站着,样子十分可怜。

田春好连声向我道歉:"真对不起,下次倒大班再去好吗? 田野里一定很好玩,麦苗该返青了吧。"

我毫无反应,心里正升起一股火,我断定她看不起我,因为我是一个井下工。

"你的诗我看了,写得很好。"

"好什么!"我冷冷地说,"一个煤黑子能写什么诗!"我生气地走了。

我心里太烦躁了,看啥也不顺,脸子拉得老长,光想和人干架。第二天下井,中间休息时,别人又香又甜地吃班中餐,我一口也不想吃。有人问我:"怎么了老弟,你的肚子快气炸了,防爆不防爆,要是不防爆,我们趁早躲远点。"

大伙哄地笑了。

我吼道:"扯淡,少拿我开心!"

小马嘲笑我说："哥们儿，是不是那位小田不甜了，成苦的了？你的矿灯可是真亮啊！"

小马竟敢往我的痛处下家伙，我站起来指着小马说："你他妈的少说风凉话，你再提那姓田的一句试试，老子饶不了你！"我说着，"啪"的一声把灯头摔在一根木柱子上，灯头的玻璃罩被摔得粉碎，向四下里飞溅，灯泡也灭了，眼前一片黑暗。

小马吓得连吭也不敢吭。

"眼睛"瞎了，我干不成活，只得向班长请了假，提前升井。田春好正在灯房里擦充电的架子，见我这么早就出现在窗口，脸上一惊，赶紧奔过来问："怎么这么早就升井了？"

"灯坏了。"我说。

"哪儿坏了？我看看。"

我把矿灯递进去。

田春好把坏灯头捧在手里。灯头只剩下一个胶壳，空空洞洞的，像是被挖去了眼珠子的眼眶，异常难看。我看见田春好的脸霎时变得苍白，双手也颤抖起来，牙齿把下唇咬得紧紧的，半天才问我："这是怎么坏的？"

我撒了个谎："碰坏的。"

田春好似乎不相信，两眼直视着我，她的目光变得好凶狠啊！我不敢看她，有些歉疚地耷拉下眼皮。

田春好抽泣起来，后来干脆哭出了声，抱着矿灯跑进灯房一侧的矿灯修理间。

班长李杏枝大声喊她："小田，怎么啦？"立刻跟了进去。

我后悔自己的做法太过分，不该拿无辜的矿灯出气。不知道事情将怎样结局，我无力地靠在窗口一侧往里看着。

李杏枝出来了，虎着脸严厉地审问我："老实说，矿灯是不是你摔坏的？"

我点点头。

"你怎么能这样！你知道小田为啥哭得这样伤心？"

我哪里知道。

"这是小田的爸爸生前用过的矿灯——09号。"

我一下子惊呆了。

"你看看这个。"李杏枝打开一个笔记本，从里面取出一份报纸剪样递给我。

我一看，是关于田开阳事迹的那篇通讯，题目为《烈火真金》，标题下面署着我的名字。

"这是小田从家里带来的,她一直带在身边。"

啊,我什么都明白了!我对不起春好,我以前并不了解她。我这个人太渺小,太俗气,太那个了!我用近乎乞求的声调对李杏枝说:"嫂子,请费心修修吧,我还用09号矿灯,一辈子都要……用它!"

信

　　一般的柜子两开门,李桂常家的大衣柜是三开门。中间那扇门宽,左右两扇门窄。小小暗锁装在两扇窄门上,需要把柜子上锁时,两边的锁舌头都得分别探进中间那扇宽门的木槽里。柜子里的容积已经不小了,可着中间那扇门镶嵌的一面整幅的穿衣镜,给人的感觉,又大大扩展了柜子的空间:卧室里的一切,阳台上的亮光,似乎都被收进柜子里,李桂常本人也像是时常从柜子里走进走出。

　　天气凉了,李桂常把儿子的毛衣拆开重织,需要添加原来剩下的毛线,就把柜子右侧的一扇门打开了。这扇门里面有一道竖墙样的隔板,把大柜子隔开,隔成一间小柜子。小柜子里放的都是不常用的东西,如李桂常以前穿过的黑棉裤、蓝花袄,用旧的粗布印花床单,一塑料袋大小不等五色杂陈的毛线团子等。这扇门李桂常不常开，她一旦打开了，一时半会儿就不大容易关得上。因为小柜子的下方有一个抽屉，抽屉里有一本书，书里夹着一封信。这封信她已经保存了九年。每当她打开这扇门，心上的一扇门也同时打开了。她有些不由自主似的，只要打开这扇门，就把要干的事情暂时忘却了，就要把放在抽屉里的信拿出来看一看。信有十好几页，她一拿起来就放不下，看了信的开头，就得看到信的结尾，如同听到写信人以异乎寻常的声调在信的抬头处称呼她，她就得走过信的园林，找到写信人在落款处站立的地方。李桂常小心翼翼地把抽屉拉开了，几乎没发出一点声响。如果抽屉中睡着的是一只鸽子，她也不一定会把鸽子惊动。受到触动的是她自己，和以往每次一样，她的手还没摸到信，心头就怦怦地开始跳了。然而这一次她没有找到信。她不相信伴随她九年的信会失去，因而她连自己的记忆和眼睛也不相信了。夹藏那封信的是一本挺厚的专门图解毛线编织技术的书，她把书很快地翻了一遍又一遍，把每一页都翻到了，只是不见那封信。她脸色变白，手梢儿发抖，脑子里空白得连一个字都找不到了。她的动作变得慌乱和盲目，把棉裤棉袄床单一一抖开翻找。把抽屉全部抽出来，扣得底面朝上，把每一个细小的缝隙都检查过了。她甚至怀疑那封信会埋在盛毛线团的塑料袋里,就把毛线团往床上倾倒。花花绿绿的毛线团以不错的弹性,纷纷从床上滚落,滚得满地都是。毛线团带着调皮的表情,仿佛争相说我在这儿呢,可它们每一团都是绕结在一起的毛线,而不是那封长信。李桂常对自己说不要慌不要慌,好好想想。她坐在床边虚着眼想了一下,再次拿起那本书,幻想着熟悉的信札能拍着翅膀从书里飞出来。书板着技术性的脸,无情地打破了她的幻想。李桂常鼻子一酸,差点落下泪来。看来那封万金难买的信真的不见了。

李桂常很快想到了自己的丈夫,家里除了她,握有柜子钥匙的只有丈夫,知道那封信放在什么地方的也只有丈夫,一定是丈夫把信拿走了。对于她保存那封信,丈夫一直心存不悦,认为那不过是一些写过字的废纸,毫无保存价值。丈夫更是反对她看那封信,威胁说,只要发现她看那封信,马上把信撕掉。丈夫在家时,她从来不看那封信,只把信保留在心上。她都是选择自己一个人在家的时候,才把门关上,窗关上,按一按胸口,全心投入地看那封信。她清楚地记得,上次看信是在一个下雨天。那天,杨树叶子落了一地,每片黄叶都湿漉漉的。一阵秋风吹过,树上的叶子还在哗哗地往下落，它们一沾地就不动了。但片片树叶的耳郭还往上支棱着，像是倾听天地间最后的絮语。她看了一会儿满地的落叶，心里泛起丝丝凉意，还有绵绵的愁绪，很想叹一口气。回到家里她才恍然记起，自己有一段时间没看那封信了。她说了对不起对不起，随即把信拿出来了。待她把信读完，天高地远地走了一会儿神，才把气叹出来了。叹完了气，她像是得到了最安适的慰藉，心情就平静下来。她珍惜地把信按原样叠好，重新装进原来的信封里，并夹到书本的中间，放回抽屉里。那天丈夫很晚才回家，不可能看见她读信。难道丈夫在放信的地方做了不易察觉的记号，她一动信丈夫就知道了？倘是那样的话，事情就糟糕了。她仿佛已经看见，丈夫恼着脸子，以加倍的办法，很快把信撕成碎片，抛到阳台下面去了。在想象里，丈夫每撕出一个新的倍数，她的心就痉挛似的收紧一下。当丈夫把信的碎片抛掉时，她也像是被人从高空抛下，抛到不知名的地方去了。她不由得抽了一口凉气，几乎叫了一声。她也许已经叫出来了，只是叫的声音有些细，自己的耳朵没有听见。但她的心听见了，心上的惊呼把她从想象中拉回来，她意识到自己可能把事情想得过于严重了，便摇摇头，嘲笑了自己一下，动手整理被自己弄乱的东西。

丈夫对她总是很热情。丈夫回家,人没进来,声音先进来了。丈夫以广泛流行的亲爱称呼向她问好。这样的称呼,丈夫叫得又轻快又顺口,而她老是不能适应,形不成夫唱妇随。她按自己的习惯,迎到门口接过丈夫的手提包,问了一句"你回来了"。下面的问话她是脱口而出:"你见到那封信了吗?"这句问话,她本打算等就寝后再向丈夫委婉地提出来,急于知道那封信命运如何的心理,使她有些管不住自己,一张口就问出来了。话一出口,连她自己都有些吃惊,但已收不回来了。

"信?什么信?"丈夫问。

"就是那封信。"

"哪封信?说清楚点。你怎么吞吞吐吐的?出什么事了?"丈夫眉头微皱,目光变得锐利起来。

李桂常不知怎样指称那封信,说:"就是放在柜子抽屉里的那封信。"

丈夫似乎还是不解,双手西方人似的那么一摊说:"我怎么知道,什么信不信的?信则有,不信则无,我历来不关心。"丈夫从她手里要过手提包,从里面掏出两本封面十分花哨的杂志,说这是给她新借来的,其中有几篇文章很好看，有一篇是披露某个当红歌星的婚变，还有一篇是介绍娱乐业中的女性，都比信精彩得多。

李桂常接过杂志，说她今天不想看，随手丢在客厅的沙发上了。近年来，丈夫隔不几天就给她借回一两本新杂志，这些杂志有妇女、家庭、法制方面的，也有影视、时装和美容方面的，称得上五花八门。丈夫不无得意地向她许诺，不光让她吃得好穿得好，还保证供给她充足的精神食粮。丈夫的用心她领会到了，丈夫是想用这些杂志占住她的心，不让她再看那封信。这些名堂越来越多的杂志她也看，但无论如何也代替不了她看那封信。她说："信就在抽屉里放着，它自己又不会扎翅膀飞走，怎么就不见了呢？"

丈夫说："你把信东掖西藏的，谁能保证你不会记错地方！"丈夫很快地举了一个例子：一个老太太，靠拾废品攒了一卷子钱，觉得放在哪儿都不保险，后来塞进一只旧棉鞋里，结果忘了，把旧棉鞋连同钱当废品卖掉了。丈夫的意思是以此类比，给李桂常指出一个方向，让她往自己身上找原因，不要怀疑别人。

李桂常说得很肯定，说她不可能放错地方，也绝不会放错地方，因为她还不是一个老太太。

"那我问你，你最近是哪一天看的信？"

李桂常想说是下雨那天看的信,话到嘴边,想起丈夫说过的不让她看信的话,就有些支吾,说她记不清了,又说她最近没有看信。

丈夫一下子就抓住了支吾的脖子,指出她连哪天看的信都记不清,还谈什么不会记错地方。丈夫给了她一个台阶,说:"好了,儿子该放学了,你去接儿子吧。"

李桂常的执拗劲儿上来了,她站在自己的立场上,拒绝踏上丈夫给她的台阶,她说,要是找不到那封信,今天她哪儿也不去。她听见自己声音发颤,眼泪即时涌满了眼眶。

丈夫以为可笑,自己笑了一下。丈夫像哄一个爱掉眼泪的孩子一样拍拍她的背,说她把一封信看得比儿子还重要,这日子没法过了。"这样吧,我来帮你找找。真没办法,谁让我娶了一个把看信当日子过的老婆呢!"丈夫打开柜子门上下瞅瞅,就去拉写字台的抽屉。写字台的抽屉一共有六个,他只拉开了两个,就喊着李桂常的名字,让李桂常过去,"看看,这是不是你的宝贝?"

李桂常走进卧室一看,眼睛里马上放出欣喜的光芒,丈夫手里拿着的正是那封信。奇怪,信怎么会跑到写字台的抽屉里呢?一定是丈夫悄悄把信转移出来的。丈夫大概在做一个试验,看她把信淡忘了没有。她走到丈夫身边,刚要把信接过来,丈夫却倏地一收,把信收回去了,问:"你承认不承认是你自己把信放在这里了?"

既然信还存在着,就不必跟丈夫较真了。不过要让她承认自己把信放错了地方,也很难。她说:"给我,给我!"撒娇似的扑在丈夫身上,把信要过来了。她把信封上写着的她的名字看了一眼,就把信装进口袋里去了。她的手在口袋外面按着那封信,像是怕失而复得的信再不翼而飞似的。

她出门去接儿子时,丈夫喊住了她,表情严肃地对她说:"我希望不要让我的儿子看见你的信,不然的话,你不好解释,我也不好解释。我要让我的儿子保持纯洁的心灵!"

李桂常不能同意丈夫的说法,她觉得她的信纯洁得很,比血液都纯洁。但她没有说话,就下楼去了。她的手一直没有离开装信的口袋,像捂着一只小鸟,并能感到"小鸟"心脏的跳动。她有心把信掏出来看一看,想到丈夫有可能会在阳台上观察她,就克制着没有掏。她抬头往阳台上一望,见丈夫果然居高临下地在上面站着。

晚上,他们看的是一部有关新生活的长篇电视连续剧,剧中的男主角只有一个,女的却是一些变体。不管剧中人的生活怎么变化,主要场景都是在床上,主要生活都是在电视里看电视。李桂常不让儿子看这样的电视剧,儿子一写完作业,她就让儿子在自己的小屋里睡了。她和丈夫也没好好看。她一边看一边给儿子织毛衣。丈夫则接了好几个电话。丈夫在矿上当着一个科的科长,他的电话总是不少。二人躺下后,丈夫把信的问题又在床上提出来了,他问李桂常,准备把信保存到什么时候?李桂常说她也不知道。丈夫不说话了,心情很沉闷的样子。李桂常晃晃丈夫,丈夫也不动声色。李桂常解释说,信上没写什么,挺干净的,建议丈夫把信看一看。说着她下床去了,把信从口袋里拿出来递给丈夫。丈夫把信推开了,说他不看,他不屑于看。丈夫推得有些不耐烦,由信累及到人,把李桂常也推开了。对丈夫这样的动作,李桂常不大好接受。对丈夫的说法,她也不能同意。李桂常也不说话了,她把信放回口袋,躺进自己被窝里,拉被子蒙上头。两口子僵持了一会儿,丈夫反而耐不住了,自言自语似的说开了话。丈夫的口气还是不软,他说那封信写得不怎么样,一个新鲜的词儿都没有,有的地方连语法儿都不通,顶多是初中一年级的水平。

李桂常明白丈夫是把话说给她听的，但她听着每一句话都不好听。还说不屑于看，原来背地里看过了，什么人哪！

丈夫还在说。丈夫说就这样的信，他一天能写十封，问李桂常信不信。

李桂常这次不搭理丈夫不行了，她说："你写呀，谁不让你写！"

"信是距离的产物，咱俩成天在一块儿，我怎么给你写！"

"你又不是没出过差，你出差的时候可以写嘛。"

"好，我下次出差一定给你写信。咱先说好了，看了我的信，你不要太感动。你要是一哭鼻子，儿子不明白，还以为出了什么事呢！"丈夫缓和气氛似的笑了。

"感动不感动是我自己的事，你以为我那么容易感动呀。"

丈夫提出了一个交换条件，他要是给李桂常写一封感情充沛的长信，李桂常是不是就可以放弃保存那封信，变成保存他的信。

李桂常犹豫了一会儿才说，那要看丈夫的信写得好不好。

"好，一言为定！"丈夫向她伸出一只手。工作上都是这样，既然达成了协议，就要把手握一握。

李桂常把手伸出来了，却没让丈夫握到，只在丈夫手上做游戏似的拍了一下。

丈夫当然不会就此罢休……

过了几天，丈夫真的出差去了。丈夫这次出差的地方相当远，是南方一座新起的暴发的城市。丈夫是坐飞机从天上去的。李桂常想，丈夫这次大概要给她写信了。在此之前，丈夫从没给她写过信。丈夫学问不小，口才也好，在会上讲话一套一套的。丈夫还很会说笑话，常常能把不爱笑的人逗笑。为此有的女同事还羡慕她，说她丈夫是个幽默的男人。这样的丈夫，写起信来应当不会错。丈夫刚走没几天，她就开始等丈夫的信。他们这里的家属楼没有门牌号码，信不能直接送到家里。所有外面来的信件都是一总放在矿上收发室，由收发室分送到各单位。李桂常的单位是采煤队单身矿工宿舍楼。这种宿舍楼是旅馆化的，所以李桂常的工作跟旅馆里的服务员一样，每天为单身矿工打水扫地、整理房间等。要是丈夫来了信，采煤队队部的人会很快把信交到她手里。等到第七天还没收到丈夫的信，她就有些着急，思念起丈夫在家的种种好处。她得承认，丈夫对她是很好的。丈夫是个细心周到的人，很会体贴爱惜女人。说得不好听一点，丈夫是懂得怎样滋养女人，不惜钱，也不惜话，在她需要什么的时候，丈夫就及时给她什么，千方百计达到她的满意。他们也有发生摩擦的时候，丈夫从来不过火，不走极端。眼看要走极端了，丈夫就退回去了，对她做出让步。丈夫的年龄是比她大一些，但一个男人对女人的怜惜之心是天生的，跟年龄大小没有多大关系。丈夫也没打电话来。她想到了丈夫大概在有意闷蓄自己的感情，待感情蓄满了，写起信来感情才会汹涌而至。

迟迟等不到丈夫的信，李桂常只好把她保存的那封信拿出来看一看。信是一位年轻矿工写给她的。年轻矿工与她同村，彼此之间比较熟悉。媒人把她介绍给年轻矿工，一开始她不是很乐意。年轻矿工家里只有两间草房，条件差了些。犹豫之际，她收到了年轻矿工从矿上给她写的这封长信。读了信，她就同意嫁给年轻矿工了。可以说，是这封信促成了她和年轻矿工的婚姻，信是她和年轻矿工成为夫妻的决定性因素。然而，她和年轻矿工结婚还不到两个月，作为年轻矿工的新娘，她住在矿上的临时家属房里还未及回老家，一场突如其来的井下瓦斯爆炸事故,就夺去了年轻矿工的生命。她哭得昏过去三次,医生把她抢救过来三次。他们还没有子女,矿上按规定让她顶替年轻矿工当了工人。年轻矿工没有给她留下什么,留下的只有这封信。她觉得这就够了,这封信就是年轻矿工那永远勃勃跳动的心哪!

秋往深里走,夜静下来了,淡淡的月光洒在阳台上。李桂常拧亮台灯,把身子坐正,在橘黄色柔和的灯光下,轻轻地展开了那封看似平常的信。信是用方格纸写成的,一个字占一个格,每个字都不出格。由于保存的时间久了,纸面的色素变得有些沉着,纸张也有些发干发脆,稍微一动就发出风吹秋叶似的声响。好比一个多愁善感之人,时间并不能改变其性格,随着人的感情越来越脆弱,心就更加敏感。信的折痕处已经变薄,并有些透亮,使得字迹在透亮处浮现出来,总算没有折断。李桂常不愿在信上造成新的折痕。每次看完信,她都遵循着年轻矿工当初叠信时的顺序,把信一丝不苟地按原样叠好。久而久之,信的折痕就明显了。钢笔的笔迹还是黑蓝色,仔细看去,字的边缘微微露出一点绛紫。只有个别字句有些模糊,像是被泪滴洇湿过。就是这样一封经年累月的信,她刚看了几行,像是有只温柔的手把她轻轻一牵,她就走进信的情景里去了。她走得慢慢的，每一处都不停下来，每一处都看到了。不知从什么时候起，牵引她的手就松开了，退隐了，一切由她自己领略。走着走着，她就走神了。信上忆的是家乡的美好，念的是故乡之情。以这个思路为引子，她不知不觉就回到与写信人共有的故乡去了。一忽儿是遍地金黄的油菜花，紫燕在花地上空掠来掠去。一忽儿是向远处伸展的河堤，河堤尽头是茫茫无际的地平线，一轮红日正从地平线上升起。一晃是暴雨成灾，白水浸溢。一晃又变成漫天大雪，茅屋草舍组成的村庄被盈尺的积雪覆盖得寂静无声……这些景象信上并没有写到，可李桂常通过信看到了。或者说，信上写到的少，李桂常看到的多；信上写的是具体的，李桂常看到的是混沌的；信上写到的是有限，李桂常看到的是无限。可是，如果没有这封信，她的幻觉就不能启动，她什么都看不到。仿佛这封信是一种可以飞翔的载体，有了它的接引和承载，李桂常的心魂才能走出身体的躯壳，才能超越尘世，自由升华。

当李桂常意识到自己走神了，就不再看信，想让神走得更远些。然而她的眼睛一离开信，就像梦醒一样，顿时回到现实世界。她眨眨眼，看看阳台上似水的月光，只好接着看信。不一会儿，她就在信里看到了她自己，看到了她的身影,她的微笑,似乎还听到了她说话的声音。她不记得自己说过如此意味深长的话,可那分明是她的语气。那当是她的少女时代,抑或是已长成一个大姑娘了。她有时在田间劳动,有时在千年古镇上赶庙会,还有时站在河边眺望远方。不管她在哪里出现,似乎都有一双羞怯的眼睛追寻着她。于是她躲避。她越走越快,甚至在春天的河坡里奔跑起来。她觉得已经跑得很远了,就停下来拐起胳膊擦擦额头上的汗,整理鬓角被风吹乱的头发。也就是擦汗和整理头发的工夫,她一回眸,发现那不舍的目光又追寻过来。在这种情况下,她反而镇静下来了,开始在自己身上找原因,看看自己究竟有什么值得人家如此追寻。找原因的结果,她热泪潸然了。在读到这封信之前,她从没有看到过自己。她虽然用镜子照过自己,但那不算看到自己,因为镜子里的她太真了,跟自己本身没什么两样。而在信里看到的自己就不一样了;这虽然也是一种折射,却是从另一个人的心镜里折射出来的。心镜的折射不像玻璃镜的折射那样毫发毕现,它是勾勒的,写意的,甚至有一些模糊。可李桂常更喜欢看到这样的自己。这样的自己和本来的自己像是拉开了距离,给人一种陌生感、塑造感和重铸感,因而更具有真实感。她愿意把这样的自己作为美好善良的人生目标，一辈子都渴望追求与目标的重合。

是的，信里没有什么新鲜的词句，一切都平平常常，平常得跟秋天的田野一样。然而信里从始至终萦绕着一种调子。这种调子不是用言语所能表达，说它沉郁、忧伤、旷古或者悠长，都有那么一点，但都不能完全达意。如果用某种号子或某种曲子与之作比，也许能接近一些。在辽阔的原野，暮归的耕牛对小牛的呼唤；在晚风中，一个孤独者的歌唱；在春夜，细雨不断打在陈年柴草垛上的声音；等等，其中的韵味和信里的调子都有相通的地方。对了，那种自然质朴的调子更像弥漫在秋天田野里的一层薄雾，它轻轻的，柔柔的，却饱含水汽，睫毛一沾到它，睫毛就湿了。"薄雾"多少有点影响人的视线，眼睛不能望远。正是因为眼睛不能望远，心上的眼睛才发挥了作用，才看得更远，远到令人怆然的地方去。

还有任何人不可代替的写信者的手迹。李桂常不认为信上的字写得很好，也不认为不好，无意对字体的外观作出评价。她看重的是字的手写性质。李桂常见过一个词，叫"见信如面"。以前她对这个词不大过心，以为不过是一种客套的说法。自从得了这封信，自从写信的人永远离去，再拿起这封信时，她心中轰然如撞，才突然明白词里所包含的千般离情,万般欣慰。如同人与人的面貌不可能完全一样,每个人的字迹也只能是个人化的,举世无双的。一个人写的字,仿佛就是这个人身上分离出来的细胞,人与字之间天生有着不可更改的血缘关系。青年矿工的字体是内向的,看上去有些拘谨,还有那么一点自卑。同时又是温和的,守规矩的,和与世无争的。反正李桂常只要一看到信上的字,就像是看见了青年矿工写字的手,继而看见了青年矿工略嫌瘦弱的身体和无声的微笑。直到信看完了,青年矿工还与她执手相望似的,久久不愿离去。

第九天,丈夫从南方城市来了电话,问她怎样,儿子怎样。李桂常说,她和儿子都挺好的。丈夫说,再过一两天,他就回矿上了。李桂常还记挂着丈夫答应给她写信的事,问:"你给我写信了吗?"

丈夫道了对不起,说他本来打算写信来着,只是太忙了,每天都要喝酒,中午喝,晚上还喝,喝得头昏脑涨,烦死人了。因为是求人家办事,请人家喝酒,自己不喝还不行,真没办法。丈夫还说,不光请人家喝酒,还要请人家干别的。有些事情等回家再跟她细说。

李桂常不再提写信的事,说:"那你就赶快回来吧,你儿子都想你了。"

丈夫给她带回不少东西,有穿的,有戴的,还有往脸上抹的。每拿出一样,丈夫都问她喜欢吗?她说喜欢。丈夫说,等下次出差,他一定给李桂常写信,让李桂常好好看看他的文采。李桂常只是笑笑。她不敢对丈夫写信抱什么希望了。晚间,丈夫问她是不是又看那封信了。这次李桂常没有隐瞒,承认看了。她心里还有一句话:你不给我写信,难道还不许我看看别的信吗?不料丈夫夸奖了她,说她这次表现不错,态度诚实。丈夫接着说了一篇子对信的看法,丈夫说,信作为一种交流信息的形式,其实已经过时了,因为信的传递速度太慢,信息量太少,效率太低。有写信、收信的工夫,一百个电话都打完了。打电话方便快捷,还能听到对方的声音,何乐而不为呢!他劝李桂常多多利用现代通信工具,不要再保存那封信了。李桂常说:"这是两码事,二者并不矛盾。"丈夫说她太固执,"二者怎么能不矛盾呢,你对信情有独钟,就说明你的感情是怀旧的,思想是保守的。有这样的思想感情,就不容易接受新生事物,就跟不上时代的潮流。问题的关键还不在这里,关键是你的做法在伤害着别人的感情,并有可能危及家庭生活的安全。"

"你说得太严重了,谁伤害你什么了?"

"你既然问到了，我要是不说出来，就显得不够坦率。你保存着那封信，我精神上一直存在着一种障碍，觉得我们生理上结合了，心理上并没有完全结合。我有时候还产生幻觉，好像柜子里藏着的不是一封信，而是一个人，那个人会随时走出来，插足我们的夫妻生活。"

李桂常向锁着的柜子看了一眼，说："那都是你自己瞎想的。"

"存在决定意识，要是那封信不存在，我就不会瞎想。我看你还是把信处理掉算了。"

"怎么处理？"

"我相信你会有办法。"

"我没办法！"

丈夫不高兴了："说白了我看你是旧情难忘！"

"什么叫旧情难忘？我怎么旧情难忘了？写信的人都死了，难道连一封信都不能留吗？"说到写信的人死了，李桂常顿觉伤感倍生，眼泪夺眶而出。

和往常一样，一见把李桂常惹急了，丈夫就不说话了。停了一会儿，等李桂常情绪缓解下来才说。他说得静着气，像是生怕再把李桂常惹翻。他以自己做榜样，说他对李桂常爱得一心一意。自从和李桂常结婚后，他连一次老家都没回过,也没给农村老家原来那个离婚不离家的老婆写过信。这都是为李桂常负责,为儿子负责,为家庭的幸福安宁负责。不见李桂常对他的话有什么反应,他就给李桂常出了一个建设性的主意,让李桂常把兴趣转移到集邮上去。没人写信也没关系,可以到邮局买新发行的邮票。反正邮票不会贬值,只会增值。

李桂常仍没有说话。她为自己情急之中说出的那句伤感的话伤心伤远了,一时还在那句话里不能走回来。

后来,那封信到底还是失去了。一发现信不见了,李桂常马上向丈夫讨要。丈夫笑着,把李桂常稳住,说要给李桂常一个惊喜。李桂常说她不要惊喜,她什么都不要,就要那封信。丈夫对她打包票,说她一定会惊喜的。李桂常耐心等了几天,迟迟不见"惊喜"出现,就失了耐心,立逼着丈夫把信还给她。没办法,丈夫只好向她交底:丈夫把信作为稿子寄给矿工报社了,希望矿工报给予刊登。丈夫说,信一登在报纸上,保存起来就方便了。听丈夫这么一说,李桂常惊是惊了,但没有喜,而是恼了。她脸色煞白,双手发抖,坚决反对把她的信投出去发表。她质问丈夫,有什么权利把属于她个人的信投寄出去,要丈夫马上把信追回来。丈夫大概没想到李桂常会这样厉害,火气也上来了,指责李桂常不知好歹。二人吵得不可开交,动手撕扯起来。丈夫一不小心,碰到了大衣柜上的穿衣镜,把穿衣镜碰碎了,露出了后面的木板。镜子一碎,柜子里虚幻的空间就小了,似乎连卧室也变得逼仄起来。玻璃质的穿衣镜破碎时发出的声音有些大,对二人起到一定的镇定作用。丈夫说:"你看,碎了吧?"

次日,李桂常坐车到矿工报社追要她的信,人家说没收到那样的稿子。

捉　对

　　弯子上的是夜班。他从窑里拔出身子，回家用过饭刚躺下，小狗就来了。小狗敲门喊"弯子哥"，没等弯子哥答应，她就推门而入，轻车熟路地来到属于弯子的半间小屋。小屋门口遮着一块陈旧得发黄的白布帘子，屋里显得有些暗。她靠在门里一侧墙上，双手垫在身后，看着对面床上的弯子。弯子在被窝里只露一个头，看一会儿就有眉目了。她不说话。

　　弯子问她怎么没去矸子山捡煤。

　　她说没去，一副诸事无心的样子。

　　弯子知道小狗找他干什么，那件事着实让他犯难。要说力气，他一拳能把煤墙捅一个窟窿，可世上有些事情不是靠力气可以解决的。他尽量把那件事情躲避着，又问小狗别的话。

小狗说:"那人又到我家去了。"

"这个浑蛋!"

弯子骂了人,没有马上起床的意思。他习惯脱得光光的睡觉,自己暖热的被窝对他来说很适宜。

小狗叫他起来。

弯子想了想,说好吧,我去看看。他把两只粗胳膊从被窝里长出来,让小狗到外面等一下。

小狗说:"我就在这儿。"

弯子说:"那不行!"

两人僵持了一会儿,小狗还是一甩帘子出去了,帘子替她发了一点小脾气,好像在说:"哼!"

弯子穿好了衣服,顺便把腿脚踢了踢,跟小狗一块向外走去。这里是一大片矮趴趴的平房,平房分三路,每路九排,每排若干间,每间屋都住有吃窑饭的男人和女人。小狗家住在中间那一路,和弯子家相距不远。快到家门口时,小狗迟疑着站下了,看了一眼弯子,问弯子打算怎么办。

弯子说:"你说怎么办就怎么办。"

小狗很不客气:"我要知道怎么办还叫你干什么,亏你还是个男人！"

男人的说法使弯子受到鼓舞，他说："我去抽那家伙的嘴巴子。"

小狗这才满意了。可弯子越过她要打头阵时，她又把弯子的胳膊拉住，问："那我妈呢？"

这问题的确是个问题，弯子说："对呀，还有我婶儿呢！"

小狗想了个主意，就说弯子是来帮她家劈木头的，剩下的事让弯子看她的眼色行事。

弯子有点挠头，劈木头，这好办。只是眼色……这玩意儿比较玄，恐怕不好掌握。

小狗说："笨。"她换了大声对弯子说，"弯子哥，你帮我家劈木头来了？斧头在灶屋门后头。"

这样等于一下子把弯子推上了前台，他想不出场也不行了。他样子拙手拙脚，台词也应接不上，只说"劈木头来了，劈木头来了"。

说话门已开了，出来的是小狗的妈妈。小狗妈脸红红的，对弯子满面笑着，让弯子快到屋里坐，"你张叔也在这儿，你爷俩喝两杯。"又对屋里的男人说，"弯子是我看着长大的，这家属院里的孩子我就看着弯子好，厚道。"

弯子被夸得涨头涨脑,不知进去好,还是待在门外好,他想起小狗说的看眼色行事,就找小狗的眼色。小狗正从门口一侧盛杂物的棚子里往外拖一根木头,木头大概是小狗父亲从窑场捡回来的废旧坑木,上面涂满乌黑的煤粉。小狗把坑木腾地扔在门前的空地上,把地都砸破了,煤粉撒了一地。弯子以为把小狗的眼色看准了,黑好了脸,很鄙薄地看了那人一眼。那人是他们采煤区的区长,弯子对他并不生疏。

区长平着眼坐在桌边一张椅子上抽烟,似乎对弯子做什么都不大在意。

弯子的鄙薄没使出去,好像原封不动弹了回来,砸在自己脚面子上,这让弯子有些懊恼,他说:"什么东西!"

区长好像笑了一下。

着急的是小狗妈,这外号"象腿"的妇人脸都白了,她说:"小狗,你弯子哥上夜班,你不让他好好睡觉,这会儿劈什么木头!"

小狗说:"他不劈谁劈?! 木头就是让人劈的,不劈他不知道自己是木头。"她气昂昂地找出斧子,往弯子手里一递。

弯子把木头用脚踩牢,只一斧子,就把木头劈开了。

劈开的木头白花花的,有一股腥味儿。

区长和小狗妈相好,不是一年两年,弯子早就在井下听窑哥们儿说起过。区长的老婆不在矿上,区长一说他饿了,"象腿"就说她家有剩饭,要区长到她家吃剩饭。后来吃剩饭的典故全矿都知道了,人人都对这典故感兴趣。"象腿"在灯房上班,她收灯稍慢一点,人家就嚷:"快点快点,我饿了,等着回家吃剩饭!"听到这话的"象腿"觉得应该恼,谁知恼不成,嘴动了动,耳朵都羞红了。弯子眼见,有人开会到晚了,区长问他为什么迟到,他故意很支吾,说在家多吃了几口剩饭,耽误了。众人大笑。区长明知人家办他的难堪,也不好发火,只说以后吃东西注意掌握时间。还有人瞄准区长到"象腿"家去了,躲在窗下听房,听到"象腿"喊区长"我儿子",深一句浅一句,说了许多狠话,疯话。听房的人到井下不见天的地方把角色略事分派,一场绘声绘色的床上戏就移植到煤窝里来了,简直能把人笑死。每听到这样的戏,弯子就替小狗的父亲和小狗难过。弯子和小狗是同学。小狗现在是个大姑娘了。弯子觉得小狗的妈妈应该替自己的女儿想一想。

小狗又拉出一根黑木头,弯子照样把它劈开了。弯子愿意这样一直劈下去,他说:"把木头都拿来!"

区长只好走了。

停了一会儿，小狗妈说出去买点菜，也走了。临走时，她很小心地交代给小狗一件家务事。小狗说："我不管！"

院子里只剩下弯子和小狗。阳光从东边斜照进来，照到桐树根部一堆结冰的雪。雪面化得麻麻扎扎，地上洇湿了一大片。弯子在把木头往细处劈，两瓣劈成四瓣，四瓣劈成八瓣。他想，这劈柴做引火柴是很好的。如果煤火不太旺，做饭又需要急火，往灶底加点劈柴，两股火合成一股火，效果也是不错的。

可是小狗说："别劈了！"

弯子还没明白小狗为什么不让再劈，小狗已经哭了。小狗眼窝子湿迷迷的，鼻头也拧红了。弯子害怕小狗哭，他不会劝人，看见小狗哭他一点作为也没有。他不劈木头了，拿斧头在地上画道道。他心里说："我真笨哪！"他有点生自己的气，"我叫你不长嘴！"用斧头在地上劈了一下，把土地开成一张大嘴。

小狗说："弯子哥，你看这个家……我妈被鬼迷了心，我爸跟个死人差不多……以后就靠你了。"

弯子说："小狗你放心，我迟早要给那家伙点颜色瞧！"

小狗找弯子的事多着呢，有事无事都愿意到弯子家转一圈儿,待一会儿。弯子的父母都极宽厚,没说因为小狗的妈不检点就把小狗也看差了,葱和豆腐拌在一起,豆腐是豆腐,葱还是葱。小狗一来,弯子的父亲总是眯着笑眼说:"黄毛丫头来了。"如果这老矿工正喝酒,他要小狗也尝一点,说这酒不辣。小狗明知大伯逗她,还是将信将疑地尝了一点。她尝完了就后悔不迭,装成吃辣不过的样子,说大伯骗人,把大伯乐得哈哈的。弯子的母亲不同意老头子再喊小狗黄毛丫头,说闺女大了,黑油油的头发一把抓不透,人出息得漂漂亮亮的,哪里还有一点黄毛丫头的影子。她说这话时像是和老头子生气,似乎只有以这样的态度说话,别人才相信她说的是真话,不是笑话,才能维护到小狗的漂亮。老头子愿意在这个事情上向老伴妥协,说:"好好好,以后不喊黄毛丫头了,喊小狗。——小狗长再大,还是小狗哇!"说罢又笑。

小狗说:"笑笑笑,大伯最会笑话人了,我以后就跟大妈好,不跟你好。"说着一把将大妈的胳膊抱住了,脑袋也撒娇地贴在大妈身上。她的意思当下就和大妈好一个样子给大伯看,气气大伯。

这老两口子对小狗是存有一些私心的,他们把小狗和弯子联系起来,在心里不知把"以后"想过多少遍了,及至这两个字从小狗嘴里说出,虽然像是玩笑的话,还是在老两口子心上停留下来,并开大了一朵花。大妈简直有些感动了,她说:"就是的,我就是向着俺小狗。"大伯也做出说了错话的悔过样子,说该罚自己喝酒,把一大杯酒喝干了。

小狗就是这样,只要大伯大妈在家,她就不大理弯子,仿佛弯子是局外人。两个老人一离开,剩弯子一人在家时,她就不是她了。比如她的自行车本来好好的,偏要弯子给她修。弯子提起后车架,把悬空的车轮子蹬得"扔扔"响,说没毛病,不用修。她说:"骑着沉死了,你得给我膏点油。"弯子只好把车子卸开,往轴碗里膏油。弯子蹲在地上膏油,她什么也不干却嚷冷,把凉手一下伸进弯子后脖颈下面的衣服里。弯子冷不防被冰着,还有点护痒,条件反射似的缩紧了脖子,结果把小狗的手也夹住了。

"哎,哎,真暖和!"

弯子很窘迫,不知怎样处置这只贴在自己背上的小手。背上的手是凉的,可他几乎出汗了。后来弯子站起来了,他个子高,小狗个子矮,他一站起来,小狗就暖不成了。他转过身看着小狗,说:"我在你身上……暖一下试试?"

小狗赶紧往后退,把胸也抱护住了,弯腰笑着说:"不敢不敢。"但她很快把胸挺让出来,迎着弯子说:"给,暖吧,不怕!"颇有在所不惜的气概。

弯子的脸霎时红通通的,他把两只手看了看,到底没有伸出去。

小狗似乎很失望,说:"我就知道你不敢,芝麻胆儿!"

弯子把小狗话里的意思听出来了,越发不好意思,他说:"谁胆小,我手上有油。"

"有油,洗去呀!"

"车子不修了?"

"你不是说不用修吗?"

"我是说不用修,可是你……"

"我怎么啦?你就这么听我的!不该听的时候听,该听的时候就不听了。你呀,算啦,我算是知道你了!"小狗笑了,笑得坏坏的,十分得意。

弯子见小狗笑,他也笑了。

小狗骑上膏了油的自行车,到矸石山上去捡煤。小狗没有工作。矿上许多窑户的家生女都没工作。煤矿是男子汉的用武之地,女儿家一时派不上用场,就成了"老待"。老是待业终不成个事儿,小狗在别的女孩子撺掇下,脖子里挎个风筒布缝制的大号兜子,就打游击似的上了山。捡煤对她们来说不算什么难事，各家的兄弟父老一天到晚在煤里滚，没干过还能没听说过！是煤是矸不用瞅，着手一掂就掂量出来了。山顶的翻车架上每倾下一车矸子，她们就像一群鸟似的蜂拥而上，很快就把矸石里夹带的大小煤块捡干净了。这情景让小狗想起《动物世界》里的一组画面，雄壮的狮子把野牛扑倒了，群狮一通大嚼后，野牛只剩下一副骨头架子，这时那些麇集在四周早已急不可耐跃跃欲试的秃鹫们才纷纷聚拢来，把骨头缝里的筋肉剔吃一下。小狗有些不服，他们凭什么把好肉都吃了，让我们啃骨头。她自然想起当采煤工的弯子，如果弯子是一头雄狮，那么她就是一只秃鹫了。她为自己产生这样奇怪的联想感到好笑，秃鹫生得太丑陋了，别管怎样，自己总比秃鹫好看一些。

矿上没人看不起这些女孩子，他们把这些在山头活动的女孩子比作仙女。夏天，赤日把矸石烤燃，山上各处升烟。冬季，从井下拉上来的车车矸石又把地底的热气带上来，热气遇寒化成弥漫的白云。一年四季，这些女孩子就这样烟雾里来，云雾里去，缥缥缈缈，若隐若现，可不是像仙女！矸石山很高，人们站在远远的地方就能看到她们，一看到她们神情就显得很痴迷，说："看，这帮子仙女儿！"

还有人说:"这些仙女儿要是能随便捉一个就好了!"

女孩子们知道了矿工称她们是仙女,你看我,我看你,互相看到了对方满鼻子满眼的煤黑,一个两个都禁不住笑了。原来"仙女"们这般模样。笑过了,她们一时无话可说,站在山头眺望远天远地。她们似乎什么也没有看见,可每个女孩子都看得泪汪汪的。

因为有"仙女",就有人想做董永,上山的人就多一些。上得山来,他们适合看书的就看书,适合喝酒的就喝酒。不看书也不喝酒的,就把臂膀大张着做疯样子,说:"啊,矸石山,我爱你!"他们背地里给"仙女"们打了分,排了行。小狗得的是"七仙女"。那个说"矸石山我爱你"的小伙子看上了"七仙女",不直接说,说是受人之托,三番五次给"七仙女"塞赞美诗。不料"七仙女"说那些诗酸得倒牙,把"我爱你"的面子给卷了,越是丢面子的人越是要面子。"我爱你"从此对小狗不大友好,说:"谢谢你,这样免得我的朋友老是吃剩饭。"剩饭的意思小狗是知道的,她在心里骂道:"你妈才是剩饭呢!"狠狠看了"我爱你"一眼,表示永远不再理他。之后,她还是气恨妈妈和那个区长,觉得这种局面再也不能继续下去了。

这天,小狗带弯子把两个私通的人堵在屋里,"象腿"

从里面把门插死了,小狗使劲敲也敲不开。"象腿"说,她正拔火罐儿,让小狗在外面等一会儿,最好到自由市场看看有什么菜。小狗敲得更急,并指使弯子用脚踢。弯子的脚力是很大的。踢了两下,整个屋子都震得簌簌的。

"象腿"说:"你个死妮子是不想让你妈活了!"

小狗说:"是你不让别人活。快开门,再不开我把房子点了!"

"点吧,有本事你点吧,把你妈烧死你就好过了!""象腿"很不情愿地把门打开了,开了门仍装作很气盛的样子对小狗说,"我有点上火,想让你张叔帮我拔几罐子,你就催命似的打门,一点事也不懂!"

"拔罐子插门干什么? 我不是两三岁的小孩子!……哼,我都没法说你。"

"我走得正,站得直,没做对不起你爸的事。不信问你张叔!"

区长和上次一样,平着眼坐在桌边椅子上抽烟。他的烟显然是新点的,由于没点着,放不出烟来,只好重点一次。点烟时他的手有些抖。

弯子对的是区长,他把拳头提在手里,走到区长面前问:"你在这里干什么?"区长还没回答,他就一拳捣在区长脸上了。常言说，会打的打十下，不会打的打一下。弯子属于不会打的那种，只一拳就把区长的鼻子捣流血了。

区长没有还手，也没说话，只把头低下，让鼻血哗啦啦地流在地上，一会儿就流了一摊。

这下"象腿"不干了，她很放泼地指着弯子："李弯子，你凭什么打人？你是哪架子上的鸡？……"她的肥指几乎戳到弯子脸上了。

弯子往后退着，心想："我是哪架子上的鸡呢？"

区长说："算啦算啦。"他起身到厨房的水池里洗鼻子去了。

小狗当然是护着弯子，她把弯子一拉，挡在自己身后，说："打人了，就是打人了，我让他打的，怎么着！你们看我爸老实，就欺负他，亏你们做得出来！我爸没儿子，他有闺女，他闺女也有一口气，不是个死人！今后谁再欺负我爸就不行，我就是要和他拼命！"小狗鼻孔张得圆圆的，眼泪流了两大行。

小狗一凶，"象腿"就不那么凶了。她强撑着骂了小狗一句，说："小狗你翅膀硬了，不是两个手抱着奶瓜子吃奶的时候了，离开你妈行了。你一百条都好，你妈一百条都不好，你走吧，别让你妈带坏了你，你妈死了臭了你也别回来看一眼。""象腿"听见了自己的话,她自作自悲,双手捂脸惶惶地哭起来。

经过这番闹腾,按小狗的估计,她妈大概不会再和那人来往了。她哪里知道,藕可断,水可断,男女之间的事不是说断就能断的。

快过年时,天降大雪。因雪眯眼,山上又滑,这天小狗她们干了一会儿就"下凡"了。来到家门口,小狗听见屋里有琴声旋出来,她心中一喜,不知爸爸今天怎么高兴了。从她记事起,这把胡琴就挂在墙上。她曾多次要爸爸拉给她听,爸爸没说不拉,可总是说:"等爸爸哪天高兴了……"琴声幽幽的,像是在诉说着一个古老而忧伤的故事,雪花为之所动,和着琴声漫天飞舞。雪地为之所动,变得一片静默。小狗不明白,爸爸好不容易高兴了,干吗拉这般愁人的曲子呢!爸爸比妈大得多,爸爸又是个迟钝和寡语的人,对于爸爸和妈妈的婚姻,小狗一直心存迷雾。她想爸爸心里一定很苦。爸爸今天大概是触景生情,借助胡琴把心中的苦处稍稍发泄一下。小狗怕打断了爸爸的琴声,没有马上进屋。她打算进屋后好好喊一声爸爸,看看爸爸的眼睛湿不湿。

小狗没有想到,她进屋后没找到爸爸。把爸爸的胡琴操在手里的竟是那个区长。另外一个人就是妈妈，妈妈坐在火炉旁，一副很走神的样子。这次小狗没有发火，她转身就走了，到弯子家去了。

小狗的爸爸死了。工作面冒落的乱石埋住了一根铁柱子，埋得很深。别人都说算屄了，不就一根铁柱子吗！可这位老矿工像吃了铁似的，非要掏个洞把铁柱子挖出来。洞子掏到半道，两块巨石挤压下来，他的脑壳像挤核桃似的响了一下，人就不行了。

区长对小狗爸本来是很关照的，着人在巷道边做了一个一间屋大小的煤洞子，只让他在里面管管工具。这活不掏力，钱不少挣。无奈这老矿工干什么都较真章，有一回有个班长少交回一张锨，他说什么也不依，班长就揭了他的疤，说他向区长卖剩饭如何如何，区长才派给他这么个好活儿。小狗爸一恼，丢下这份活儿，坚决要求回采煤工作面去了。一回工作面，就死了。

"象腿"没了丈夫，矿上的人都说，这下区长会"象腿"不用再偷偷摸摸的了，两个人可以明水明蹚，甩开膀子大干一场。可是，自从小狗爸死后，区长再也没到"象腿"家去过。据说"象腿"找到区长哭过，闹过，还动手撕过，扯过，区长还是不去。一次也不去。区长说："要我死可以……不然的话，我真的对不起大哥了！"

　　既然区长和小狗妈的关系断了，小狗就不必再拿弯子当山炮。弯子呢，觉得自己的任务完成了，像通常采过了一段难采的断层一样，他有点高兴。人一高兴，睡觉格外舒服。时节到了春天，弯子睡觉把棉被换成了毛巾被，由于那个保留下来的习惯，他睡觉仍盖得严严的。睡得正甜，忽然觉得鼻子有些堵。他迷迷糊糊，以为是在井下，工友捏他的鼻子，跟他开玩笑，就嘟噜着嘴说："×你妈，别闹别闹！"用手在鼻子上扒拉了一下。

　　小狗说："好哇，你还会骂人哪！"她的口气像是对弯子会骂人有些赞赏。

　　弯子见是小狗，就把毛巾被压紧点。他问小狗找他什么事。

　　小狗反问他："你说什么事？"

　　"不是没事了吗？"

　　"什么叫没事，我呢？"

　　弯子不知道她怎么了。

　　小狗让他起来，说有话跟他说。

　　弯子哼哼唧唧不想起来，说困着呢。

　　小狗说："困也得起来！"

她一把将弯子的毛巾被揭开了。

两个人都很吃惊。

弯子手忙脚乱，赶紧把曝过光的身体重新裹好。他觉得有点对不起小狗，但他说这不能怪他。

小狗没有说话，背着身子在床边坐下了，头也埋了下去。

弯子见小狗的背有些抖，以为小狗哭了。他正不知怎样安慰小狗，小狗突然转过来，一下扑在他身上，把他紧紧抱住了，说："弯子哥，我嫁给你……现在……"

站 不 稳

    桂桂有个外号："站不稳"。在商店排队买东西，或一块儿上街的女友碰见熟人有话说，要稍稍等一会儿时，她不是低下头捏衣角，就是从背后抓过辫梢儿摆弄，手不动脚动，不能有一刻安稳。人说心静自然平。她这般好动必定心里不静了。这不能太怪她，无论她到哪里，总有烁烁的目光照耀到她，烧她。这也不能太怪人，她生得太乖巧，太出色，天生是个夺目的，不由得人不看。倘若她背景阔大，又是个冷面冷心的，看了她如同不看，使看的人自惭形秽，倒也罢了。她呢，出身小小农家，对人们热情的注视又格外敏感，就是低着头，也能觉出目光来自何方，落在何处。有人看她的脸，脸立时红透。有人看她的胸，她马上低头把胸检点，并把两个东西中间的衣服扯空，做个拙笨的掩盖。不论看哪里都有回报。仿佛她身上穿的衣服也是善感有灵性的，看到衣服上的一朵花，那朵花格外熠熠生辉。

含羞草不会因为它的害羞，人就小心翼翼，加以爱护，相反，寂寞的人们怀了某种试验的乐趣，偏要一而再再而三地惹出她那个羞来，得到满足。

"站不稳"把桂桂毁了。先后有几个男人跟她好过，后一个拿自己的作为推算到前一个的作为，问桂桂，桂桂说了，后一个不能容忍，就把她甩了。好几个后一个都把她甩了。这样子桂桂名誉上有些不利，厂里那些男人和女人提到她时，嘴角都挂出不屑，觉得"站不稳"不足以评价她了，就说她"裤腰带松"，或者说"看她一眼她就仰面倒下"。

在千年古镇上一个小小内衣厂里，人若落到这一步，日子不太好过，就不消说了。别说在厂里，她偶尔在街上人缝里走过，那起街痞子也会指出她来，"嗬嗬"地起哄，弄得她插翅不能，入地不能，连走也走不稳了。

桂桂知道了自己的毛病，对着镜子照那张脸，照了一会儿，低下眉，无可奈何地叹了一口气。想哭，眼里当真泪浸浸的。哭过了，毛病还是改不掉。她的感觉，男人的目光都是实体，长臂样的实体在身上乱杵，谁能架得住！

眼看桂桂要剩下时，有人给她介绍了一个对象，是铁工厂的临时工,抡锤在砧子上打铁的。一块红铁从炉口夹出来,在他锤下圆了,扁了,细了,长了,全由他。他下锤又准又狠,是一把锻造的好手。这玩铁的人并不像人们通常想象的那样傻大,他长得有点矮小。矮小的人不见得心就小。那天,两个人在媒人引导下,第一次在城外沙河滩见面。时值开春,和风把堤边的柳条吹软,吹出一串串鹅黄的来。地气上升,脚下的沙也泛潮,散发出泉的气息。这样的季节和气候很宜于谈情。桂桂打定主意,这次无论如何是要站稳的。快接近那打铁的时,她还把主意在心里温习。谁知一切主意都不太可靠,二人眼光一碰,她即乱了方寸,垂了头,把目光逃遁了。待要重新把目光举起,却怎么也举不起。只得回过头,在装着寻离去的媒人时,把鲜红的下唇咬几个白印儿。打铁的目光很火,很硬,支持这火和硬的,似乎还有几分冷,桂桂敌不过。这怎么办呢?怎么办呢?她手也多余,脚也多余,首尾得不到固定的安置,浑身都不自在。好在旁边有一棵老柳树,她膀子靠过去,把细白的手指抠那黑色开裂的树皮,算是有了点依托。她这"危险"样子极容易给男人以勇气。打铁的走过去了,站得离她很近,鼻子笑了两声。桂桂听来,这笑是很吓人的。见面之前,他必定听说过她了,一切在见着时得到了验证，才这样笑。桂桂经不起这种笑法，正不知如何说话，打铁的说到今天天气不错，暖和。桂桂马上附和："惊蛰过了，一天比一天暖和了。"

"天暖和了也不能换衣服太快，穿得单容易伤风。"他把桂桂的小膀尖捏了捏，意思说她穿衣服少了。

桂桂被一个刚见面的男人捏了，不觉狎侮，只觉出宽容和体贴，便感动，眼里便有水波荡漾，捏着的圆膀子不敢动一动，只悄悄往软里落。

打铁的手便不再挪开。

桂桂不免想起以前的几个男人，头更低些，说自己不好，又说以后就知道了。

第二句的意义有些含混，打铁的却听得极明白，他愿意听到这个话，就说："什么都别说了，我看你好！"铸件般的手从桂桂膀尖上顺胳膊走下来，捉到她的小手一握。他那握惯铁钳和锤把的手忘了一点节制，桂桂身子一缩。

"疼了？"

"不疼。"

打铁的不在铁工厂滚地铺了，每天下班后，内衣厂里有一间小屋、一张大床迎候他。他们没有收礼，没有请客，没有举行结婚仪式，打铁的那床破被褥也没往内衣厂拎，只提着两手去了，婚结得极简易。不过，人间的乐趣，小屋里和大床上差不多都有，倒也实惠。临时工比正式工低搭得多，干最重的活，拿最少的钱，干得好了，多"临时"两年，干得不好，人家脚面轻轻一抬，这碗饭就没了。桂桂是正式工，没说看不起男人。男人做工可以是临时的，做丈夫她可不愿意临时的。

新任的丈夫比桂桂更懂得桂桂，他一天不落地回家，每晚都尽丈夫应尽的义务。回到小屋里，他便不出门，也不愿意桂桂出门，桂桂有些事非出门不可，他要桂桂把事情说明白，能一块儿去的，他跟桂桂一块儿去；不能一块儿去的，他看着表给桂桂限定一个时间，到时必须回来。他说："我太喜欢你了！"

他不许别的男人进他们家门。内衣厂有的男工邀他玩，他只在户外玩。他不玩别的，只和人掰手腕儿，靠了打铁得来的臂力，轻易就把人掰倒了。好多人都成了他手下的败将。他不把得意露出半分，脸上静静的，只说"没什么"。后来有一个大块头儿的人找他掰手腕儿，他眼看要输，就两只手上去把人家压倒了。从此，他连手腕儿也不掰了。

他只跟桂桂玩，让桂桂生孩子。桂桂很够意思，当年就生了一个。桂桂怀孩子时脸色有些糙，由于负重和护子的本能,别的念头全没有了,步履也沉稳得多。第二年他又让桂桂生了一个。两个都是虎头虎脑的大小子。人说孩子是母体上结的瓜,瓜把精华一吸,再鲜活水灵的母体也得枯萎。结过两个"瓜"后,桂桂是变了些,但没有就枯萎,开宽了胯,胀饱了奶,反而更丰盈,平添了一些少妇的风韵。还有一点打铁的没有料到,过去一些和桂桂相熟的男人,想着桂桂是生过孩子的人了,少了避讳,抓机会向桂桂挤眉弄眼、花马掉嘴还不算,索性动手动脚起来。桂桂在斗口齿开玩笑方面是不能的,只红了脸,抱了胸,扭来扭去笑着躲避。想到应该生一点气,就生了。谁知气魄一点也不大,一点也不恶毒,倒让人想起小姑娘怄气样子,更招人疼。一次桂桂买白菜,那个和打铁的掰过手腕的大块头儿抢着替她背了,还说,别看后面背了百斤菜,前面还抱得动一个百斤的人,不信可以打赌。周围的人都不信,要他抱了看,才信他的力气。这里的人都聪明透顶,他们并不是要欣赏一个人的力气,而是要得到别的新鲜趣味,嘴上却只把力气来说。抱谁呢? 当然是抱桂桂,桂桂好抱。桂桂不至于傻到在当街上让一个男人搂抱,一边慌乱地退,一边表示相信他的力大。不想退到后面另一个人身上,这人说"我可抱不动你",迅疾用胳膊把桂桂的腰缠了,肚子往前一挺。众人齐声嚷好。

这回桂桂真的生气了,眼里泪汪汪的,让大块头把白菜放下,放下。大块头死皮赖脸,硬要把白菜送到桂桂小屋里,他知道桂桂的小男人正在上班。不想打铁的提前回来了,在屋里砧子一般坐着,对大块头说:"谢谢!"

桂桂有些慌,忙解释说:"我听人家说白菜便宜,就去买了,一斤便宜一分多呢!"

打铁的不吭。

"你累了,我给你包饺子吃。白菜馅儿还是韭菜馅儿?"

打铁的还是不吭。

"你咋不说话? 你打我吧!"

打铁的鼻子笑了笑:"我干吗打你,我凭什么打你,结婚这么长时间,我打过你吗?"

桂桂说:"没有,一次也没有打过我。"桂桂哭了。

晚间,桂桂为了白天的那点过火,身子一个劲往打铁的身上贴。她越是这样,打铁的越成饱猫,做懒样子不动。她知道,男人在这个事情上又惩罚她。男人以往在火头上也说漏过嘴的,他以为靠打是不能惩罚到一个女人的,白天打了,晚上必换一种方式再打,晚上方式打的结果,使女人把白天的打当成幸福的前奏,惩罚是谈不到的。真正的惩罚是不交手，是拉开距离，是对女人冷淡。桂桂灰了心，转过身子啜泣。

这时，打铁的却成了无事人，问桂桂怎么了，把桂桂的身子扳转过来，慢慢开口，说他在想，是不是再要一个孩子，有两个儿子，最好再有一个女儿。

通常时候，两口子说到合作生孩子，是乐事，乐事能把不乐冲淡。桂桂想到了这一层。还有一层她不能不想到，时下生孩子的事有计划管着，多生一个要被开除的……

打铁的跟他讲女儿的好处，讲了第一第二第三第四，都是儿子不能替代的。难得他数出女儿那么多的好处，且把女儿的好处拿桂桂来比，仿佛女儿家应有的美德桂桂都有，而只有生下一个女儿，桂桂的美德才能得到延续。一面极有耐心极有条理地说着，同时有一只手，也极有耐心，极有条理，起着一点辅助作用。桂桂昏了头，有点急不可耐，做了一个大的动作："快把女儿给我吧……"

桂桂果真生了一个女儿，他们如意了。

女儿粉团团的，鼻口眉眼都像桂桂。厂里不客气，把桂桂开除了。桂桂想到当初找这份工时付出的大到不能再大的代价，很有些不舍，但也无法挽回了。

当临时工的男人不在乎，说回到乡下要自立一盘洪炉，打造日用农具卖钱,日子会红火起来。他借了一辆架子车,拉了铺盖、锅碗瓢盆和三个小雏儿,沿一条游蛇般的土路,往乡下老家走。初冬天气,头一场雪正落下来,天空像罩了网,远处什么都看不见。桂桂沉了头,帮男人拉着偏套,一路无话。

打铁的名下有一间草房,一亩沙地,过去他一人吃饱全家不饥,现在带回四张嘴,一份吃食要分成五份了。乡下人当面夸他本事大,光棍一根去,满堂儿女回,外带一个能弹得出水的女人,真算得上"一把锤"。背了他,撇嘴作出估计,说有他受的饥荒,这样的女人也猴不住。

打铁的心劲不小,盘了炉,生了火,叮叮当当打起来。桂桂进进退退给炉子拉风箱,看着青铁变成红铁,红铁往水里一蘸"刺啦"冒一股白烟,又成青铁。农具打出来了,竟很少有人买。倒不是乡亲们有意败他的生意,街上五金商店农具比他家的便宜,谁放着便宜买不便宜呢。减价就要蚀本,不减价本钱就成了僵硬的冷铁。生意不成,回过头侍弄那亩沙地。这两口子在种地上不大在行,收成自然不如人。就算能有个好收成,一亩地总是有限的,别说粮食从地缝里长出来,拿一亩地面晒粮食才能摊多少。粮食打出来,还还借人家的,剩下的就不多了,一年差半年的粮食。人的嘴不是口袋,不能扎起来,总得想法往里填东西。桂桂织毛线手快,花样变化多,就连明扯夜给人家织活儿换点钱买粮。乡下穿得起毛线衣的人不多,后来她的手也无所事事了。她开始卖自己从厂里带回的东西,卖布料,卖衣服,卖头巾,卖袜子。自己的衣服烂了,打补丁,补丁再烂了,也不大看得出来,里面衬的肉成了黑黑的,再看桂桂的脸,被风日蚀得灰一块,紫一块,眼角扯了纹,纹里夹了灰,她的眼睛不再是无风也起波的一汪水,仿佛水干枯了。可桂桂没有像人们估计的那样跑走,她守着这个家。内衣厂里有人看见过桂桂,几乎认不出她了。看见桂桂的人回厂里说,桂桂现在行了,站得稳了。

大孩子该上学时,桂桂为了一点学费跑了好多家也没借齐,后来借到一个光棍汉门前,光棍汉咧着阔嘴巴望着她笑,说钱是有,借了也不用还,问她可明白这意思?桂桂直了眼,木呆呆的,竟不明白,只当光棍汉不肯借钱给她,就走了。

回到家,她搂过孩子哭,越哭泪越长。

打铁的知道,她伤心伤远了,不只是为孩子学费的事了,叹了一口气说:"你当初真不该嫁给我……"

桂桂不哭了,说:"你别说这个话……现在你该放心了吧?"

打铁的吃了一惊,刚把头点住,又摇了。

媒　人

　　林小华不大说话，爱拉拉二胡。二胡替他说话。秋雨绵绵的时节，黄叶飘落，空气微寒。一缕琴音袅袅地在村上行走，走过湿的树、湿的瓦、湿的草丛、湿的竹园，无处不到。阴雨把琴音浸润，助它一点凄凉，不能够将它打散。农人凭了这丝弦之声，发了一些素常不曾有的遐想，往前往后都想得远一些，远到生与死，远到虚无缥缈，痴痴的无话可说。鸭子和鸡也无话可说。鸭子在泥泞里走，慢慢的，步履似有些庄重。鸡们提着一只爪子，立在草垛檐下，不时发一点呻吟。

　　把琴声当话听的只有张文丽，能听懂这"话语"的也只有张文丽。年龄相仿的姐妹们正聚在她屋里说笑，打发雨天，琴声隔山迈垄传来时，姐妹们张起耳朵，说："快听，快听。"

一听就叹气。张文丽不听。刚才轮到她讲一个笑话，她不讲，这会儿倒讲起来了，讲的声音很大，盖过了琴声。笑话讲完，听的人还没笑完，她就让人家散了。

剩下她一个时，她不怕屋檐滴水溅湿了裤脚，靠门框站着，眼看石榴树下细碎的金黄落叶渐渐模糊，卅起一片黄晕。她知道的，林小华必定坐在他家木窗内那张小床上操琴，上身挺得笔管般直，闭着眼睛，头随着流韵缓急微微摇动，一副傻样子。到后傻样子越来越近，越来越大。她稍稍有些慌乱。这时琴声止了，眨眼之际，面前只余泥地和泥地上清晰可辨的细碎的石榴叶子。她有些没着落，站也不是，坐也不是，打一把红伞到野地里去了。

天近黄昏，雨还不止，四周越发灰暗。她的伞显得很亮，光彩烁烁，老远就能看见。她来到菜园里。菜园里有白菜、萝卜。得了足够的雨水，白菜、萝卜都长得蓬蓬勃勃。林小华家的菜园离她家的菜园不远，抬眼就能望见。他家的菜园里也种有白菜、萝卜，他怎么不来看看白菜、萝卜呢？他会来的。这样想着，她不免往村头看了几眼。村头一片烟。她还要等一会儿。雨点打在伞篷上，麻麻达达地响，静得让人想哭。林小华呀林小华，好你个林小华……

林小华到底来了，戴一顶大斗笠，还肩了一把锹。他远远地看见了张文丽的伞，脚下迟疑了一下，心里扑棱开红了一朵花。张文丽也看见他了，心里乱跳，赶紧弯下腰在水淋淋的白菜叶上瞅。她要等林小华问她："张文丽，你干什么呢？"她就说："我看看白菜生虫子没有。林小华，你干什么呢？"她得听听林小华怎样答她。林小华在菜田间细细的小泥路上"咯吱咯吱"走过去了，走过去就没声了。她不由得瞥过去一眼，看见他正用菜叶子有一下没一下地在菜畦上抹，觉得可笑又可气，偏不先搭理他，只管"找虫子"。

林小华何尝不想和她说话呢，只因太想了，却说不成。又想，在这四下无人的雨地里，有张文丽和他单独在这儿待着，又离得这么近，这就够了。他想唱一支歌，只咳咳喉咙，没唱出来，他想作一首诗，想到了风雨细如愁之类的词，又觉得不确切……他突然不抹菜畦了，直起身子朝回村的方向看着，锹把操在手上，样子有些傻眼。他看见张文丽走了，连头也不回一下。张文丽必定不愿意和他单独在一起，要不，她为什么走呢！他想起前一时的一件事，那是中秋节的晚上，他在家里拉二胡，张文丽带着小侄子来唱歌，她唱"一条大河波浪宽"，唱"十八岁的哥哥坐在小河边"，唱罢一曲又一曲。她平常不唱，一唱可真好，好得让人心疼。她唱什么,他就伴奏什么。他心里有的,她也有。待一曲终了,他说:"以后有灾荒年也不怕了,我拉你唱,咱们要饭去。"这话他攒了好大劲儿才说出来,里面带着试探的意味。张文丽听了很生气,二话没说,拉起小侄子就走了。

当晚,林小华睡不着。冷雨敲窗,他心里好苦。人家生得那样可人,哪只眼会看上你!你孤儿寡母的,家境又不好,哪能攀得上人家,罢了罢了,死了这条心吧!

天放晴后,林小华到镇上赶集,遇见了中学时的一个同学王欣。

他们仿佛又回到了学生时代,看着满街各色农民发笑,并指着一个竹篮子扣头、上穿棉袄、下穿裤衩的汉子,议论到汉子的样子有多蠢,越看越蠢。这时张文丽过来了,喊了一声"王欣"。她没喊林小华,只很快地看了他一眼。

"张文丽,你也来赶集了,一会儿到酒厂喝茶去!"王欣的意思是告诉张文丽,他现在是镇上酒厂的工人了。

张文丽说:"俺是老农民,大工人的门俺可不敢进!"笑着,又看一眼林小华。见林小华也在看她,脸一红,低下头走了。

王欣的眼睛不舍地追着张文丽,嘴里喃喃地骂。

"怎么? 你看上她了,我给你介绍介绍吧!"林小华说了这话心坠了一下。

王欣回过脸来:"真的? 你要是给我介绍成了,我……你……咱没说的,在学校时我就看她好。"

"你看上她,她能看上你吗,张文丽眼高得很。"

"就看你的了。"

林小华答应介绍一下试试。

他有了庄严的理由可以把张文丽约出来。他写了一个纸条,交一个小孩子送给张文丽,让张文丽到村南大柿树下去。张文丽得了纸条如得到了一颗滚烫的心,把纸条紧紧捂在胸口,"我总算等到了这一天!"话未出口,眼泪却流出来了。想到应该高兴,就对镜子抹去了眼泪,无声地笑了又笑。

大柿树很老了,发黑的树皮皲裂成鳞状。叶子被寒霜镀上一片黄,一片红,一片紫,在微阳下飘摇。柿树下撒满色彩斑斓的美丽落叶。傍树根一侧有一个豆秸垛,垛上也披着这种美丽落叶。一只白羊,两只前蹄子搭在柴垛上,伸长嘴巴够落叶吃。林小华以为白羊调皮不懂事,放着地上那么多落叶不捡吃,偏要费力吃高处的。他把羊撵跑了。林小华有一点错觉,仿佛是自己和女孩子约会,平生第一次的事,弄得他心上一阵阵紧缩。他对自己说"不是,还是",并对自己有所责备,才稍稍坦然些,安静些。他真害怕张文丽会同意,要是那样的话,等于搞了他的心。他想张文丽不会同意,反正不会同意。

张文丽来了,嘴唇白白的,眼皮耷拉着,神情有些紧张。林小华招呼了一声:"来了。"她没听见自己应了没有,只顾赶紧把身子靠在柿子树上遮掩起来。她的情绪传染了林小华,林小华打了个寒战后,身子抖得收不住,说不成话。他想,天有点冷。是了,天很高,秋风一阵凉似一阵。这样把美好时光耽误了一些。张文丽说:"林小华,找我什么事?"这问话让林小华想起在学校时女生为一点小事质问男生,口气相当严厉。他清醒了一些,记起自己的使命,说:"王欣托我一件事,我没办法,受人之托,我只好……你明白了吧?"

张文丽不明白。她好像有点惊愕,两眼第一次大胆地在林小华脸上找。她不愿意明白,不相信这是真的。

"张文丽,你别生气,真的,他说你长得好,聪明,温柔,早就喜欢你。真的,他说你唱歌唱得好,是他的知音。他说一想起你就心尖疼,他说就怕高攀不上你……"

张文丽笑了笑。

林小华看见她那种笑，有点害怕，赶紧又说："你同意不同意我不管，反正我把话捎到了。"

"林小华，我可算知道你了！你还有别的话吗？"

林小华当然有话，有好多好多话，说不出口。

他应当说："文丽，你还不知道我的心吗？你折磨我够苦了。我愿意为你去死，我在梦里为你死了一百回了。你看我现在有多瘦，头发也掉了不少，不是为你又是为谁！"话虽未出口，心里想到了，有些委屈。他朝张文丽看了看，想让张文丽知道他的委屈。

张文丽不抬头，不声不响。听见羊叫，一回头，见一只白羊在她身边，欲舔她的手。她把它踢开，拔腿走了。

"张文丽，张文丽！"

张文丽站下了，没有回头。

"你想想，给我回个话。"

张文丽快步走了。

林小华觉得怪累，靠树根坐下了。坐了半天，脑子空空的，有些茫然。夜幕合住好久了，他还不知道。

此后好几天，林小华没看见张文丽，他想不出张文丽是啥模样了，越使劲想，越想不起来。

他从她院子门口走过几次，门老是关着。趁前后无人时从门缝里往里瞅过，只看见一只公鸡矮着身子追母鸡。他心锤子在半空吊着，越吊越高，二胡也拉不进去。王欣来问他结果，他心里很烦躁，脸上装作平静，说已经跟张文丽提了，张文丽没说同意，也没说不同意。王欣的样子有点不相信。他说："我去给你问一下。"快走到张文丽家院子门口，脚下黏滞住了，站了一会儿，折回去，对王欣说："张文丽不在家，走亲戚去了。"

林小华急于见张文丽一面。她家院门左侧有一块水塘，塘边长满茂竹，他就藏在竹丛里，两眼瞅着门口，极有耐心极无耐心地等。等了半天没动静。后来一个小男孩子出来了，这是张文丽的小侄子。

林小华从竹丛出来了，蹲下来把小男孩抱住，跟小男孩说了许多亲热的废话，才问他姑姑在家不在？这几天哭过没有？又悄悄问："你姑姑喜欢我吗？"这问题似乎让小男孩颇费脑筋，皱着眉头直转小眼珠，回答不出时，小身子使劲往外挣，想跑掉。林小华不放人家走，样子有点死乞白赖："哎，我说，你可不能走，咱俩还没玩够呢！咱俩是好朋友，我给你讲个故事怎么样？你看这个，钢笔，来，我给你画块手表。"

"姑姑——"

林小华一回头，见张文丽不知什么时候出来了，双手在后，背靠门框站着抿着嘴微笑。他一时手足不好措置，脸同脖颈全红了，也笑了一下，只是笑得有点傻。想到该拿小男孩作遮掩，低头看，手上已经空了，小家伙趁他发呆时，早脱兔一样蹿远了。"张文丽，你侄子真好玩！"

张文丽不吭声，仍旧微笑着看他。在自己家门口，她从容了许多。

林小华走也不成，不走也不成，搓了脚，又搓手，到后扭着脖子瞅肩膀，似乎发现肩膀处有灰尘，拍打一下又一下。

张文丽不由笑出了声。

"你笑什么？"

"我替你难受。"

林小华不知道张文丽替他难受什么，他想了想，以郑重的口气说："王欣那天来了，问我……我说你走亲戚去了。"

"谁走亲戚了，你干吗骗人家！"

"那，这几天我为啥没看见你？"

"你怎么会看见我，我在你眼皮底下你也看不见。"她还想说："你眼里根本没有我。"这句话没说出来。

林小华听出她话里的意思了。虽然张文丽的口气带点埋怨，他极愿意受这样的埋怨。

张文丽说："林小华，你来，给你看一样东西。"进屋翻出一封信递给跟进来的林小华。

林小华一眼认出信封上是王欣的字，头大了一下，脸变得苍白。他把信翻转看了看，问是谁的信，把信放在另一只手上扇打几下，借此表示他对这封信并不关心，并随时准备把信丢开。

张文丽让他看一下。他又想看，又不敢看，犹豫了一会儿，还是看了。他觉得有个东西一口一口咬他的心，信没看完，心骨朵儿已被咬得所剩不多了，这时倒不觉得疼，只觉发木。人也呆呆的，转不过气来。想把信纸原样装进去，手哆哆嗦嗦，老是装到外头去。张文丽一把夺过来，团巴团巴，随手扔在桌上。

他说王欣的信写得不错，问张文丽给王欣回信没有。

张文丽翻了他两眼。

他低了头。两个人默默坐了一会儿，林小华只好走了。

这年入冬前，林小华搭外村的包工班子，到一座很远的城里学盖房子。城里男人对女人敢作敢为，使他添了一些胆量,为自己在家时的懦弱感到羞耻,他觉得自己过去太傻了,今后不能再傻了。

第二年,柿树叶红了时,他回来了,进村就问张文丽。有人告诉他,张文丽春天时已被别人得去,那个人不是王欣,是外村一个开汽车的。

他天天去镇上等张文丽,有一天终于等到了,他流着眼泪,埋怨张文丽为什么不等他,为什么!

张文丽对他有些冷淡,低着头,牙咬着下唇,一句话也没说。

林小华不明白,张文丽为什么会这样。

曲　胡

　　这地方，胡琴有四种，板胡、曲胡、坠胡、二胡。瞎祥拉的是曲胡。

　　一只放倒的六棱木筒，用桐油喂过，一端绷上蟒皮，往上立一根深色细木琴杆，杆首雕出诸葛武侯顶冠模样，两侧装上调弦的钮子，这就是曲胡了。曲胡拉起来声音宏大、高亢，但不叫，透着真实的敦厚。

　　曲胡是给曲剧伴奏的，瞎祥却从未登过戏台，可见他琴技平平。他是胎里瞎，从未见过天日。爹娘送他投师学艺，想让他有一技在身，将来好有碗饭吃。不想世上的技艺不是下了苦功就能学到的，琴弦不知锯断多少，琴杆被指头磨出槽坑，琴声竟不能入世，拉不出日月星辰、苦辣酸甜来。后来，二老相继过世，念过大学的哥哥在外得了新欢,跟嫂子分手不再回家,家道日渐衰落清苦。这时再听瞎祥的琴声,竟有些不同凡响了。秋叶飘零的夜晚,月白如霜。琴声悠悠扬扬传来,如泣如诉,使好多善良的农人痴痴呆呆,嗟叹不已。大雪封门时,村落静得如死去一般。辛劳一年的人们闲下心来,正要把往事回想,琴声驾着雪朵过来了,悄悄往心里去。不知不觉中,人们记起往人往事,心绪就跑到很远很远的地方去了。有的妇人凭这琴音沟通了心境,想起先前的一个男人,沉醉在一种神情恍惚的境界,把悲欢离合的感情升华。也有人不胜琴力,冒了大雪,循声去瞎祥家里看究竟,见瞎祥弓如腾蛇,指似飞鸟,操琴正酣,且有两道清泪顺鼻窝流下,有些吃惊,就喊:"祥,祥,你疯了! 拉弦归拉弦,你哭啥?"

祥停了手,马上直脸对来人做笑模样,说:"我没哭。"抬手摸到脸上果真有泪,又说:"我是迎风流泪。"遂松弦合了弓子,和来人说话,从落雪说到小麦,又卜到来年收成。

晴了天,地里还陷脚,无活可做,到瞎祥这里消闲的人更多。来人先不说话,挤眉弄眼示意别人也缄了口,却蹑手蹑脚过去,一下搂了祥的后腰。祥是做惯了这游戏的,凭他惊人的记忆和细腻的感觉,早就知道搂他腰的人是谁了,他偏不道破,只张三李四地混猜。有时搂他的明明是小伙子,他却说出一个姑娘的名字,直惹得人憋不住笑,他也笑,并承认自己输了,说出输的理由,是怪别人,不怪他,因为搂他的人高了,胖了,皮肉细了。他这种怪人的办法谁都愿意接受一回。

小孩子也喜欢他,愿意跟他玩。小孩子的游戏就是重复,不厌其烦地重复。成人跟小孩子们玩不起,太乏味儿,太累。祥却从不让小孩子们失望。一个在家受了屈、脸上还有泪痕的小女孩,眨着一双星子样的眼睛问祥:"扁豆什么样儿?"

"扁扁的。"

"绿豆呢?"

"绿绿的。"

"毛豆呢?"

"毛毛的。"

祥的回答似乎都对,让人驳不倒。可架不住小女孩的问题多呀,她问到猪狗猫、鸡鸭兔,还问到太阳、云彩和墙头上的一盆凤仙花,看见什么就问什么。祥呢? 以此类推,有问必答,猪,"猪猪的";狗,"狗狗的";太阳,"太太的"……小女孩听出了破绽,笑得滚在地上。祥也乐得原地直转:"怎么样? 难不倒我吧!"

祥突然静下来朝一处听着时,那一处必定悄悄立着一位中年妇女。这妇人年轻时节应当是美人,端庄娴静处不会随着岁月流逝就消失了,从余剩风姿还可以想象得出。这是祥的嫂子。因为有了一个儿子,她离婚不离家。祥的眼睛是秕谷,嫂子的目光关照到弟弟时是毫不避讳的。目光在那无须白脸上滞留,嫂子便有一个念头产生——看来人是不能十全十美的,这样一个男子,送子娘娘偏偏忘了点睛,若再添一双星眼,那该如何!

嫂子以为祥没有眼就看不见她,错了,祥是个盲目不盲心的,目盲了,心更明些,明亮的心子使身体各部都可作眼睛来使,有时比有眼睛的人还"看"得真些。

"嫂,推磨吗?"

嫂靠门不动,微微含笑,心说:"你怎么知道是我？要不是你嫂呢？"

祥又叫几声不应,觉得应该跟嫂子开一个玩笑了:"嫂,你笑啥,你当我看不见你吗,你的眉毛左边跳了右边跳!"

"你多能,你看见我笑了?!"这样说着,又掺进好多的笑,不承认是不行了。

推磨是他俩的事。一张木制圆磨盘,上面放两扇叠起的石磨,下扇起轴,上扇开洞,轴置入洞中,推动上扇转起来,粮食就变成面面儿,雨一般纷纷落下。祥推磨是很来劲的。嫂让他"慢点慢点,不要慌",意思怕他累着。他塌着腰,偏要往快里推。嫂只得给他讲一个故事,说她娘家时喂过一条狗,是白狗,白狗耳朵特别灵,鼻子特别尖……故事没讲完,祥喜得又是拍胯,又是跺脚,样子很张狂,说嫂子真坏,嫂子要是再坏,就不喊嫂子了,喊她小名凤儿。他给嫂子说一个谜,让嫂子猜:肯吃嘴儿,拉巴腿儿;推小车儿,卖棒槌儿……

推完磨,祥兴头不减,移码调弦,借了胡琴深厚绵长好嗓子,舒舒徐徐,送柔抽丝,把抚慰的情感抒发。三月春风户外飘,柳条摆动,麦苗起伏,塘边的桃花花蕊微微颤动,托春风捎去缕缕清香。

戏班子的琴师村头过,耳朵张了两张,不由驻了足,说声"这是心弦",进村找到祥,问他可愿入戏班子。祥只是笑。

嫂子早在一旁站着,说:"二弟,你去吧。要得欢,跳戏班,你去吧。"

"好,我去。"嘴角漾一点笑。

"去了好。"

琴师日日坐戏台子,却看不破戏台子以外的戏,料定要领走一位新琴师了。祥换了认真神气,说在家清静惯了,生受不起那般作死作活的热闹,抹了师傅的一番美意了。

嫂的儿子成婚时,哥哥偕新嫂子回来了。那城里女人的派头是要压倒一切的,及至见了离婚不离家的那位,不免吃了一惊,气焰矮了不少。男人原称家中无妻,骗她入了窠臼,先占后娶,此为一嫌;结婚后,百般耕种,养不下一个孩子,又生一隙。这两口子过得很苦,本要离婚的,眼下心中升起的醋意使她反了常态,在男人跟前嗲声嗲气,撒不尽的娇,卖不完的乖。先前嫁到这家的那位不知底里,眼不见还罢,如今见那夺去她位置的女人轻薄得没有四两,而欺心男人却看她有千斤重,不免有些不平,意气舒展不开。且想到娘家祖传三代医师,救死扶伤,也算是有造化有脸面的人家,自己算什么,人不人,鬼不鬼,怎的就该这般命苦。想痛痛快快哭一场,看见人来客去,双喜红烛,又不敢哭,只强作笑颜,支撑门面。

体念到嫂子苦处的只有一个,是那个没眼睛的人。过道门楼下有一间耳房,耳房是祥的卧室,他不声不响地坐在卧室床边,自认是个多余的。有道喜的人记起他来,说这大喜日子,正该响琴助兴,要他奏一曲"喜鹊登枝"或"百鸟朝凤"。他说松香没了,奏不成。多事的人把琴摘下看过,化香涩弓的地方果然光光的。哥酒足饭饱过来,问他:"怎么样?"哥是做了官的,问话的口气难免有一点官腔,没头没脑。祥说:"怎么样呢?"也是一句问。

嫂子盛了好菜,拿了热馍,把筷子递到他手里,让他吃。他说:"我不吃,我吃不下。"

嫂说:"饿死,也没人可怜你!"

祥直头静耳,做了一个沉思,才慢慢吃饭。刚吃了一口,又说:"嫂,你想开点儿。"

嫂没有吭声。

这家的儿子是个木人,脑迟心笨,闷得敲不响。娶回的儿媳却灵透,满眼是水儿。那水儿有风起波,无风映月。儿子多年全然不知不晓的那件事,她到这家不久就觉察到三五分了。夏夜里,人们饭后到塘边歇凉,摇蒲扇,数星星,听一种不可寻的小虫冥冥地唤唱,和白条鱼跃出水面"扑通"一响。如果这些还不能使人觉得凉爽,祥的琴声会让人忘记热夜一切。如万事万物的一切过程,他奏出的曲调先疏后密,由缓到急,急到一个高峰,又跌下来,趋于平缓,而后归入寂静。比方说,春雨落下来是一滴一滴叮咚,入了溪流,便连成潺潺,汇成江河呢,必定奔腾,咆哮,而后自然是融入大海,归于万古。有心的儿媳看见,琴声入了"东海"时,穿白市布夏衫在暗柳下单独坐着的那位,便悄悄起身,到过道下那间耳房里去了。好多次都是这样。儿媳还没过了好奇年龄,乐意把自己那点小聪明加以证实,她把那缓急缓的曲调在心里做了个记号,待优美曲调又到那个记号时,她做小孩子游戏,在耳房背人处藏了一个猫猫。藏猫猫的结果使她受了不小的惊吓。事情过去半日,所见所闻愈加清晰,撞得她心头跳荡不止。这媳妇算是胸中有些泾渭的,她没有张扬,且明白这事非同小可,若是外人知道了,于他二人不好,于自己脸上也没多少光彩。

从夏到秋,儿媳妇未免多藏了几次猫猫,每次仍然脸烧心跳。她不会作诗,也不懂音乐,只知那点秘密事情不无动人处,叫人总忘不下,从中领略到除自己以外人生的新意味,生出莫名的快乐和忧愁。那事情拿音乐作前奏,和音乐连起来,难免不笼罩上一些音乐气氛。或者那事情本身就是一个音乐过程。不能不让人生一点歆羡。与此同时,她对自己那一份夜间的事有些懒散,男人全无男儿作为,名分下的事情怯手怯脚,得着了,恨不能一口吃尽,潦草完事，就忘了她的存在。她开始拒绝男人，男人木木讷讷，竟无怨言。她可怜自己没遇上一个好男人，有时说漏了嘴："你还不如一个瞎子！"男人不知哪儿不如瞎子。

一片树叶，一朵花儿，一种音响，或一个符号，若赋予一种叫人心跳的内容，久而久之，这些东西就是心跳的同义语了。后来这家的儿媳再听到那做了记号的曲调，不必再当猫，就心跳，继而迷乱，仿佛手脚也无处安置了。说来还只能算她一时糊涂，一次，曲胡又作让人心跳的美妙召唤时，她知道婆婆为某一件事走得远些，召唤是听不到了，神差鬼使，她竟走到过道下小耳房里去了。

祥挂了曲胡，坐在床边静等，一种不应有的崭新的脚步声和呼吸骇得他脸色陡变，随即问了一声："谁？"声音是严厉拒人的，被怀疑为贼的人才遭到这样问。

站在他面前伸手可触的人不动，不吭，呼吸想均匀而更不均匀一些。

祥往床尾挪了挪，身上开始抖。他攥起拳头，把身子倾下来压在双腿上，抖还是止不住。他只得借助于胡琴。苍白颤抖的手哪适于调琴呢，"嘣！"琴弦断了一股。断了的丝弦卷曲上来，拘挛着，发出幽幽的余音……

当晚，墙上挂曲胡的橛子派了一个新用场，多挂了一个人的脖子。

　　祥走了，曲胡还留着。曲胡换了一个地方，挂到嫂子床头的墙上去了。

　　曲胡断了的一股弦再没接上，可曲胡还响。响声只有嫂子才听得见。那曲调先疏后密，由缓到急，急到一个高峰，又跌下来，趋于平缓，而后归于寂静。比方说……

　　终于有一天，嫂子也取了与祥同样方式走了。

　　曲胡也不见了。嫂子有一点遗嘱，让儿媳把曲胡放进她棺材里。

毛 信

毛信属狗的，还不满十二岁，狗嘴还没咬到狗尾巴。别看她还没长成，有人已经开始打她的主意了，那人是她大娘。

那天午后，大娘和娘在院子里做棉衣，说闲话。毛信在窗内的小床上睡觉。她本来睡醒了，脑子懒懒的，没有马上起来。院子里椿树的树杈上，挂满剥去皮的新玉米。玉米本身就金黄得够可以了，秋天的阳光一照耀，它的金黄就有点使不完似的，反射得满院子都明晃晃的。连架子上的老葫芦，南墙根的柴草垛，和地上的落叶，都静静的像描了一层暖金。这样的景象毛信看见过，也许是昨天，也许是去年，她记不清了。大娘和娘是东扯葫芦西扯瓢，扯到"瓢"分成两半，扯到"葫芦"又成圆的了。她们说话的声音不大,由于空气纯净,了无杂质,她们说的每一段话毛信都听得清清亮亮的。毛信对娘辈的人闲话的内容不是很感兴趣,辈分不同,敏感点就不同,所关心的事物就不一样。但是,当妯娌俩扯到毛信时,毛信的耳朵像被揪了一下,不想听也得听了。话题是娘提起来的,说如今乡里时兴说娃娃媒,定娃娃亲,举了一些例子,张家的小子和王家的丫头定住亲了,李家和赵家的大人也在商量给孩子定亲的事。大娘说是的呢,马上拿出她掌握的一些这方面的信息和娘交流。她们对出现这种现象的原因进行了探讨,最后达成的一致意见是:人分男女,终归要定亲的,早定晚不定。那么大娘就说了:"你咋不给咱闺女毛信定一个呢?"

娘和大娘一提到定娃娃亲,毛信就有些警觉,担心两个话稠的人会扯到她,因为在她们的眼里她也是个娃娃。真是怕鬼就有鬼,大娘果然把她扯出来了。她心中大跳,赶紧把睁开的眼睛又闭上了。她要一字不落地听听娘对大娘提的问题怎样表态。

娘大概往窗户这边看了一眼,没看到她有什么动静,才说:"给毛信定一个也不是不行,哪有合适的人家呢!"

大娘帮着娘扒拉了村里不少人家,不是这长了,就是那短了,没挑出一家中意的。倘若话头到此打住,就算毛信有些气恼，她的气恼也是没有目标的气恼，过不了几天就烟消云散了。不料大娘又想起了一家，说："我看钟明那孩子不赖，成天不言不语儿，长大了心眼子不会少。家里也父母双全的，就是那孩子长得黑了点儿。黑人厚道白人善，不黑不白好捣蛋，男孩子黑点不算毛病。"

毛信不由得把那黑小子家的人在脑子里快速过了一遍，等于把气恼的目标初步确立下来。大娘真能胡说八道！大娘家自己也有一个闺女，咋不拿自己的闺女跟人家定亲呢！毛信觉得娘应该说几句难听的话，把大娘顶回去。然而娘没有说话。

大娘说："你要是看着合适，哪天我跟钟明他爹娘过个话儿，你们两亲家商量商量。"大娘笑了。

娘说："八字还没一撇呢，说什么亲家不亲家，以后再说吧。这事还得我们家毛信同意才行。"娘要大娘说话小声点儿，说孩子在屋里睡觉呢，别让孩子听见。

毛信心里大声说："我什么都听见了，你们这些搞阴谋诡计的大人，别打算瞒我！"她心口不跳了，突然觉得很委屈，差点嚷出声来。

毛信还是个黄毛丫头，在此之前，她从没想过定亲的事。这种事情她朦朦胧胧知道一点，定了亲，就算有了婆家,有了男人,长成后,就要嫁过去,给人家做老婆,生小孩儿。没往自己头上想时,她觉得这事无所谓。一旦事情降临到自己头上,她觉得太重大了,重大得有些吓人,压得她几乎喘不过气来。她打算好了,娘不跟她提定亲的事便罢,要是提了,她会一口拒绝,坚决不留丝毫商量的余地。娘若是逼她同意,她就以死相抗。她爹外出打工,已经死在煤窑里了,再死她一个也不算什么。可一天过去了,两天过去了,娘像个没事人似的,一直没跟她提定亲的事。按毛信的意思,娘早一天把这个事说出来,这笔账就早一天勾销。娘捂着盖着,她一点办法也没有,她没有任何理由跟娘提那件臊人的事。这好比是娘设下的一个悬念,到毛信那里就变成了悬心,娘一刻不把悬念解开,毛信那颗悬着的心就一刻放不下。

毛信气嘟嘟的,一天到晚拉着脸子,在家务事上不再和娘好好配合。娘让她到地里刨一筐红薯回来,她装作没听见娘的话,不搭理。娘又说了一遍,问她到底去不去。娘这次使的是高声。她的声比娘的声还高,而且是反问句:"我说不去了吗?"她扛上钉耙,挑起一只筐,重手重脚地走了。以往,毛信刨红薯是很在行的,瞅准红薯在地下隆起的土包,一钉耙下去,钉耙把儿往上一掀,一兜儿红薯就出来了。在褐色土壤的衬托下,刚出土的红薯鲜红鲜红,煞是喜人。有时她刨满一大荆条筐红薯,每个红薯都全须全尾,连皮都不待划破一点儿的。今天她没好气,动作有些变形,红薯被她刨烂不少。她没往自己身上找原因,怨钉耙不好使,怨红薯跟她过不去,哼,烂就烂,都烂完才好呢。他们这里吓唬小姑娘不说鬼来了,狼来了,而是另有说法:不听话就给你说个婆子,把你给人家。这种说法带有惩罚的味道,对小姑娘们的威胁性是很大的,不少小姑娘跟家里人闹别扭,父母就是拿这种说法把她们吓乖了。在毛信的印象里,娘没有说过给她说婆子的话,因为她向来很听话。不知她怎么得罪娘了,娘一上来就在背后来真的,要把她推出去不管。娘啊娘啊,你好狠心啊!秋后的田野空得远了,风凉透衣衫,毛信禁不住打了一个寒战。

毛信正往筐里收拾红薯,看见大娘也向地里走来。大娘家的胡萝卜地和她家的红薯地搭边,大娘像是来刨胡萝卜。毛信现在不愿和大娘说话,也反对大娘和她说话,她赶紧把红薯收拾完,挎上筐下到地头的苇子坑里去了。熟透的苇子还没收割,穗头的白花如落了一层雪。大娘老是夸毛信长得好看,以前毛信和大娘的关系是很亲近的。她家没压井,大娘家有压井,她天天到大娘家院子里取水。自从那次大娘说了对她不好的话,她就暗暗和大娘断绝了来往,一次也不到大娘家取水了。她认为一切后果都应该由大娘负,是大娘先不跟她好的,严重一点说,是大娘出卖了她。大娘显然是看见她了,喊她,问她到坑里是洗红薯吗。毛信不吭,心说:"我投坑,你管得着吗?"大娘自言自语:"娘那个大脚,这闺女也不知道别住哪根筋了,说不理我就不理我。"

娘对毛信刨回一筐烂了许多的红薯有些惊讶,说:"咦——咋烂了这么多!"毛信说:"烂了怕啥,反正吃的时候也不能囫囵吞,早晚也是个烂!"娘对毛信这样讲歪理更感惊讶,她瞅着毛信,像是不认识自己养大的闺女了,说:"毛信,你这几天就没好脸子,你娘怎么得罪你了,你娘哪点对不起你,你说吧!"毛信不说,眼睛斜了一下娘,娘生气了,骂了毛信,说:"你长心了不是,学会气你娘了不是,你再生着法儿地气我,我就不要你了,学也不让你上了,给你说个婆子家,把你给人家,让人家管你!"

娘到底把这话说出来了,毛信憋了好几天的委屈,仿佛等待着娘用这话来证实和点破,娘一点,她的委屈就化成泪水,不可遏止地涌流出来。她不愿让娘看见她流泪似的,扭脸跑进屋里去了,冲着窗外对娘嚷:"你要给我说婆子家,我一天都不活着。你不要我拉倒,我到阴间去找俺爹!"说到找爹,她伤感大恸,扑在床上哭出了声。她觉得这是一个机会,她要抓住这个机会,表达她誓死不跟人家定亲的决心,表达她对娘的抗议。表达的方法就是狠哭狠哭。她的表达没收到预期的效果,娘没有给她像样的承诺。娘在床前站了一会儿,说:"想哭就好好哭吧,哭哭就长大了,懂事了。"毛信不懂娘说的这叫什么话,是什么逻辑。她只听说过一场秋雨一场寒,没听说过人哭一哭就能长大。要是娘的这个逻辑能成立,她宁可一辈子不哭。她害怕长大,长大是危险的。

窝里炮没打响,毛信把气恼的方向转到那黑小子一家去了。不消说气恼也是情感的一种。过去毛信小姑娘的情感是散漫的,没有一个固定的方向。犹如大娘和娘谈笑间把巨手一挥,就把方向给她指明了。黑小子家的人毛信都知道,一个娘,一个黑小子,一个妹妹,还有爹。黑小子的爹是活着的,在城里有工作。过一两个月,黑小子的爹就给家里寄些钱来,惹得村里人很眼热。她家在村北,黑小子家在村南。她家屋后有坑,黑小子家屋前有坑。夏天,毛信随黑小子的妹妹到黑小子家的院子里去坑过。院子挺大，靠东边的院墙种了一架子吊瓜。吊瓜一个个胖得跟小白熊一样，攀在绿叶覆盖的架子上练把式。架子下的阴凉地里有鸡有鹅，院子的大铁门后面还拴有一条大黑狗。她进院子的时候，不记得黑狗冲她叫了没有。黑小子没跟她说过话，这一点她是记得的。黑小子在墙根儿挖曲蟮，准备钓鱼。她一去，黑小子拿起钓鱼竿就出去了。毛信打定主意，再也不到那个叫钟明的黑小子家去了。大娘之所以提出让她和黑小子定亲，都是因为有黑小子这个人，要是没有黑小子，大约就没有给她提前定亲这一说了。毛信要做的就是不承认他们这一家人，把他们统统忘到坑里去、水里去，让他们喂鱼，喂老鳖。她认为只要她不承认、姓钟的黑小子一家就等于不存在了。为了避免路过黑小子家门口，再到村南的地里时，她不走黑小子家门口的那条路了，宁可绕远走往东的那条路，出了村子再往南。黑小子的妹妹钟月再喊毛信去她家看狗，说她家的母狗生了四只小狗娃儿，可好看呢。要是毛信喜欢，可以送给毛信一只。毛信觉出钟月在跟她套近乎，话里透出一层不是外人的意思。她怀疑钟月已经知道那件定亲的事了，并跟家里人结成了同伙来拉拢她。她说："不去，狗娃子有什么好看的！"口气相当拒人。钟月对毛信这样生硬的态度不大理解,问:"你不是说过你喜欢小狗儿吗?"毛信说:"那是过去,我现在不喜欢了!"毛信对黑小子的娘也保持着小心,不让人家看见她。实在躲不开了,她就站下来,扭过脸去,以一种另有发现的表情看着一棵树,或一堵墙。等人家也看树和墙时,她才匆匆走了。

毛信一开始对黑小子采取的也是躲避的策略,后来她发现这种策略不行,在她躲避黑小子的同时,她似乎觉得黑小子也在躲避她。有一次,娘让她到芦苇坑里剪一些芦穗,给弟弟打草鞋。她把一棵棵芦苇扳倒正在剪,看见黑小子也拿着剪刀向坑边走来。她顿感不悦,心想,我才不想看见你呢。她收起剪下的芦苇穗欲走,发现黑小子已经转移了方向,到另外一个苇子坑去了。咦? 这里面就有问题了。她猜黑小子看见她在这里剪,就不愿在这里剪了。这种迹象表明,大约黑小子知道要跟她定亲的事了,采取的也是躲避的策略。两个人采取同一种策略,策略的作用就互相抵消了,就没意思了。于是,毛信改变了策略,变躲避为进攻。想躲着我,没那么便宜。她觉得黑小子才是她的主要对立面,她对黑小子不能客气。她准备给黑小子点颜色瞧,让黑小子知道她毛信不是好惹的,趁早放弃跟她定亲的想法。前一段下大雨,把学校的山墙泡塌了。学校需要重建,暂时放一段假。这期间,毛信正好可以找黑小子算账。

这天上午,毛信经过侦察,发现黑小子一个人在村头的小坑里侧钓鱼,就悄悄地迂回到小坑的外侧去了。那里有一棵柿树,树下堆着一个柴草垛,毛信躲在了柴草垛后面。她没有马上从柴草垛后面转出来采取行动,还要再等一会儿。今天逢集,不远处的官路上不断有说话的声音和自行车丁零的铃声,她得等赶集的人走得差不多了,再出来和黑小子单独较量。天蓝得很高,阳光照得各处都明晃晃的。柴草垛上落着一些柿树的叶片,每片叶子都被阳光照透了,呈现出艳红的色彩。毛信拈起一片柿树叶子左看右看,弄不清柿树的落叶为什么会这样红。叶片上有一层湿湿的露水,她用一根手指头蘸着露水在叶片上擦,试试能否像胭脂一样,擦出一层红来。叶片表面凉滑滑的,似有玻璃质。她擦了几下,手指头肚上一点儿也没沾红。看来柿树叶的红是藏在里面,是在血脉里。这一刻,毛信最怕大娘和娘从这里路过,看见柴草垛后面的她。她们看见了她,就会看见那黑小子,就可能产生误会,不认为她是讨厌那小子,对黑小子进行报复,反以为她稀罕那小子,偷偷到这里相看人家来了。要是那样的话,事情就糟糕了。事不宜迟,她从柴草垛后面探出脑袋,把黑小子所在的准确位置目测了一下。黑小子蹲在水边,两眼瞅着水面,钓得很专注。他旁边还放着一只小铁桶,大概是盛鱼用的。他们虽然在一个学校,以前她从来没注意过这黑小子。这小子够烧包的,身上穿着红秋衣,黑毛坎儿,脚上还穿着白色的旅游鞋。毛信相信,这些衣服和鞋,一定是这小子的爹从城里给他捎回来的。这小子的头发很好,又黑又亮。而黑小子的脸并不像大娘说的那么黑。也许是夏天晒黑了,一到秋天就不那么黑了。这时黑小子把鱼竿一提,钓上了一条鱼。鱼小得有些可笑,尾巴几乎挨着眼。就这样的小鱼瞎子,黑小子也把它郑重其事地摘下来,放进小铁桶里去了。这让毛信更加小瞧他。待黑小子换了鱼饵,把鱼钩重新投进水里,毛信捡起一个坷垃头儿,从柴草垛后面高高抛起,坷垃头儿画出一道优美的抛物线,准确地落在鱼漂附近。因为坷垃头儿抛得比较高,落进水里响声相当干脆。黑小子立即做出反应,问:"谁?"毛信想象着黑小子惊奇的样子,有点想笑,她脖子一缩,赶紧把嘴捂上了。停了一会儿,毛信估计鱼又该吃钩了,便不失时机地又抛出一个坷垃头儿。这次黑小子反应比较强烈,不光大声问了谁,还骂了人。一听见黑小子骂人,毛信不干了,从柴草垛后面挺身站出来,针锋相对地说:"你骂谁？你骂什么骂？你敢再骂一句,我过去把你的嘴撕烂!"毛信抓了一把坷垃头儿,黑小子要是再骂,她敢把坷垃头儿撒在黑小子身上。黑小子没有骂,只是说:"你干吗吓跑我的鱼?"毛信说:"谁说是你的鱼？哪儿写着是你的鱼？你的鱼有名字吗？你喊它一声,让我听听!"毛信尽最大能力,把自己调整成最厉害的表情,目光狠狠地朝黑小子盯过去。真是有些遗憾,她的厉害没能使出去,没能发挥应有的威力,因为黑小子低着眼,没有再看她。这还不说,黑小子收起鱼竿和鱼桶,走了,回家去了。毛信失望地愣怔了一会儿,把满把失去打击目标的坷垃头儿哗地撒进水里去了。坷垃头儿是硬的,水是软的,这好比硬东西代表她,软东西代表黑小子,硬东西打在软东西上,硬东西不仅跌落下来,被闪了一下,软东西还很快把硬东西吃进去了。毛信很不甘心。

毛信处心积虑,急于和敌对目标展开正面交锋,几乎到了寻衅的程度。那两天,她以到地里给羊割草为名义,抄起镰刀提上篮子就出发了。她顾不上梳头,甚至想不起洗脸,就那么绷着小脸儿,头发毛茸茸的,便追踪黑小子去了。娘和大娘怎么也想不到,她们随便说几句闲话,就把毛信小姑娘一颗平静的心给彻底弄乱了。她几乎成了黑小子甩不掉的影子，黑小子到哪里，她就出现在哪里。可黑小子眼观六路似的，总是不给她留下闹事的机会，一见她悄悄逼近，黑小子就溜走了。有一次在河堤上，他俩上演了一场追逐戏，这场戏乍一看像是庸俗电视剧的场面，但把镜头拉近，给人物搞两个特写镜头，就看出不大对劲了。前面的男孩子神情慌张，像是不肯就范的兔子。后面的女孩子虎视眈眈，紧追不舍，像是定要把"兔子"抓到。一开始，女孩子装作漫不经心，向男孩子身边接近。男孩子发现后，就沿着河堤往前走。女孩子脚步加快了，男孩子也随之加快。女孩子跑起来了。男孩子不敢怠慢，也跑起来了。这当然是一场没有好看结果的追逐，男孩子到底比女孩子跑得快些，男孩子很快就跑到"电视画面"的外头去了，只剩下女孩子气喘吁吁，暗自发狠。黑小子这样的表现，愈发使毛信认定，黑小子一定知道定亲的事了，一定是心里有鬼。她说什么也要把黑小子心里的鬼揪出来，掐死它。

黑小子不在村子附近玩了，这天下午，他走得很远，走到西南坡的一片坟地里去了。他相信，毛信作为一个女孩子，不敢一个人走这么远，更不敢到埋了许多死人的坟地里。连黑小子本人也是怀着一种冒险的精神，才敢到坟地里来。为了壮胆，他特意带上了自己家的那条黑狗，还带了一把铁锨。地里的秋庄稼几乎收割完了，麦子也种上了。刚出芽的麦苗一片嫩绿，给人一种错觉，认为冬天已经过去了，春天又回来了。黑小子到坟地的目的性不是很明确，遇上兔子，就让狗撵兔子。遇不上兔子，他就让狗嗅黄鼠狼的洞，然后用铁锨把黄鼠狼刨出来。黄鼠狼的肉有一股很浓郁的臊味，不是很好吃。但黄鼠狼尾巴上的毛是很有用的，据说有一种叫小狼毫的毛笔就是用黄鼠狼尾巴尖上的毛做成的。他打算逮一条黄鼠狼，自己做一杆"小狼毫"用。如果找不到黄鼠狼的洞，他就退而求其次，利用黑狗嗅觉灵敏的鼻子，侦察出一个田鼠洞也可以。这时节田鼠洞的仓房都是满满的，挖开一间田鼠的仓房，起出十斤黄豆不成问题。黑小子刚走到坟地里，令他意想不到的事情发生了，一座高坟后面突然转出一个活物来，他以为是小鬼儿，一看不是小鬼，是一个人。这个人不是别人，正是毛信。毛信手持镰刀，凶神恶煞一般，说："钟明，这回我看你还往哪儿跑！"

黑小子的脸黄了一下，又红了。他摸摸跟他站在同一立场的黑狗的头，说："你干吗老跟着我？我怎么惹你了？"

"怎么惹我了你自己心里明白。"

"我不明白。"

"不明白你干吗老躲着我?"

黑狗冲毛信叫了两声,大概是在替主人鸣不平。

毛信命黑小子把他的狗管住,不然的话,小心把它的狗嘴削下来。黑小子把狗嘴拍了一下,把狗压制住了。毛信让黑小子说,为什么老躲着她。黑小子的回答是,鸡不跟狗斗,男不跟女斗。

毛信对黑小子的回答十分不满,她说:"不对,你心里一定有鬼。我问你,我大娘到你家去过吗?"黑小子摇头说:"没看见。""装没看见。我大娘跟你娘说什么了?"黑小子不糊涂,没有被毛信绕进去,他说:"你大娘没到我们家去,怎么能跟我娘说话呢!"毛信想把定亲的事点出来,问黑小子到底知道不知道。但这种羞人的事情毛信实在说不出口。她还是让黑小子说老实话,不说老实话就跟黑小子没完,今天别打算回家。黑小子犹豫了一会儿,给毛信打预防针似的说:"我说了,你可别难过。"毛信说:"你说吧,我不难过。"她估计黑小子说出的一定是有关定亲的话,心里未免有些紧张,两个耳朵垂子也热得不行。等黑小子把老实话说出口,毛信一下子就改变了对黑小子的看法。黑小子说:"我不是怕你,你没爹了,我看你怪可怜的……你爹拉回来那天，我去看了……你哭得那样……我不说了。"

毛信爹残缺的尸体从远方运回来时是个下雪天，毛信哭得手脚冰凉，昏倒在地。当时她家的院子里站了乌压压的人，她不会注意到其中还有一个钟明。毛信的眉低下来了。毛信转过了身子。毛信蹲在了地上。

钟明说："毛信，对不起。"

毛信用手背把两个眼窝子擦了擦，说："没事儿，你走吧。"

毛信变了，回家来轻手轻脚，温温顺顺，再也不对娘耍横了。她想对娘道一个歉，请娘原谅她。怕娘追问来由，她就没有道歉，只在行动上感情上，对娘做些补偿。院子里椿树的细叶子落了一地，毛信拿起扫帚，把院子扫得干干净净。院子一角扔着一疙瘩树根，有一年多了，想烧却填不进灶膛。毛信借来一把钱镢头，一下一下地对着树根劈。娘让她放下，说她劈不开的。她说："娘，我劈得开。"她真的把树根疙瘩劈成了柴火棒儿。家里的红薯吃完了，毛信没等娘发话，不声不响就下地把红薯刨回来了。她刨回的红薯个个完美无缺。毛信到学校里看过又看过，学校的房子建好了，很快就要恢复上课。她把课本拿出来，逐课复习。她走神儿的时候被娘看见了,娘问:"毛信,想什么呢?"毛信的脸忽地红了,她说:"什么也没想。"觉出这样回答不好,又说:"我正想一道难题怎么解呢。"

毛信做了一个梦,梦见大娘通过钟明的娘把定亲的事说给钟明了,钟明很不耐烦地拒绝了,拒绝的理由是嫌毛信没了爹。醒来后毛信睡不着,自己试着给自己解梦。她们这里解梦有一个十分简单的公式:所有的梦都是反的,只要反着理解就解开了。比如说梦见生就是死;梦见死就是活。按照这个公式理解,钟明拒绝了就是不拒绝;钟明嫌她没了爹也是假说,是从反面对她提供了正面的保证。有了这样的梦,还不满十二岁的小姑娘毛信该怎么办呢,她怎么从梦里走出来呢?

毛信又到大娘家院子里的压井前去取水了,取了一桶又一桶,把她家的小缸添得满满的。她喊大娘喊得很亲切,还对大娘微微地笑着。大娘不明白毛信丫头的风向是怎么转过来的,有些欣喜,说:"毛信像个大闺女了。"毛信希望大娘再到她家去串门,再跟娘说闲话。这天午后,大娘果然找她娘说闲话去了。大娘和娘东扯葫芦西扯瓢,扯到"瓢"分成两半,扯到"葫芦"又成圆的了。娘说到没男人的难处,鼻子直吸溜。大娘劝娘遇见合适的就再走一家。

娘说:"我不走,我不能给两个孩子找后爹。再苦再难,我也要把两个孩子拉巴大。"大娘提到,钟明的爹从城里回来了。这句话其中的两个字眼儿,让在窗内复习功课的毛信心头嗵嗵乱跳,比上次跳得厉害一百倍。然而,大娘和娘把这句话一带而过,没有说到定娃娃亲的事,也没再提为她定亲。这两个娘辈的人,她们的忘性可真大呀!

学校重新开学那天,毛信把脸和脖子洗了又洗,把头发梳得一丝不乱,还对着镜子,搽了娘的雪花膏。来到学校,毛信没看到钟明。后来有同学告诉她,钟明被他爹带到城里上学去了。钟明的爹这次回家就是专门接儿子的。钟明的爹认为村里的教学条件太差,对学校因塌房停课也有意见,认为这样会耽误他儿子的学习,影响他儿子的前程。

毛信沉闷了两天才想通了,钟明有爹,她没爹,没人接她到城里上学。她要靠自己的努力,一步一步从农村上到城里去。

托　媒

这个叔叔比我大十来岁，现在还活着，活得好像还不错。他是初中文化程度，平日里爱看看报纸。我不想让他看到我这篇小说，担心他看了会自动对号，会引起一些不愉快。所以我不能写他的真名，只能给他起一个代号，叫他刘本华。

在刘本华初中将要毕业那一年，空军部队到我们那里招兵，招飞行员。刘本华以优良的身体素质、合格的家庭政治条件，顺利地通过了体检和政审，成为空军部队的一员。

刘本华当上了飞行员，而且是到北京的空军部队当飞行员，这个消息带给我们刘楼村的效应是轰动性的。试想想，在刘楼村几百年的历史上，从来没有人当过飞行员，刘本华可是史无前例的第一人。有鸟在天上飞，那只能是飞行鸟，不算是飞行员。只有人开着飞行器在天上飞，才算是飞行员。我们那里形容办一件事比较难，往往会说比登天还难。那么，刘本华当上了飞行员，不是等于登上了天嘛！另外，在某种意义上，北京也被人说成是天。刘本华到北京当飞行员，不是一下子登上了两重天嘛！老天爷，这可怎么得了！

在这个堂叔去北京当飞行员之前，因年龄差距，我对他几乎没什么印象。直到他有一次回家探亲，我才对他有了比较清晰的印象。探亲期间，他保持着操练的习惯，每天一大早就外出跑步。社员们每天也早起，那是为了下地干活儿，为了割豆子，或是掰棒子。刘本华早起外出，单纯是为了跑步，为了保持飞行员所应有的健康体魄。他跑的距离不算近，每天都要跑十来里路。他跑的路线是固定的，从我们刘楼跑到五里之外的李楼，然后才返回来。跑步时，他脚上穿的是军用运动鞋，下面穿的是蓝色的军裤，上身穿的是雪白的背心，背心掖在军裤里面。刘本华这样的装扮和这样的晨练，在乡村田野的田间土路上是很显眼的，如果说他构成了一道风景，一点儿都不夸张。正干活儿的社员们看见他跑步，就会停下手中的活儿，看着移动的"风景"由远而近，由近而远。有的社员嘴里还不由得发出啧啧的称赞。

不同的看法还是有的，有人说刘本华当了两年兵，说话的腔调儿变了，不说老家的话了，撇开了京腔。比如我们的村子叫刘楼，村里人说起刘楼时，都会在楼后面加一个儿音，说成刘楼儿。刘本华撇京腔时把儿音去掉了，说成刘楼。在乡亲们听来，他把楼说成漏，漏风漏雨的漏，刘楼变成了刘漏。漏什么漏，喝稀饭漏豆子，难道他的嘴漏了吗？

探亲假结束后，刘本华又返回北京去了。人们估计，刘本华这一走，恐怕至少又得两年见不着他的面。

大大出乎人们意料的是，刘本华返回北京连十天都不到，竟然背着被子回来了。

咦，这是怎么回事？他刚探完亲，不是又回来探亲吧？上次回来探亲，没见他背被子呀，这次回来怎么连被子都背回来了呢？不会是他出了什么问题吧？人们通过打探，得知刘本华是犯了错误，被部队给开除了。他犯的是什么错误呢？据传是作风方面的错误，也叫男女关系方面的错误。至于他所犯错误的具体细节，人们就不知道了。也许他的档案里会有记载，可一般人谁会看到他的档案呢!

社会上大起大落的事情总是很少,大都是小起小落。而刘本华的经历堪称大起大落。您看嘛,他从地上飞到天上,不是大起是什么!他又从天上落到了地上,可不就是大落嘛!他的大落,连落到地上都不止,简直是落到了泥巴窝里,简直是落到了粪坑里。一个本来前程无限宽广无限光明的人,却栽到男女关系的粪坑里,真是太丢脸了,他以后还怎么见人呢!村里人遂有些看不起他,有人说:你不是撇京腔吗,看你还撇不撇!

刘本华京腔倒是不撇了,不过他的样子有些无所谓,走起路来腰杆还是挺得直直的,鼻孔里喷出来的气还是傲气。他知道别人看不起他,他装作也看不起别人。

他毕竟是有文化的人,加上他哥哥是生产大队的大队长,回到村里务农不久,队里就让他当上了记工员。以前生产队里的工分是草纸印成的纸片,容易破损,不易保存。后来进行了改革,就不发工分了,改成用记工册子记工分。每到傍晚收工之前,记工员就拿着记工分用的册子,见哪块地里有社员在劳动,就去哪里为每个社员记工分。刘本华担任的就是记工员的角色。除了每天给出工的社员记工分,社员们往生产队里交拾到的粪肥,或交自家尿罐里积攒的尿水,都可以记工分,不同的分量记不同的工分。给粪肥和尿水称分量的当然是刘本华,记多少分的决定权也属于他。他利用职务上的便利,可以接近每一个男女社员。也是利用职务之便,他很快就与本村一个颇具姿色的少妇勾搭成奸。两个人做那种见不得人的事情,找一个背人的私密地方不行吗?没有,他们大概有些急不可耐,在露天的野地里就干开了。春日的一天傍晚,西天飞满了红霞。少妇担着尿罐子,到刚刚起身的麦子地里去交尿水,刘本华在春风荡漾的麦苗丛中等着她。他们大概提前约好了,少妇等别人都走了,最后一个去交尿水。少妇刚把尿罐子从肩膀上卸下,刚把尿罐子里的尿水倒掉,刘本华就把她放倒了,放得仰面朝天,两人在起起伏伏的麦苗地里做到了一处。

麦苗还不够深,可以埋住老鸹,还埋不住人。一个人平躺在麦地里,都不能完全埋住,如果上面再叠加一个人,就更埋不住了,只能是暴露无遗。

生产队的一个副队长,躲在一座坟后面吊着刘本华和少妇的线,当两人随着麦苗的起伏刚开始"起伏",副队长飞奔过去,当场就把作奸的双方捉住了。刘本华的样了有些气恼,大概是恼副队长中断了他的好事。气恼归气恼,好事是不可能继续做下去了。

副队长有些兴奋，好像在与坏人坏事做斗争方面立了一个大功一样，他得意地宣称：我早就看出来了，他们两个交尿水收尿水是假，往"尿罐子"里尿尿才是真，怎么样，被我逮住了吧！一泡尿还没尿出来，就被我逮住了，真他妈的有意思！

在光天红霞之下，刘本华做下这样的丑事，应该够他喝一尿罐子的。说他当兵期间犯了男女关系方面的错误，那只是听说，村里人都没有看到。而这一次刘本华所犯的作风错误，是副队长亲眼所见，他想提起裤子不认账是不行的。大家估计，村里至少会召开一个全体社员大会，让刘本华在会上交代自己的错误，并做出深刻检查。之后，大家还要对刘本华进行批斗。平日里，社员们并不是很喜欢开会，不少会都寡淡无味，让人提不起精神。要是开刘本华的批斗会，应该比较有趣味，有意思，差不多等于看一场戏，很值得期待。

可社员们盼来盼去，村里风平浪静，连一点儿开批斗会的迹象都没有，这是怎么回事呢？难道刘本华干坏事白干了？难道副队长煞费苦心地捉奸白捉了？有人着急，就到副队长家里去打听。这次有些气恼的是副队长，他气哼哼的,说以后遇到这样的事他再也不管了,有的人就是把"尿罐子"的罐底子捣掉他也不管了。你道怎的,原来跟刘本华做到一处的那个少妇家里是地主成分,她是地主家的儿媳妇。地主家的儿子在几千里外的四川当煤矿工人,一年到头难得回家一回,他老婆就跟刘本华好上了。这样一来,事情就跟家庭成分联系起来了,就跟阶级斗争挂上钩了。搞阶级斗争,首先要分清阶级,要以阶级划线,分清你是哪一拨儿的,我是哪一拨儿的。也就是说,要分清谁是我们的敌人,谁是我们的朋友,这个问题是革命的首要问题。这样一分,阶级阵线就弄清楚了。刘本华家里是贫农成分,当然是我们的朋友,是团结和依靠对象。而地主家的儿媳妇呢,当然要划在阶级敌人的阵营里,不能团结,也不能依靠,只能打击。用阶级斗争的眼光这么一看,事情的性质就翻过来了,不是刘本华道德败坏,调戏妇女,而是阶级斗争无处不在,地主家的儿媳妇在利用自己的姿色,勾引贫农家的儿子,把贫农家的儿子拉下了水。要检查,只能让地主家的儿媳妇检查。要批斗,只能批斗地主家的儿媳妇。

看来阶级斗争的作用也具有两面性,它能挑起什么,也能掩盖什么。反正麦苗地里发生的事情没对刘本华造成什么影响,他该当记工员还当,该收尿水继续收。只是那个少妇不去交尿水了,改由她的婆妹子去交。

有媒人给刘本华介绍了外村的一个姑娘,那个姑娘各方面的条件还不错。对于刘本华被部队开除,还有刘本华回村后做下的风流事,那个姑娘应该有所耳闻。可不知为什么,那个姑娘竟没有计较,没有挑剔,同意了跟刘本华结婚。这也可能是由来已久的传统文化在起作用,人们对女孩子的失身总是不能容忍,而对男人做下的风流韵事似乎可以忽略不计。这同时也说明,这位堂叔在身材、长相、文化、见识、说话等各方面,的确存在一定的优势。这些优势让他在农村为我找一个好婶子不成问题。

这位堂叔的岁数比我大那么多,如果后来我们两个不打什么交道,也许没什么有价值的故事可写。交道即故事。人与人之间有多少交道,就有多少故事。一般的交道,产生一般的故事。不一般的交道,产生不一般的故事。我不敢说我与刘本华的交道多么不一般,但我们之间发生的一件事确实让我刻骨铭心,终生难忘,不吐不快。接下来,我会主要讲讲这件事,也就是托媒的故事。

我1967年初中毕业后,没能上高中,就回乡当了农民。上高中的同学还是有的,全班只有五个。但升学已不是考试制，而是推荐和选拔制。"文革"一来，我继续求学的梦就破灭了。我认为我和刘本华不一样，他是犯了错误被部队开除的，我只是因为没赶上好时候。

回到农村，在走投无路、心情最苦闷的阶段，我尝试着写了一篇大批判稿，投给了县里的广播站。县广播站有自办节目，每天都会通过安在全县各生产队的有线舌簧小喇叭广播一些大批判稿。我们家也安了一只小喇叭，我听来听去，广播的大批判稿都是别的公社的人写的，我们公社连一个写批判稿的人都没有。不要以为我们刘庄店公社无人，有枣没枣打一竿，我来写一篇试试。说来真够幸运的，我写的第一篇批判阶级斗争熄灭论的稿子就广播了。广播员用普通话播送道：现在播送，刘庄店公社郜庄大队刘楼生产队贫农社员刘庆邦写的一篇广播稿。前面冠以"贫农社员"是必要的，这是我写广播稿的资格，如果不写上"贫农社员"，说不定还要对我进行一番政治审查，才能决定是否采用我所写的稿子。第一篇稿子广播后，我信心大增，写稿的积极性也提高不少。我如法炮制，又连着写了几篇稿子。请相信我没有吹牛，我写的每一篇稿子都广播了。广播了又能怎么样呢，广播又不是白纸，广播员的播音又不是黑字，广播了就过去了，没什么了不起的。后来我才知道,我写的稿子连续被县人民广播站广播之后,还是有一些积极效应的,人们在纷纷打听,谁是刘庆邦?刘庆邦是干什么的?

我有一个同学叫张丰丽,她的家在张庄,我们同属一个大队。张丰丽的哥哥在县里邮政局上班,他也听到了我写的广播稿,并记住了我的名字。有一次回家,他向张丰丽提到我写广播稿的事,问张丰丽是不是认识我?张丰丽说认识呀,我们是同学,在中学宣传队里我们还一块儿演过节目呢。那么张丰丽的哥哥就问张丰丽:他现在有没有对象?

张丰丽羞涩地笑了一下说:我也不知道。又说:可能还没有吧。

哥哥问:你对你这个同学印象怎么样?

张丰丽说:你问这个干什么?

哥哥说:要是你不反对,我托人给你们俩介绍一下怎么样?

张丰丽的脸一下子红透了,她没有说话,没有表示反对,只是低下了头。

机不可失,当哥哥的立即行动起来,开始请托媒人给他的妹妹介绍对象。他托人给妹妹介绍的对象是哪一个呢？这个您已经知道了，我就不用说了。而张丰丽的哥哥托的媒人是谁呢？是他的中学同学。他的中学同学是谁呢？不是别人，正是我的堂叔刘本华。张哥骑着自行车到刘本华家里去了，把为妹妹介绍对象的事托给了刘本华。刘本华满口答应，说没有问题，这个事包在他身上，让老同学尽管放心。

设想一下，如果刘本华把这个事情告诉我母亲，我母亲会很高兴，我也会很高兴。这是多么大的好事呀，我们没有理由不高兴。然而，刘本华却把人家托他给妹妹介绍对象的事给截留了，截留并密封起来，封得一点风都不透，好像人家从来没托过他一样。

这个事情刘本华一直把我瞒得结结实实。但世上没有不透风的墙，这儿不透风，那儿透风；短时间不透风，时间长了总会透风。若干年后，我才一点一点知道了事情的来龙去脉，并逐渐连缀起来，清晰起来。

在"文革"期间，刘本华是村里的学习毛主席著作辅导员，我也是辅导员；他教村里的年轻人唱《打靶归来》，我教他们唱《大海航行靠舵手》和一些毛主席语录歌；我们还经常一起到大队去开会，见面的机会很多。可是，也许因为我听说了他在部队和村里所犯的错误，也许是我感到了他身上的傲气和戾气，我对他怎么也亲近不起来，尊敬不起来。出于礼貌，虽然我也叫他一声叔叔，但我们叔侄的关系夹生得很，他不愿跟我多说话，我也不愿意搭理他。有一次在放工回村的路上，我大声唱《洪湖水浪打浪》。刘本华在前面听见了我唱，就站下来听。一见他在听，我就不唱了。他等我走近，跟我说唱吧，唱吧，接着唱。我干吗要听他的呢？我干吗要唱给他听呢？我坚决不唱了。

　　我对刘本华这样抵触，还有一个原因，他竟在村里的一次全体社员大会上，对我二姐当众发难，诬蔑二姐偷了生产队里的棉花。实际情况是，我二姐是队里的妇女队长，还是学习毛主席著作积极分子，那天下午正摘着棉花下雨了，二姐为了招呼社员们保护堆在地头的棉花不受雨淋，就把自己的条子筐落在棉花地里了，筐里还有两把棉花。刘本华就以二姐的条子筐和筐里的两把棉花为证据，向二姐发起攻击。二姐历来公私分明，疾恶如仇，她当然不会接受刘本华的诬蔑，当场就与刘本华争辩起来。村里的干部，还有公社的驻队干部，也当然不会相信刘本华的指责，他们纷纷站出来为二姐辩诬，还二姐清白。通过这件事，使我加深了对刘本华的认识，认识到他是一个嫉妒心极强的人，他不能看到别人超过他，只要看到村里有人比他强，他就气不平，百样生法也要把比他高的人往下拉。对于这样的人，我怎能不心生抵触呢！我不相信我的内心有多强大，但我相信我人在成长，内心也在成长，我的心智足以与他抗衡。

大队成立了宣传队，宣传队从我们村抽了两个人，一个是我，另一个就是刘本华。可巧的是，张丰丽也到了宣传队。在中学宣传队时，我们在一块儿唱歌、跳舞，到处演出。回到各自的村庄，我们又一块儿到了大队的宣传队，这不免让人欣喜。要知道同学们毕业以后各奔东西，要想再见面是很难的。有的同学自从在学校门口分手，就再也没有机会见面，一辈子都没再见过面。而由于大队宣传队的成立，我和张丰丽又走到了一起。欣喜归欣喜，我们在大队集合见面时，男女同学之间的距离还保持着，互相连手都没有握一个，甚至连名字都没喊，只是互相看了一眼，她对我微笑了一下，我也对她微笑了一下。

刘本华是大胆的。有一天上午，我们在大队的队部排练，休息时，我看见刘本华走到张丰丽面前，不由分说，一把拉住了张丰丽的手。他拉住张丰丽的手之后，把张丰丽往一旁拉，像是要单独对张丰丽说点儿什么。刘本华的这个动作让我吃惊不小。对我来说，拉一个女孩子的手，可是一个重大的举动，我可不敢轻易去拉一个女孩子的手，更不敢去拉女同学张丰丽的手。我不能不承认，张丰丽各方面都很好，好到无可挑剔。正因为我对她的印象很好，我才对她格外尊重，不敢对她有半点触碰。刘本华轻而易举似的，一下子就把张丰丽的手拉住了，那意思是让张丰丽跟他走。在我看来，刘本华的手是不干净的，或者说他的手就是脏手，他那样的脏手怎么能拉张丰丽纯洁的手呢！

张丰丽怎么办？我注意到，张丰丽生气了，她甚至有些着恼，恼得脸都变了色。她奋力一挣，把手从刘本华手里夺了回去。

刘本华倒没有坚持再拉张丰丽的手，众目睽睽之下，他没趣地退回了自己刚才站的位置。

让我难忘的是，这时张丰丽看了我一眼。是的，张丰丽只看了我一眼，就耷下了眼皮。只这一眼，就让我记住了，至今回忆起来仍如在眼前。人的心魂和人的眼神是相通的，或者说人的眼神代表着人的心魂，人的心魂有多丰富，眼神就有多丰富；人的心魂有多复杂，眼神就有多复杂。我看出来了，张丰丽看我的那一眼，内容丰富而复杂。至于有哪些丰富和复杂的内容，当时我并不是很理解。多少年后我才知道，在大队宣传队成立之前，张丰丽的哥哥已把给张丰丽介绍对象的事托给了刘本华。这个事情我虽说被蒙在鼓里，但张丰丽心里是清楚的。在这样的背景下，张丰丽的眼神里至少有两个意思，一个意思是说：虽说我哥哥把事情托给了他，我才不让他拉我的手呢！我才不向他妥协呢！另一个意思是对我说：你放心，我心里只有你。

全县有那么多大队，作为一个大队的宣传队，我们曾到县里参加过会演，表明我们的演出水平还可以。那次去县里演了哪些节目，我记不清了。我记得演出结束后，我们在县城的电影院看了一场电影。至于电影是什么名字，我也想不起了。只记得在看电影时，我是和张丰丽坐在一起的。座位与座位之间挨得很近，我的胳膊碰到了张丰丽的胳膊。我听到了张丰丽的呼吸，甚至感觉到了张丰丽的心跳。在整个看电影期间，我的眼睛虽然在看着不断变化的银幕，心思却全在张丰丽身上，心里鼓荡得厉害。我的勇气一鼓再鼓，很想拉一下张丰丽的手。我想我要是拉了张丰丽的手，张丰丽不会像拒绝刘本华一样拒绝我，因为我感觉到了张丰丽对我的好感。然而我真笨，真傻，真无能，真懦弱，直到电影结束，电影院里的灯光亮起来，我都未能向张丰丽伸出手来。我的手攥在自己手里,手心都攥出了汗,却一点作为都没有。

之前,刘本华要是把张哥托他给我介绍张丰丽的事告诉我,情况肯定会大不一样。

为了迎接党的九大胜利召开,公社也成立了毛泽东思想宣传队,我和张丰丽又被选拔到公社宣传队去了。公社只从我们郜庄大队宣传队里选拔两个人,就是我和张丰丽。我们从刘庄店中学毕业的同学那么多,三届有一百五十多个同学,被选中到公社参加宣传队的,也只有我和张丰丽。从中学宣传队,到大队宣传队,又到公社宣传队,我和张丰丽一路同行,这不能说不是一种缘分。宣传队通知我们去公社报到时,搞得有些紧急,是通过公社广播站下达的通知。那天晚上,我正在家里的煤油灯下吃晚饭,听见我们家的小喇叭"嗞嗞啦啦"一响,接着就听见一个女广播员广播说:现在广播通知,现在广播通知,郜庄大队的张丰丽、刘庆邦两位同志,听到通知后,请立即到公社宣传队报到。这样的通知,一连广播了三遍。母亲和大姐、二姐都听到了广播,她们停止吃饭,都看着我,好像都在为我高兴。二姐说:张丰丽我知道,她不是你的同学嘛,那闺女不错。我没有把晚饭吃完,放下饭碗,背上我平常背的一只黄军挎包,踏着夜色,就到公社宣传队报到去了。事后我想到,公社这样下达通知,等于给张丰丽和我做了一个宣传,一时间全公社的人都会知道,张丰丽和我被选拔到公社宣传队去了。而我们的那些同学们知道我和张丰丽去了宣传队,会不会产生点别的想法呢?一个男同学,一个女同学,在一块儿待的时间长了,会不会生情呢?产生这样的想法是自然的,也可以说是人之常情。后来就有一个同学告诉我,得知我和张丰丽一块儿去了公社宣传队,他估计我和张丰丽一定会恋爱,最终一定会结为夫妻。我没能和张丰丽结婚,他倒觉得不可理解。

都怪刘本华,刘本华要是把张哥托他给我介绍张丰丽的事告诉我,情况肯定会大不一样。

在公社宣传队期间,除了和大家一起唱歌、跳舞、移植革命样板戏,我和张丰丽还有一个只有我们两个人表演的节目,那个节目是一个对口词,叫《兄妹下乡》。在这个节目中,我扮演哥哥,张丰丽扮演妹妹。在学校读书时,张丰丽比我高一年级,她是我的师姐。在这个节目中,她只能当我的妹妹。节目的内容,无非是广阔天地炼红心、战天斗地志如钢一类的大话。但我们演得很认真,很投入,把大话说得慷慨激昂,铿锵有力。我俩各自手持一本红皮的

《毛主席语录》，一会儿把语录本贴在胸口，一会儿把语录本举过头顶，不断交叉换位，做出各种造型动作，配合得十分默契。平日里，我们谁都不好意思多看谁一眼，更不敢对视。可在演节目时，目光互相躲避是不行的，如果没有目光上的交流，就不能实现演出的效果。张丰丽像是借助演出放下了顾虑，"妹妹"看我时的目光是信赖的，热切的，好像真的把我当成了哥哥。我呢，也好像真的把她当成了妹妹。实在说来，张丰丽的眼睛是很好看的。我说她的眼睛好看，不仅仅因为她的眼睛大，她的眼睛是双眼皮，而是因为她的大眼睛是有神的大眼睛、有情的大眼睛、羞怯的大眼睛。

在整个宣传队的节目单中，双人节目只有我和张丰丽演出的这一个，加上我们每次演出的效果都不错，我发现宣传队的同事们看我俩的目光有些异样，好像我俩除了舞台上的"兄妹"情意，还有别的什么情意。每个宣传队的队员都是感情丰富的人，每一个宣传队都是一个情场，情感纠葛的事情几乎每个宣传队都会发生。我们宣传队就发生过这样一件事，一个复员军人和一个女队员好上了，他们夜间一块儿外出被发现，第二天那个复员军人就被宣传队开除了。我敢保证，我和张丰丽各自守着自己的感情，都规矩得很。演出结束回到驻地,我们各自待在宿舍里,我没有找过她,她也没有找过我,我们更没有一块儿外出,什么授人以柄的事都没干过。

张丰丽的哥哥托了刘本华,让刘本华为我和张丰丽牵线搭桥,这个事情得到了张丰丽的默许,张丰丽肯定不会忘记,天天都会记在心里。张丰丽一定很纳闷,甚至有些着急:这个刘庆邦,怎么一点儿动静都没有呢?怎么对我一点儿表示都没有呢?怎么,难道他看不上我吗?张丰丽应该不会怀疑刘本华,相信刘本华会把话过给我。在我们那里,讲究做媒人成人好事是积德,扒媒坏人家的事是缺德。张家哥哥把给亲妹妹做媒的事托给了刘本华,刘本华表面答应,背后拦截,其性质跟扒媒差不多,是很不道德的。张丰丽以自己的善良推己及人,不相信刘本华会做出那样不讲道德的事。她耐下心来,在等待我向她求爱。

说来这事也有点儿怨张丰丽,她哥哥托刘本华把她介绍给我,她为啥就不能向我透漏一点儿消息呢?倘若她把消息透给我,我会勇气大增,不顾一切向她示好。像我和张丰丽这样互有好感的青年男女,人们通常使用的说法是,中间只隔着一层窗户纸,窗户纸很薄,也就是一层薄膜,一捅就破了。如果把这层窗户纸捅破,一切豁然开朗,什么都有了。不把这层窗户纸捅破呢,还是一个在窗子里面,一个在窗子外面,什么事情都不会发生。

荒诞的事情发生了,张家哥哥托刘本华把张丰丽介绍给我,我却把张丰丽介绍给了别人。这个人是县里第一高中的1966届高中毕业生,他听到了我写的广播稿,知道了我的名字,步行十几里,到我家找我去了。他也喜欢看书,喜欢写东西,我们很谈得来,就成了朋友。我到了公社宣传队,这个朋友又到排练场找我去了。看我们排练时,朋友好眼光,一眼就看上了张丰丽。他对我说,在宣传队的女队员中,只有张丰丽最出类拔萃,问我能不能给他介绍一下。这个朋友的勇气真让我佩服,他看上了张丰丽,一点都不遮不掩,张口就对我说了出来。跟朋友相比,我的勇气真是差得太远了。我怎么办?我心里虽然也十分看好张丰丽,但我从来没对张丰丽表露过,我们之间并没建立明确的恋爱关系,我有什么理由拒绝朋友的要求呢?朋友托我给他介绍张丰丽,如同张哥托刘本华给我介绍张丰丽,都是托媒的性质。朋友这么信任我,把这样的人生大事托付给我,我不能让朋友失望。我犹豫了一会儿,答应给朋友介绍一下试试。

有一次下乡演出,到目的地安顿下来后,我抓了一个空子对张丰丽说:张丰丽,你跟我出来一下,我给你说点儿事儿。当张丰丽跟我出来时,我见她像是有些激动,激动得脸都红了,眼睛里似乎还有泪光。多年之后我想到,张丰丽一定是误会了,她以为刘本华把张哥请托的事说给了我,以为我要向她表露心迹。她仿佛在说:天哪,我终于等到了这一天!我对不起张丰丽,我让她失望了。在村外的一个麦秸垛旁边,等我把朋友的意思说给张丰丽时,她的神情顿时黯淡下来,不假思索地说:不行!我没问她为什么不行,只说:朋友把这个事托给我,我不跟你说一声也不好。张丰丽还是说不行。她又加了一句:我又不认识他。张丰丽想说的话大约应该是:我心里想的只有你,别人都不行!借这个机会,张丰丽应该问一下我:我哥托刘本华给咱们两个介绍,刘本华没告诉你吗?然而,张丰丽想说的话没有说,该问的话也没有问,她把大好的机会错过了。张丰丽呀张丰丽,你为何那样含蓄呢?为何那样要面子呢?为何那样不自信呢?

不要怨这个、怨那个,说到底还是怨我自己。站在刘本华的角度想一想,他或许认为,我们既然都到了公社宣传队,既然天天在一起,完全可以互相沟通嘛,可以自我介绍嘛,干吗还要用别人介绍呢?如果他们不互相自我介绍，达不成婚姻，只能怪他们没本事，没缘分。站在张丰丽的立场想一想，她或许认为，我作为一个男的，如果对她有心，就应该主动一些。她作为一个姑娘家，怎么好意思先开口呢！

之所以没有主动向张丰丽求婚，后来我给自己总结了三条原因。一是她比我高一年级，年龄上至少比我大一岁。按我的设想，我找的对象应该比我小一点，或者是和我同岁。张丰丽年龄比我大，这让我心理上有些障碍。我上面有两个姐姐，不想再找一个"姐姐"。第二条原因，是我的兄弟姐妹多，家里比较贫穷，穷得我连一双鞋都买不起。在宣传队里蹦蹦跳跳，我至少应该拥有一双从商店里买的有模有样的胶底鞋，可我只能穿母亲和姐姐给我做的老式的尖口布鞋。而张丰丽家里有人挣工资，她家里的物质条件要比我家好得多，这从张丰丽脚上穿的机器制成的鞋和洋线织成的袜子就看得出来。张丰丽这样的家庭条件，怎么能愿意跟我这样一个一文不名的穷小子受穷呢！第三条原因也不容忽视，从心理发生学的意义上说，也许这条原因是更主要的原因。在上学期间，我曾与同班一位姓马的同学发生过一场初恋。对于那场初恋，我以《心疼初恋》为题，专门写过一部中篇小说。怎样用几句话简单概括那场初恋呢？这么说吧，那场初恋害得我好苦好苦，不仅影响了我的精神，还影响了我的身体，我差点儿把小命儿搭进去。每个人一辈子只有一次初恋，初恋的能量总是很大，总是让人难以忘怀。说来不怕朋友们笑话我，我也没什么不好意思，不管是在大队宣传队和张丰丽在一起，还是在公社宣传队时和张丰丽在一起，我都没有把那场初恋放下来，脑子里时不时出现的还是那位初恋对象的形象。把话说白了吧，在我的情感生活中，张丰丽暂时还没有取代那位马姓同学的位置。还有，由于好弄热闹的同学们的起哄，我和马同学初恋的事闹得全校所有三个班级的同学们都知道了。毫无例外，张丰丽肯定也会知道。我的初恋也是早恋，在学校造成的影响是负面的。这样我就有些担心，一担心张丰丽对我的早恋有不好的看法，二担心她认为我是见一个爱一个的泛爱主义者，所以不敢轻易把爱情转移到她身上。

一个人的一辈子，说长也长，说短也短；说复杂也复杂，说简单也简单，在关键的节点，有时关键到只是一句话的事。一句话说出来了，就有可能功德圆满，喜事告成，万事大吉。初中毕业后，我和那位所住村庄相距较远的马同学就失去了联系，使我处在一种失恋状态，也处在一种精神空虚的状态。这时候,倘若刘本华把他应该说的一句话说出来,我会非常感谢他,说不定会视他为我的恩人。这时候,倘若张丰丽把想说的一句话说出来,对我将是极大的安慰,我会感激涕零,马上拜倒在她的脚下。这时候,倘若我自己鼓足勇气,把要说的话说出来,就会成就我和张丰丽的美满婚姻,一辈子都很幸福。就因为一句话没说出来,就把一切都错过了,丧失了,造成了终生遗憾。每每念及我和张丰丽的事情,我都有些讨厌自己,痛恨自己。

我在公社宣传队期间,大姐二姐看中了我们大队另一个村的另一个姑娘,那个姑娘高高大大、勤劳朴实,是持家的好手。大姐二姐跟我打招呼后,托我们村里另一个堂叔当媒人给我介绍。既然两个很有眼光的姐姐都看好那个姑娘,我也没有多想,稀里糊涂地就答应了,就跟人家定了亲。我有一篇短篇小说《鞋》,主要就是写的那个姑娘。

直到这时,张丰丽才急了,才终于向我吐露了她的心事。一天下午,我们又要下乡演出,我和张丰丽用扁担抬着一只盛服装、道具的木箱子,在乡间土路上走。一根扁担搭在两人的肩,张丰丽抬前头,我抬后头。春天来了,睡了一冬的麦苗正伸胳膊伸腿往高里长。一阵春风吹过,麦苗一路翻白,看去白茫茫的。有黑色的鸟儿在麦地里翻飞,它们起飞的时候看得见,一落入麦苗丛中就看不见了。走着走着,张丰丽放慢了脚步,突然对我说:我哥托刘本华给咱两个介绍,刘本华没跟你说吗?

这话让我感到惊奇,我说没有,刘本华什么都没跟我说过,我什么都不知道。

张丰丽说:你干吗订婚订那么早呢?这样说着,张丰丽就哭了起来。她在前面走,我看不见她的泪眼,我想她一定觉得很委屈,泪水一定流得很汹涌。

一切都明白了,一切也都晚了。可怜的张丰丽,我该怎样安慰她呢?我不知道说什么好,不知怎样说才能起到安慰她的作用。我只是重复说:我真的不知道,刘本华真的什么都没跟我说,我要是知道的话……

走到一座小桥边,张丰丽停下了。我明白她的意思,她要到桥下的小河边洗一下脸,洗去她的泪痕,免得让宣传队里别的队员看见。我也站下了,我们把戏箱放在地上。张丰丽到水边洗脸时,我没有跟她一块下去,站在岸上的桥边等她。等她洗完脸上来,我们抬起戏箱继续往前走。一路上,我们没有再说一句话。

一晃几十年过去了,我每年清明节回故乡扫墓,都会看到刘本华。打工潮浦起后,村里的男人女人几乎都外出打过工,刘本华却没有外出过,天天在家里守着。他在大门口支起一张小桌,天天跟村里人打牌。他的家门口是进村的必由之路,我只要回村就能看见他。只要一看见他,我都会油然想起张哥托他给我介绍张丰丽的事,我想他也不会忘记。我喊他一声叔,只打一个招呼就完了,我们还是无话可说。

有时我真想问问他,当初他的同学,张丰丽的哥哥托他给我介绍张丰丽,他为什么不跟我说呢?但我终于没有问。有一句话说得好,过去的事情就让它过去吧!